continuity is the father of magical power
Ricky illustration kiltkaiki

# 継続は魔力なり 5

～無能魔法が便利魔法に進化を遂げました～

continuity is the father of magical power

リッキー

TOブックス

# 主な登場人物

レオンス・ミュルディーン……この物語の主人公。前世の記憶を持った転生者。
幼少期に頑張ったおかげでとんでもない魔力を持っている。愛称はレオ。

シェリア・ベクター……主人公の婚約者で、帝国のお姫様。美人だが、嫉妬深いのが玉に瑕。愛称はシェリー。

リアーナ・アベラール……主人公の婚約者で、聖女の孫。シェリーとは凄く仲が良く、いつも一緒にいる。愛称はリーナ。

ベル……主人公の専属メイド。真面目だけど緊張に弱く、頑張ろうとするとよく失敗してしまう。

カイト・エミ……王国が新たに召喚した勇者。電気魔法を使った超高速移動が得意。

エレメナーヌ・アルバー……アルバー王国の第一王女。宝石狂いの姫と人々から呼ばれている。

Leonce

Shelia

Rihanna

エルシー……………ホラント商会の若き会長。元はレオの師匠であるホラントの奴隷だった。レオのことが好き。

ルー……………悪徳商人に騙されて奴隷にされ、闇市街に閉じ込められていた女の子。現在はレオの奴隷。

ヘレナ・フォースター……………レオのお姉ちゃん。重度のブラコン。

魔王……………千年以上生きる不死身の魔人。世界と転生者の秘密を知っている。

アーロン・フリント……………前剣聖。前勇者であるケントとはとある因縁が……!?

国王……………アルバー王国の王様。色欲の塊で、気に入った女を手に入れる為には手段を選ばない。

ラムロス・ベックマン……………王国の宰相。髪の毛が少ないことが特徴であり、悪巧みが得意。

Belle

Kaito

Elemenanu

# 目次

continuity is the father of magical power




イラスト／キッカイキ　デザイン／舘山一大

# 第九章　戦争準備編

continuity is the father
of magical power

# 第一話　半年の流れ

爆発事件から約半年、俺は十二歳になった。

まだ十二年しか生きていないわけだけど……日々とても濃い人生を過ごしているせいか、はたまた前世の記憶を持っているからか、十二年よりもっと長く生きているような気がする。

感覚的には、三十歳くらいにはなっていそうなんだけどね。

さて、俺が十二歳になった話は置いといて、この半年間での出来事を説明しよう。

この半年、俺は領地の防衛力を強めることに全力を注いだ。

戦争が起きることはほぼ確実だろうと考え、それに向けて急ぎつつも慎重に準備を始めた。

爆発で崩壊した学校は半年間休みであったが、まだまだ復旧の目処《めど》が立っておらず、当分は学校に行けそうにない。

まあ、その分俺は領地開発に集中出来るからいいんだけど。

フランクとかやることなくて暇だろうな～。

それと、防衛面での開発で忙しくなってしまった俺は、申し訳ないけど商業面の開発に関して全てエルシーとホラント商会に任せることにしてしまった。

だから、たまに報告は聞くようにはしているけど、俺は地下市街の開発に半年も関わっていない。

最近の報告だとようやく魔法具工場の建設が終わり、街灯の生産が始まったことで、地下市街の建そして、防衛設備だが、とにかく西側を重点的に頑張った。

元々商業の街ということで、人を集めることしか考えられていなかったミュルディーン領は、周りに強い魔物などいないし、戦争に巻き込まれることも無かったことから、本当に外部からの守りが薄い。

城壁なんて飾り。ゴブリンを街に入れない為だけに作られているから、低くて薄いんだ。

とても、あのままで戦争なんて乗り切れるはずはなかっただろう。

ということで、俺はとりあえず西側の城壁の改造を始めた。

人の手でやろうかな……とか考えたけど、どう考えても人の手だと戦争が始まるまでに完成するなんて無理だから、俺が半年間くらい試行錯誤して創造魔法だけで城壁を造った。

凄《すご》くこだわって造ったから、城壁は満足できる出来となった。

色々と仕掛けを考えたし、二十四時間休憩なしに見張ってくれるゴーレムも設置したから結構自信があるよ。

この前の爆発事件で痛い目にあってから、出し惜しみはしないことにしたからね。

こんな感じで、ミュルディーン領はこの半年で良い感じに変わってきている。

しかしその一方、同じ半年間で帝国は悪い方向に向かってしまっていた。

原因は、もちろんフィリベール家だ。

今は亡きフィリベール家の当主は、帝国にとって非常に厄介《やっかい》なモノをたくさん残していった。

荒れた領地に、搾取《さくしゅ》され過ぎて餓死《がし》寸前の領民、防衛出来るような機能がほとんど残っていない王国との国境。

もう、これを元の状態に戻すとなると、一体どれだけの金と時間が必要になるのか……。

もちろん、ダンジョンを潰《つぶ》して貧困を更に悪化させてしまった俺に、自分の領地が忙しいからって知らんぷりをしようなどといった考えは浮かぶはずも無く、しっかりと支援をさせて貰《もら》った。

まあ、と言っても自分の領地だけでも人手が足りなかったから、お金と食料、魔法具のような救援物資を送っただけになってしまったんだけど。

これから自分の領地に余裕が出来たら、しっかりと人材を派遣して支援をしないといけないな。

そんなわけで、帝国は元フィリベール領をなんとか復興しようと頑張っているが、なかなか進んでいない。

その理由は、領地の復興よりも王国との国境付近の防衛拠点の修復・強化が優先されたからだ。

これにも、ちゃんとした理由があって……壊された防衛拠点をそのままにして、先に領地を復興するとどうなると思う？

ちゃんと考えればわかると思うが、どう考えても喜んで王国が復興の終わった領地を取りに来るだろう……。

そうなることがわかっていたから、皇帝は国民からの反感を買いながらも先に防衛に力を入れることを決めたのだ。

本当、政治って大変だよな。

と言っても、人ごとじゃないんだけど……。

たぶん、今後元フィリベール家とその配下が支配していた広大な西側の領地は俺が管理することになりそうなんだよね。

この前、俺は皇帝に頭を下げてお願いをされてしまった。

『これまで帝国にたくさん貢献《こうけん》してきたレオ君に押しつけるようになってしまって本当に申し訳ない。だが、君にしか頼める人がどうか……どうか、成人してからでいい。将来、西側の管理をして貰いたい』

どうやら、皇帝陛下というか、帝国としての考えは、俺を成人と同時にシェリーと結婚させ、これまでの功績《こうせき》をたくさん並べて公爵にし、皇族として貴族には任すことが出来ないほぼ国と言っても過言でもないような広大な、元フィリベール家とその傘下の領地があった西側の土地を管理して貰おうという考えらしい。

ということで、俺は公爵になることが決まってしまった。

まあ、仕方ないと思っているよ。シェリーと結婚すると決めたからには、帝国の為に働かないといけなくなることは覚悟《かくご》していたからね。

ただ、ここまで働かないといけなくなるとは……。

ということで、成人まで……今は十一だから十六歳までの四年間。とんでもなく広大な土地を管理するのにたくさんの優秀な人材、資金を集め、復興の計画をこの短い期間で練らないといけなくなった。

四年間か……どう考えても圧倒的に時間が足りない……。

まあ、出来る限りのことはやらないといけないな。

とりあえず、今ある領地が完璧に開発し終わってから、そっちの準備は始めるか。

よし、今後の方針は決まった。後は、必死に働くだけだ！

# 第二話　領地拡張

十二歳になって数日、今後の大まかな方針を決めた俺は、さっそく思いついたことをフレアさんに提案してみた。

「学校ですか？」

「そう。身分を問わずに無料で三年間通うことが出来る学校を造りたいんだ」

俺の提案を聞いて、首を傾げながら聞き返してくるフレアさんに、もう一度同じことを説明した。

「どうしてか……聞いても構いませんか？　今は、なるべく資金を貯めておかないといけない時期なんですよね？」

確かに、成人してからのことを考えると、出来る限り金は貯めておいた方がいいだろう。たくさん持っているとしても、荒れ果てた広大な土地の開発に使えば、すぐに無くなってしまうだろうからね。

「まあ、そうなんだけど。たぶん、資金は地下市街が出来れば人がもっと増えるから問題ないと思う。それよりも、これから四年後、資金よりも人材が圧倒的に不足するはずなんだ」

金は俺のアイディアでどうにか出来るけど、人材を創造するわけにはいかないからね。

「確かに……ただでさえ、この街を運営するのにも人手不足な状態ですからね」

「そうなんだよ。だから、その人材を育てる学校を造りたいんだ」

このまま張り紙でもして人が集まってくれるなら、別に学校なんて造らないんだよ。読み書き程度なら庶民でも出来るけど、計算みたいなちゃんとした教養は貴族と一部の庶民だけだからな……。

どう考えても、領地を運営する文官として働ける教養のある人がこの世界には少なすぎる。てことで、優秀な人を集めるのが難しいなら、自分たちで育ててしまおうということに考えが至った。

「なるほど……でも、三年間でそこまでの人材が育つと思いますか？」

「心配ないさ。三年間あれば、貴族学校を卒業した程度まで、いや……それ以上の学力を得ることが出来ると思う」

「え？　貴族学校って六年間ですよね？　それを三年間って、流石《さすが》に無理がありませんか？」

「いやいや、そんなことないよ。貴族学校みたいに礼儀作法や剣術、魔法は授業で教える必要が無いからね。あくまで、文官を育てる為の学校だよ」

専門家を育てることが目的の学校だからね。

貴族学校みたいに、オールマイティーな人を育てる必要は無い。

それに、読み書きくらいは出来る人じゃないと入学出来ないようにするつもりだからね。

だから、三年もあれば十分なはず。

「そういうことですか。それなら、騎士専攻、魔術師専攻、文官専攻の三つのクラスを作ってはいかがでしょうか？　騎士も、魔法使いもこの領地では不足していますから」

「おお、それはいいね！　三つの専攻か」

確かに、騎士団の人不足もずっと問題になっているし、魔法使い……いや、魔法を使える人なんてほんの数人しか雇《やと》えていないからな。

その問題も、学校で解決出来るとは。

「面白そうだね。それ、採用。よし、そうとなったら準備を進めるぞ！　目標は、俺の十三歳の誕生日に入学式だ」

三年間だからな。俺の成人までに、と考えると十三歳の誕生日がギリギリのラインだ。

「ら、来年ですか……。わかりました。それでは、教師の手配などは任せてください。レオ様には、学校の建設や授業のカリキュラムを考えて貰えればありがたいです」

フレアさんは、俺の提案に数秒だけ難しい顔をしたけど、了承してすぐに計画を立て始めてくれた。

元々忙しいのを知っているから申し訳ないな……。

「了解。あ、騎士専攻と魔法使い専攻の教師は、うちの騎士を使っちゃって構わないから」

魔法や剣術を教えられる人を探すのは大変だろうからね。

訓練の時間を削ってしまうのは申し訳ないが、今後の為だから我慢して貰うとしよう。

「了解しました」

「それじゃあ、不動産屋に行って良さげな建物がないか聞くか。無かったら、まだ城壁を造っていない東側を広げるしかないかな？」

そんなことを考えながら、俺は街に向かって転移した。

ちょうどいい屋敷があるといいな～。

《十分後》

「すみません！　ここ最近、ミュルディーン領は人気がどんどん高くなっておりまして、大きな商会の会長方に良さげな屋敷は買い占《し》められてしまいました」

「そ、そうなんだ。うん……わかった。はあ、仕方ない。東に広げるしかないな」

地下市街の方も、既に全ての土地が買い取られてしまっているから、今更学校なんて造れるスペースなんて無いもんな。

そこそこ大きな学校を造るつもりだから、領地を広げる以外には無理だろう。

「え⁉　領地をお広げになるのですか？」

俺が、今後のことを考えていると、店主のおっちゃんが俺に食いついてきた。

「そうだけど……ああ、土地を買いたいんだね？」

流石この街の商人だな。儲《もう》け話にはすぐに食いついてくるよ。

「は、はい……ここのところ、ほとんどの屋敷が売れてしまって商売になっていないんですよ」

まあ、その分儲かったんだから良いんじゃないの？

とか思いつつ、おっちゃんに土地を売っても大丈夫かを考える。

いや、売るとしてどんな条件をつけるか考える。

「うん……あ、いいことを思いついた」

そうだ。うん。これで、学生を集めよう。

「え？」

「ちょっと頼みたいことがあるんだけど……」

それから、俺の計画を説明すると、おっちゃんはちょっと悩んではいたけど、なんとか協力してくれることになった。

《一週間後》

「よっしゃあ！　東への拡張終了だ！」

完成した城壁から、これから学校とその他諸々を造る予定の土地を眺めながら、万歳をした。

本当は、拡張工事にはこんな時間をかけるつもりは無かったんだけどな～。

東側に土地を広げても大丈夫かどうか国に確認しに行ったり、北と南の城壁も一緒に建てていたら一週間もかかってしまった。

まあ、一年後に出来れば良いんだからこれくらいは誤差の範囲だな。

そんなことより、早く街を形にしていかないと。

「とりあえず、建物を建てる前に、場所がわかりやすいよう先に地図を見ながら道を敷《し》いてしまうか」

地図というのは、不動産屋のおっちゃんとエルシーと一緒に作った街の設計図のことだ。

上手くいけば、このまま我が領地の学園区の地図になる。

今回広げた領地はミュルディーン領の四分の一、これを全て学園区と騎士団と魔法騎士団の訓練場にする予定だ。

学園区には、中心に図書館と大きく学校を建て、その周りに学生用の格安アパートを建てるつもりだ。

図書館を建てるのは、普段本を読む機会が無い街の庶民や学生の為だ。

この世界の本はめっちゃ高いから正直造るか悩んだけど、学校を造るなら図書館もセットだよね？

ということで造ることを決断した。

学校は、これまた人の手だけではどう考えても期限内に完成するはずはないから、俺が創造魔法で造ってしまうが、学生用のアパートは不動産屋のおっちゃんに任せることにした。

一年以内に一学年程度の学生が住めれば良いのだから、そこまで急ぐ必要は無いからね。

あと、もちろん安く土地を売ってあげる代わりに、学生に対しては安い家賃設定にして貰う約束をしておいた。

これで、他の領地に住む若い人たちを呼び込むことが出来るよね？

それと、騎士団と魔法騎士団の訓練場についてだが……これから入団者が順調に増えていって、城の訓練場だけでは収まらなくなることを願って造ることにした。

訓練場は、面白い仕掛けを色々と造るつもりだから、学校と同様に俺が創造魔法で造るつもりだ。

学校の方が訓練場よりも優先だから、訓練場を建てるのは大分後になってしまうけど、今から面白い訓練器具を色々と思いついちゃって、早く訓練場を造りたくて仕方ない。

ということで、急いで学校を造るか。

あ、でも、学校でも色々と試してみたいことがあるな～。

う～ん、あれもやってみたいし、これも、あ、でもこれをやるのは流石に……。

それから、どんな学校を造ろうか考えていたら道路を敷き終わってしまった。

よし、明日からは学校造りだ！

# 第三話　久しぶりの素材集め

「お願いします。どうか許可を！」

現在、俺はベルに向かって土下座をしながら頼み込んでいた。

ベルから許可を貰わないと絶対に行けない場所があってね……。

「ダメです！　何と言われようと絶対に許可は出しませんからね！」

やっぱりそう簡単には許してくれないか。

でも、俺も絶対に諦《あきら》めないぞ。

「そこをなんとか！　この通り、お願いします」

俺は地面に頭を擦《こす》り付けながら頼み込んだ。

何としても行きたいんだ！

「ダメと言ったらダメです！　成人するまでは魔の森には行かないって約束したじゃないですか」

そう、俺は魔の森に行きたいんだ。

行きたいんだけど、ベルと行かないって約束しちゃったから、それを破《やぶ》る許しを得ようとしているんだ。

まあ、交渉は相当難航《なんこう》しているんだけど。

「そ、そうなんですが……えっと……素材の方が足りなくなっておりまして……特に、大きめの魔石《ませき》が……」

前に魔の森で集めた魔石は城壁を造るのに全部使ってしまったから、学校を造るのに必要な魔石が無いんだ。

これから、まだまだ魔石が必要になっていくのに……このままだと良い物が造れないじゃないか！

「それはさっき聞きました。でも、ダメです！」

く、くそ。どうすれば……。

「そ、そこをなんとかして貰えないでしょうか？　これから、戦争で勝つには絶対に必要になるんです。ベルも、戦争で俺に死んで欲しくないでしょ？」

そう、これは戦争の為の準備なんだ。

決して、魔石が必要なのは趣味的に学校を魔改造したいとかではないんだからね？

「そ、それは……」

お、ベルのさっきまでの絶対に許さないという猛烈《もうれつ》な勢いが弱まったぞ！

ここがチャンスだ。

「ね？　だからいいでしょ？　これも死なない為だから」

俺は顔を上げ、ベルにたたみかけた。

「え、えっと……って！　危うく流されて仕舞うところでした」

一瞬、許してくれそうになったが、ベルは慌てて首を横に振ってさっきまでの絶対許さないモードに戻ってしまった。

はあ、どうしたら許して貰えるだろう？

「え～ダメなの？」

「ダメなものはダメです！　戦争で死なない為に、魔の森で死んでしまったら本末転倒じゃないですか！」

くそ……正論過ぎて何も言い返せないぞ。

考えるんだ。何でもいい、ベルが許してくれそうな案を。

「そ、それじゃあ……ベルも一緒に来るのはどう？　ベルが危ないと判断したらすぐに帰るって約束するから！」

咄嗟《とっさ》に思いついたにしては良かったんじゃないか？

今のベルのレベルなら大丈夫……ではない気もするけど、そこは俺が一瞬で倒して安心させれば良いだけだしね。

「わ、私も!?　私なんかが魔の森に行っても大丈夫なんですか？」

「も、もちろん大丈夫だよ。逆に、ベルが危なくない範囲だったら行っても大丈夫でしょ？」

言ってしまったから仕方ないけど、本当に大丈夫かな？

まあ、ダメだったらすぐに転移で逃げればいいか。

「本当に安全なんですよね？　嘘ついていたら怒りますからね？」

う、嘘ではないはず……いや、ちょっと危ないかもだけど……。

「だ、大丈夫だって。ね？　だから、行こうよ。久しぶりにベルと二人だけで冒険したいな～」

「二人だけ……わかりました。それじゃあ、許可を出しましょう。ただし、私が危ないと判断したらすぐに帰るって約束は守ってくださいよ？」

ふふ、最後の甘えが効いたな。

なんとか誤魔化《ごまか》せて良かった。

「もちろん！　明日が楽しみだな～」

「もう……。それじゃあ、明日の朝からですか？」

うん、日帰りのつもりだからね。

「そうだね。明日の朝、起こしてくれる？」

「ふふふ♪　いいことを思いつきました。私、明日はレオ様を起こしません」

な、何だと⁉

「え、え～⁉」

「寝坊《ねぼう》してしまった場合は、明日の予定は無かったということで」

く、くそ！　そんな手があったのか！

「そんな～」

もう、何年一人で起きられていないと思うんだ？

一人で起きるなんて……。

「ふふ、これは、私との約束を破った罰です。本当は、成人までダメだったんですからこれくらいの嫌がらせをされて当然です」

「わ、わかったよ……」

俺、明日起きられるか？　うん……無理な気がする。

《次の日》

（起きてくださ～い。起きてくださ～い。起きてください。起きて！　起きろ！）

「う、うわあ！」

とんでもなく大きな叫び声で飛び起きると、周りには誰もいなかった。

ただ、枕の近くに昔ダンジョンで造った時計が置いてあるのが目についた。

「な、なんだ、目覚ましか……。やっぱりこの目覚まし、使うの嫌だな……」

なんか、直接頭にガンガンと響いて、普通の目覚ましの五倍くらい嫌悪感があるんだよな。

「まあ、予定通りに起きることが出来たからいいか。それじゃあ、準備をするぞ。あ、そういえば、ベルは起きてるのかな？　いつもなら、起きてない時間だからな……」

よく考えたら、起きる時間を伝えるのを忘れてたな。

自分が起きることで頭の中がいっぱいになっていたから、つい忘れてしまった。

俺はどうしようか悩みながら、とりあえず着替えて部屋から出てみた。

「う～ん。やっぱり誰も起きてないみたいだな。仕方ない。ベルの部屋に向かってみるか……」

誰も起きている気配もなく、警備のゴーレムがうろちょろしているだけの廊下を歩き、ベルの部屋に向かった。

「そういえば、ベルの部屋に入るのは寮の部屋、帝都《ていと》の屋敷を含めて初めてだな」

そんなことを言いながら俺はノックをしてみた。

コンコン。

「ベル～。起きてる？」

ドアの前でベルを呼んでみるが、全く反応が無い。

うん、これは寝ているな……。

「仕方ないな～。お邪魔しま～す」

勝手に入るのは後で怒られちゃうかもしれないけど、せっかく朝早く起きられたんだからベルが起きるまで待っているなんて時間がもったいない！

ということで怒られることを覚悟して中に入ると、部屋の隅にあるベッドからスヤスヤと寝息が聞こえてきた。

「お、やっぱり寝てるね。可愛い寝顔をしているな～」

ベッドの脇まで進んで、寝息の主を確認するとちゃんと可愛らしいベルだった。

「よし、起こすか。それにしても、ベルの部屋は整理整頓されて……ん？」

真面目な性格通り、ベルの部屋は余計な物は置かないで整理整頓されているんだろうな～って言おうとしたら、壁に貼られた写真や棚に置かれた物を見てしまった。

これ、絶対俺が見たらいけなかった奴だよな。

「俺の……フィギュアだよな？　それに、これは俺の写真。これ、いつの間に撮ったんだ？」

棚にいくつも俺のフィギュアが置かれているのは流石に怖いな。

たぶん、エルシーが創造魔法の練習で造った物を貰ったんだろうけど、これは怖いぞ。

あと、額縁《がくぶち》にまで入れて飾られている写真……これ、寮生活が始まったばかりの頃、ベルが泣いちゃって、俺が慰《なぐさ》めているところだ。

これも、エルシーが犯人だろうけど……あの人、いつから師匠にカメラを依頼していたんだ？

エルシーと会えなくなって、まだそこまで経ってなかったよね？

「なんか、怖いぐらい俺関連の物が置いてあるな」

他にも、棚や机の上には俺が着なくなった服……いや、俺は何も見ていない。

「うん、何も見なかったことにしてベルを起こすか」

俺は棚や机から目を逸《そ》らしながら、ベッドの傍《そば》に戻った。

「ベル起きて」

「うんん……レオ様？　ふふふ。レオ様の匂いがする～」

俺が名前を呼びながら体を揺すると、起きたのか起きていないのかわからない声を出しながら、ベルが俺にしがみついてきた。

「お、おい！　待つんだ！　噛んでる！　俺を噛んでるから！」

これ、絶対寝ぼけてるだろ！　てか、めっちゃ犬歯《けんし》が刺さって痛いんだけど！

たまに一緒に寝るけど、こんな寝癖悪くなかったよね⁉

《数分後》
「うう、やっと解放された……」
ベルの部屋の前で、俺はさっきまで歯が刺さっていた肩を聖魔法で治しながらベルが着替え終わるのを待っていた。
いや……なかなかベルが起きてくれなくて大変だった。

で、起きたと思ったら焦ったベルに凄い勢いで外に出されてしまった。

「よし、治った。まさか、こんな目に……」

魔の森に行く前に怪我をするとは。

「自業自得です。寝ている女の子の部屋に忍び込むなんて何を考えているんですか!?」

傷が無くなった肩を確認していると、不機嫌そうなベルが部屋から出てきた。

やっぱり、勝手に部屋に入るのは不味《まず》かったみたいだな。

「だ、だって……」

うん、何も言い訳が思いつかん。

「だっても、こうもありません！　それより……部屋の中を見たりしましたか？」

うん、これ、見たって言ったらダメな奴だ。

ベルさん、目がめちゃくちゃ怖いです。

「部屋の中？　何かあったの？　暗くて何も見えなかったよ」

これ、俺史上最高の演技が出来た気がするぞ。

「い、いえ。見てないなら大丈夫です。本当に見てないんですよね？」

「う、うん」

べ、ベルさん、顔が近いです。

「特に、ベッドの下」

「べ、ベッドの下？」

ベッドの下にも何かあったの!?　てか、棚とか机よりもベッドの下の方がヤバいモノが隠されてたんですか？」

「顔に、ベッドの下にも何かあったのか？　と書いてありますね……。やっぱり、他は見てしまったの⁉

あ！　衝撃的過ぎて顔に出ちまった！

……うん、これは開き直ろう。

「いえ、僕は何も見ていませんし、何も覚えておりません」

そう、俺の記憶にはベルの寝顔しか無いんだ。

「うん……わかりました。今回はそういうことで許しましょう」

どうやら、『見なかった』ということで手を打ってくれるようだ。

まあ、ベル的にもあれを見られるのは恥ずかしいだろうからな……。

おっと、俺は何も見ていないんだった。

それと、ボソッと聞こえた「良かった。見られてなくて。もし、ベッドの下を覗《のぞ》かれていたら私、レオ様をどこかに監禁《かんきん》してしまうところだったわ」という言葉も、記憶から消しておこう。

「よし、着いた！　さあ、今日はどんどん素材を集めるぞ」

ベルの支度が終わり、俺たちは魔の森の入り口にやってきた。

前ここに来た時は、もっと禍々《まがまが》しく感じたんだけどな……。

やっぱり、ここ数年で俺も強くはなっているのかな？

ここ最近は学校や領地経営が忙しくて、本気で戦う機会なんて無かったからな……勘が鈍《にぶ》ってないといいけど。

「あの……勝手に国の外に出ても大丈夫なのでしょうか……？　普通、検問所《けんもんじょ》を通らないとダメじゃないですか？」

「検問所？　あ、そういえばそうだね。まあ、日帰りだから大丈夫じゃない？　それに……母さんにはバレたくないし」

たぶん……というか絶対、ちゃんとした所から魔の森には入らないといけないんだろうけど……そんなことしたら、母さんに連絡が行ってしまう。

「やっぱり……隠すつもりなんですね？」

そりゃ〜ね。母さんの長時間説教はもう懲《こ》り懲《ご》りだから、絶対にバレたくないね。

「よ〜し、とりあえず半日で魔王がいるところまで行くぞ」

「誤魔化しましたね……って、魔王？　どういうことですか？」

「あ、そういえば……えっと、大丈夫。優しい魔王だから」

魔王が生きていることって広めたら不味いかな？

なんか、ひっそりと暮らしているし、誰にも邪魔されず余生《よせい》を過ごしたいって感じたから。

下手にあの人を怒らせたら大惨事《だいさんじ》になりそうだし、人には言わない方がいいと思うんだ。

「優しい魔王ってどういうことですか!?」

「心配ないって。ほら、行くよ。ちゃんとついてきてね！」

「あ、誤魔化さないでください！」

ベルの訴えを聞き流しつつ、俺はベルの手を引いて森の中に入っていった。

手を繋いでいるのは、すぐ転移で逃げられるように。

まあ、大丈夫だとは思うけど、ベルとの約束だからね。

そんなことを思っていると、早速ブラックオーガの群れが俺たちを取り囲んだ。

「おお、ブラックオーガだ。久しぶりだな」

初めて来た時もこいつらに囲まれたっけ。

あの頃の俺は苦戦してたよな～うん、懐かしい。

「レ、レオ様。なんか、もの凄く強い気がするのですが……本当に大丈夫なんですか？」

俺の手をぎゅうっと強く握りながら、ベルは俺に心配そうな顔を向けてきた。

ベルからしたら、ブラックオーガとはレベルが四倍くらいの差があるからな……怖くて当然だろう。

「心配ないって。ほら、これくらい瞬殺《しゅんさつ》だから」

とりあえずベルを安心させるため、雷魔法を創造してブラックオーガたちを瞬殺した。

「ほ、本当だ。でも……想像していたよりも凶暴な魔物でした。やっぱり、危なくないですか？」

「大丈夫だよ。一歩も動かずに倒せたんだよ？」

「うんん……」

俺が安全アピールをしても、ベルはなかなか頷いてはくれなかった。

《六時間後》
「よし、これで当分は魔石不足に悩まされることは無いな」
そんなことを言いながら、俺はバッグに入った魔石と貴重な素材たちを見て自然と笑顔になってしまった。

全速力で森の中を走り回った甲斐《かい》があったな。

「もう……レオ様、速すぎですよ。レオ様に渡されたこの箒《ほうき》がなかったら早々に置いていかれてました」

俺が半日の成果に満足していると、上から文句の声が聞こえてきた。

「だから箒を用意したじゃないか。乗ってて楽しかったでしょ？」

ベルは、俺がドラゴンを探すのに使った空飛ぶ魔法の箒に乗っていた。

ベルと歩いていたら効率が悪いと思っていた俺は、安全だということを理解して貰えたら、この箒に乗ってついてきて貰うという作戦を昨日のうちに考えていたんだ。

操作が結構難しいんだけど流石ベル、早々に乗りこなして俺のスピードについてきてくれた。

「そうですけど……」

「なら、良いじゃないか。ほら、魔王のところに行くよ」

せっかくここまで来たんだから、挨拶《あいさつ》くらいはしておかないとね。

どうせ、もう俺がそっちに向かっていることには気がついて待っていてくれてるだろうし。

そんなことを思いつつ、俺は魔王がいる開けた場所に出た。

「こ、ここに……その魔王というのは、本当にいるんですか？」

箒から降りたベルは、一軒の家から体を隠すように俺の背中にくっついた。

まあ、そんなに怖がっちゃうのもわかるよ。ベルからしたら、恐怖の象徴みたいな人だからね。

「うん。いるよ。あ、でも、最後に会ったのは四年前だから、いるかどうかはわからないけどね」

ドラゴンの討伐《とうばつ》で来て以来だからな……もしかしたら、ここに飽きて引っ越してしまったかも？

「いや、いるぞ」

あ、やっぱり来た。

「きゃあ～～!!」

魔王による背後からの登場に、俺は予想していたから何とも思わなかったが、ベルは腰を抜かすほど驚いていた。

震えるベルを抱きかかえながら振り返ると、魔王は申し訳なさそうに立っていた。

「ビックリさせてしまったな……元気にしてたか？」

「うん。あなたも……変わらず、元気そうだね」

まあ、魔族だから四年程度では大して変わらないよね。

「まあ、俺は変わることが出来ないからな。それに比べてお前は変わったな。あ、別に悪い意味ではないぞ。しっかりと成長している」

「そりゃあね。人は四年もあれば背も伸びるし、成長するさ」

「ああ、人というモノは、本当に短い時間を生きている。ただ、その分とても濃い人生を過ごすことが出来る。実に羨《うらや》ましいな」

「羨ましい？」

それだけの力を持っていて、人の何倍もの間生きることが出来る魔王が人間を羨ましいだと？

まあ、そんなことは本気で寂しそうな目をしている魔王には言えないけど。

「ああ、俺はもう千年近く生きた。生きたが、その千年のほとんどは何もせず……暇をもてあましているだけだ」

「せ、千年？　そんなに生きているの？」

魔族ってそんなに生きられるの？　力のある魔族だから？　それとも、魔王だからか？

「ん？　前にも話さなかったか？　確か、お前にドラゴンがいる場所を教えた時だ」

「そんなこと言っていたっけ？　うん……ドラゴンの印象が強くて覚えてないや」

「そうか。忘れているなら、また説明するからいいさ。どうせ、あの時のお前に詳しいことは教えられなかったしな」

「ふ〜ん。つまり、今なら教えてくれるってこと？」

あの時から、四年しか経ってないよ？

まあ、人の子供にとっての四年は非常に大きいけどさ。

「簡単に言うとそうだな。あとは、今がその時だから教えられる」

「その時？」

魔王について知るのに、丁度良い時期なんてあるのか？

「詳しいことは家の中で教える。ついてこい。ああ、そっちの獣王《じゅうおう》の娘も連れてきていいぞ」

俺が、ベルに聞かせても大丈夫？　と言いたげな目を向けると、魔王がＯＫを出してくれた。

まだ立つことも出来なそうなベルをここに置いていくなんて出来なかったから良かったよ……って、今とんでもないことを言わなかった？

「じゅ、獣王!?」

今、獣王の娘って言ったよな？

「何？　気がついていなかったのか？　獣《じゅう》魔法を使えるのは獣人《じゅうじん》の王族だけだぞ？　ああ、そういえば知らないのも当然だな。獣王の娘……」

「ベルだよ」

ベルに目を向けて、何と呼べばいいか悩んでいるように見えたから、名前を教えてあげた。

「そうか。ベル、お前は獣人族王家の最後の生き残りだ」

「え？　どういうこと？」

獣人の王族がどうして孤児院に？　しかも、最後の生き残りってどういうこと？

「簡単だ。そこのベルは、獣人族最後の王が何とか生かした一人娘なんだよ。獣王は、死ぬ前に古くからの友に自分の子供を託《たく》し、強敵から国を守る為に戦い、死んでいった」

古くからの友って……ベルが育った孤児院のおばあさんのことか？

すげえな。あのおばあさん、獣王の友とか何者？　マジで、今度時間を作って会いに行かないといけない気がしてきた。

てか、それより、

「その強敵って……？」

獣王を誰が殺したんだ？

「それは、俺がこれからお前に話そうとしていたことと被《かぶ》るから、家に入ってから話す」

そう言って、魔王は自分の家に入っていってしまった。

「俺、今日は素材を集める為に来たんだけどな……」

まさかこんなことになるとは、と思いつつ俺は仕方なく魔王の後を追って家の中に入った。

# 第四話　世界の秘密

「で、一体何を俺に話そうと思っているの？」

未だ足腰が立たないベルを抱きかかえながら、魔王の向かい側の椅子に座った俺は、さっそく本題に入った。

「それについてだが……お前は、そこの……ベルに、お前が今まで誰にも明かしてこなかったことを知られる覚悟はあるか？」

「え？　明かしてこなかったこと……？」

それって、俺が転生者だってことだよな？

俺が今まで、誰にも話していない秘密はたぶんそれだけだ。

どうして魔王がそれを知っているのかは置いといて、確かに……ベルに知られたら困る……か？

そういえば、どうして俺は転生者だってことを隠していたんだっけ？

随分前から隠してきたことだから理由は忘れてしまったな……。

変な目で見られるのが嫌とかだったか？

「これから話すことって、ベルにも関係あるんだよね？」

「ああ、大いにあるな」

「そうか……」

それじゃあ、覚悟を決めるか。

別にベルのお父さんや故郷《こきょう》のことに比べたら、俺が転生者だってことはちっぽけなことだしな。

「うん、わかった。それじゃあ、ベルに教えるよ」

「そうか」

「じゃあ、話が先に進められるようベルに教えちゃうよ」

「ああ」

「で、ベル……」

覚悟を決めた俺は、抱えているベルの向きを変え、俺と向き合う形にした。

「ちょ、ちょっと待ってください……そんな、レオ様の秘密を私だけが知るなんて出来ません！」

俺が話そうとすると、さっきまで放心状態だったベルが急に慌てて俺の口を塞《ふさ》いだ。

「いいよ。ちゃんとシェリーたちにも言うつもりだし」

ベルに話したからにはシェリーたちにも教えるさ。

「で、でも……」

「安心しろ。いつかはそのことを知ることになる」

「だってさ。てことで言っちゃうよ。実は俺、転生者……前世の記憶があるんだ」

魔王の言葉を聞いて、俺はベルの反応を待たずに言ってしまった。

ベルは、驚いている……わけでもなく、ポカーンとした顔をしていた。

「前世の記憶？」

ああ、今の説明だけだと何を言っているのかわからないな。

「まあ、急に言われてもピンとこないよね？　簡単に言うと、俺はレオンスの記憶の他に、ここことは全く違う世界で生きていた時の記憶を持っているんだ」

「え？　つまり……どういうことですか？」

うん……ここまで覚悟して言ったのに、そんな反応をされると微妙な気持ちになるな。

「えっと……つまり、俺は生まれた時からどこかの違う世界の人が持っていた記憶を持っているんだ」

そう説明すると、ベルは段々と俺の秘密について理解出来てきたみたいだが、まだ難しい顔をしてきた。

「そうですか……生まれた時からということは、レオ様はレオ様なんですよね？」

答えにくい質問だな……この記憶が俺を動かしているのなら……レオンスという名前は単なる飾りなのかな？

いや、でもこうしてレオンスとして生きているわけだし、俺がレオンスという自覚があるなら、俺は俺だな。

「うん。俺はこの記憶を含めて俺だと思うよ」

「……わかりました。それなら、問題ありません」

俺の悩んだ末に出した答えに満足したのか、俺に抱きかかえられているベルは、俺に向けて優しく笑ってくれた。

「え？　もうちょっとないの？　俺、今まで成績が良かったり、金を荒稼ぎしたりしているのはこの記憶があるからなんだよ？　ズルいと思わない？」

第一、創造魔法がここまでチートな能力になったのも、その記憶があったからだよな……。俺、前世の記憶が無かったとしたらどんな人生を送っていたのかな？

たぶん……普通の、いや創造魔法は使いこなせなかっただろうから、落ちこぼれのような扱いを受けていたんだろうな。

でも、今の俺よりは平和な生活を送れていたよな？

無駄に強すぎず、じいちゃんにダンジョンに連れていかれるなんてことも無かっただろうから、まだじいちゃんは生きていただろうな……。

あ、けどそんなこともないな。

シェリーの誕生パーティーの襲撃《しゅうげき》事件は、俺の記憶関係なしに忍《しの》び屋《や》が襲っていただろうから……たぶん、そこで死んでいたな。

と、考えると、記憶はあって良かったな。

「……別に、それもレオ様の一部なんですから……ズルいとは思いません。違う世界の記憶？　を持っていようと、持っていまいと私のレオ様に対しての気持ちは変わりませんよ。レオ様がどんなに強大な力を持っていても、エッチなこと以外間違ったことには使わず、人の為に頑張れる優しい人だってことはわかっていますから」

俺の考え事が一段落したところを見計らって、ベルがバーっと自分の気持ちを伝えてくれた。

人の為ね……まあ、好きでやっていることが結果的に人の為になっているだけだから、優しい人ってことはないけど……まあ、お礼は言っておくか。

「あ、ありがとう……」

「ククク。エッチなこと以外か」

「そ、それは……」

それに関しては、身に覚えがいくつかあったから聞き逃そうとしていたんだけどな～。

思わず、やめてくれよという目を魔王に向けてしまった。

「いいじゃないか。性欲旺盛《おうせい》なのは人族《ひとぞく》の特権だぞ？」

「そうなの？」

まあ、寿命が長い魔族に比べたら子孫を残すことは重要だし、そうなのかな？

「あ、いや、獣人族には劣《おと》るが……」

魔王は、真面目に聞き返されると思っていなかったのか、すぐに訂正を入れた。

獣人族には劣るか……確かに、イメージ的には獣人族は本能的な感じがするな。

「そうなんだ～」

「なんですか？　私がレオ様よりもエッチだって言いたいのですか？」

俺がニヤニヤしながらベルに顔を向けると、ベルはムッとしてしまった。

「別に～」

だって、エッチじゃない人は自分の部屋に俺の服……いや、これは俺の思い違いだ。

朝、俺はベルの部屋で何も見ていないんだ。

俺が朝のことを思い出そうとした瞬間、ベルのムッとした目が睨《にら》みに変わったから慌てて俺は思考を停止した。

うん、これ以上はベルを怒らせたらダメだ。

「本当、お前らアツアツだな。主人とメイドの関係とは思えないぞ。いや、これは人族特有の禁断の恋に燃えているのか。魔族の俺にはわからんな」

「えっと……いろいろと言いたいことがあるけど、どうしてベルがメイドだって知っているの？」

禁断の恋ってなんだよ……いや、言われてみれば婚約者のいる貴族の当主とメイドが恋仲になるのは禁断の恋だな。

まあ、俺はそんなこと気にしないからいいけど。いや、気にした方がいいのか？

イヤイヤ。そんなことより、どうしてベルがメイドだってことを魔王がわかったかだ。

今、ベルは冒険者の格好をしていて、全くメイドには見えないはずなんだけどな？

「ん？　ああ、ここ何年か、暇な時はこれでお前のことを観察していたからな」

そう言って、魔王はどこからかバスケットボールくらいの大きさがある透明な球体を取り出した。

「これって……ダンジョンのコア？」

「おお、よくわかったな。あ、そういえばお前も失敗作だが、ダンジョンを造っていたな」

よく知っているな。やっぱり、俺のことを観察していたんだな。

「うん、そうだけど……ダンジョンのコアって普通そのダンジョンの中だけしか見ることが出来ないんじゃないの？」

「ああ、普通はそうだな。これは俺の空間魔法と組み合わせているからだ」

「空間魔法と組み合わせると、好きな場所を覗き見することが出来るってこと？」

「そういうことだ。世界中で俺が訪れた場所なら見ることが出来る。まあ、俺は女風呂を覗いたりはしないけどな」

「そ、その話はもうやめようか」

なぜ、さっきからそっちの話にもっていこうとするんだ？

「レオ様、何度怒られても覗きやめられませんからね……」

あ〜聞こえない〜〜!!

「まあ、冗談は置いといて、俺は世界中で行ったことがない場所がないから、実質世界中の好きな場所をこのコアから眺めることが出来る」

「この世界中が俺のダンジョンって感じだな」

まさに世界最強の魔族、魔王だな。

「百年と少し前まではそうだったぞ？」

「「え？」」

流石に、世界中が魔王のダンジョンだって言ったのは冗談だったんだけど？

「よし、ベルの緊張もほぐれたことだ。本題に入るか」

「う、うん」

「まず何から話すか……俺も転生者だって話からでいいか？」

「「え？　転生者!?」」

初っ端《しょぱな》からとんでもないことを言われて、俺とベルは声をそろえて驚いてしまった。

「ああ、そうだ。俺はお前やお前の奴隷《どれい》と同じで転生者だ」

思わず俺とベルが目を見開いて驚くと、そんなに驚いてどうした？　と言いたげな目を魔王が向けてきた。

イヤイヤ、普通驚くでしょ？

そりゃあ、転生者だと言われてみればあの強さは納得だけどさ……ねえ？

「そうなんだ……やっぱり、転生者っているんだね」

「ああ、いるぞ。この世界には十一人の転生者がいるな。その内、俺が把握《はあく》出来ているのは九人だ」

「え？　十一⁉　そんなにいるの⁉」

しかも、魔王にも把握出来ていない転生者が二人もいるのか……。

この世界、思っていたよりも広いな。

「これでも随分と減ったんだぞ」

「え？　減った？」

逆に、前はもっと多かったの？

そんなの、絶対カオスじゃん。

「転生者同士の殺し合いに敗れて死んでいった奴らがいるからな」

うわ……予想以上にカオスだった。

「え？　転生者って殺し合いをするんですか？」

俺が言葉を発するよりも早く、ベルが魔王に質問した。

凄く不安そうな表情から察するに、俺が殺し合わないといけなくなってしまうことを心配しているんだろう。

「ああ、そうだな。俺たちはそのために用意された……現に、お前は『付与士《ふよし》』に殺されかけただろ？」

その為に用意されたね……。

付与士？　ああ、師匠の息子のゲルトのことか。

「……え？　あの人、転生者だったの？」

確かにチートな能力を持っているから、言われてみればそんな気もするけど。

全く、思いつかなかったな。

いや、まさか自分以外に転生者がいるとも思っていなかったから仕方ないか。

「そうだ。物や道具に膨大《ぼうだい》な魔力を使って特別な機能を付与する魔法と、豪腕《ごうわん》のスキルを持っている」

「なんか、強そうだな……。数年したら戦わないといけないのに、勝てるか心配になってきたぞ」

あの、即死爆弾だけでも凄く心配だったのに、豪腕のスキルと前世の記憶もあるとかマジで辛すぎだろ。

「いや、大丈夫だと思うぞ。付与士は、創造士の下位互換《かいごかん》と言われているからな。お前が油断さえしなければやられるような相手ではない」

え？　本当に？　でも、魔王が言うんだから、そうなのかな？

「下位互換か……でも、あの即死の爆弾とか強いよ？」

確かに、創造魔法を使えば同じことを……いや、もっと大規模なことが出来るけど、それだとオーバーキルだからな。

人一人を殺すなら付与魔法の威力で十分だよね？

「代々、付与士はドワーフの血を引く者がなるんだが、武器か魔法具を作るのが上手いんだ。だから、複雑なことも出来てしまう。常人では付与魔法だけであんな物は作れないだろうよ。今代の技量次第ではこれからも化けると思うぞ」

「うわ……怖いなあ」

師匠の息子だもん、絶対凄い魔法具を作ってくるはず……うん、もっと戦いの準備をしないといけないな。

今度の戦争、やり過ぎなくらいでも勝てない気がしてきたぞ。

「あ、あの……その付与士という方に勝ったとしたら……レオ様は他の転生者と争うことはないですか？」

俺がゲルトとの戦いについて悩んでいると、俺に抱きかかえられたままのベルが遠慮がちに質問した。

そうだ……ベルの言う通り転生者は十一人もいて、何故か殺し合いをしているんだった。

よく考えれば、ゲルトに勝てば平和になって終わり！　ということにはならないよな……。

「ない……と言ってやりたいが、それは無理だな。確実と言っていいほど、レオは他の転生者から狙われるだろう」

だよね……なんか、今日の夜は怖くて寝れなさそうだな。

俺、ステータスの運は人よりも高いんだよね？　いつの間にか下がっていたりしない？

これは帰ってから確認しないといけないな。

「そ、そんな……どうして、どうして転生者たちは殺し合っているのですか？」

ベルは俺の膝の上でぷるぷると震えていた。たぶん、俺以上に転生者との戦いを恐れているんだろう。

あまりにも膨大な魔力を持った魔王を前に、立つことすら出来ないベルからしたら、転生者は俺よりも強い存在で、とても恐ろしい存在なんだと認識してしまっているんだろうからね。

一般人のベルからしたら、本当に怖くて仕方ないだろう。

まあ、俺も表面的に平常心は保てているけど、今日の夜は一人になりたくないくらいには不安なんだけど。

「どうしてか……何も、俺たちは好きで殺し合っているわけではない」

「それじゃあ、どうして？」

「その説明をするには……千年にも及ぶ俺の長い人生を振り返りながら説明しないといけないな」

「千年ね……そういえば、魔族ってそんなに長生き出来るの？」

そうなると……ルーも千年も生きてしまうってことだよね……。

寂しがりのルーには、とても耐えられそうにないよな。

「そうだ。魔族とエルフは魔力が大きければ大きいほど長生き出来るんだよ。俺の魔力は魔界一だ」

魔力に応じてか……やっぱり、ルーは長生きしそうだな。

可哀想《かわいそう》だけど、何もしてあげられないしな……せめて、俺たちが長生き出来るように頑張るか。

「ありがとう……話の腰を折ってごめん。話を続けて」

「ああ。今から千年前。俺はとある魔族の村で産まれた。お前と同じようにな。いや、お前たちと少し違ったな。第一世代の俺は、前世の自分が誰だったのかを知っていた」

第一世代とかわけのわからないことを言っているけど、確かに俺は前世が誰だったか知らないな。

前世が誰だったか……まあ、今更知りたいとも思わないけど。

「この世界に来る前、俺は普通の学生だった。何不自由なく、三人の友と毎日楽しい日々を過ごしていたんだ……が、気がついたら俺はこっちの世界に来ていた。ある使命を与えられてな」

「使命？」

「ああ、この千年でたくさんのことを忘れてきたが、あの言葉だけは忘れられない。もしかすると、そういう風になっているのかもな。『我が僕《しもべ》よ。これは命令だ。お前は、自分以外の使者を全員殺せ』この世界に転生する直前、俺はそんなことを言われた」

「そういえば、俺も転生する直前に神みたいな存在から声が聞こえたな。ただ、そんな殺伐《さつばつ》とした言葉じゃなかったけど……」

俺が特別な能力を使ってどう生きるか楽しみにしているよ程度だったぞ？

「そうだろう。お前たちには何も使命が与えられていないからな」

「え？　どういうこと？」

「それは後で説明する。それより、話を戻すぞ」

あ、また話を脱線させてしまったな。

けど、気になる情報が多すぎるよ……。

「生まれてから数年は苦労した……あっちの世界の記憶を持っている俺には、あの村での生活は地獄でしかなかった」

「地獄ね……どんな村だったの？」

魔王が地獄だったと言うんだから、相当大変な場所だったんだろうな。

「弱肉強食。力の弱い奴は強い奴に従わないといけない。力こそが全て。俺は常に、村の住人と戦わないといけなかった。もちろん、俺には特別な記憶と能力があったから負けたことは一度も無かったがな」

うわ……どんな戦闘民族に転生しちまったんだよ。

それは大変だったろうな……俺、恵まれた家に転生出来て良かった～。

それにしてもよく考えたら、貴族……しかもその中でも最高位の公爵家に生まれたって、俺は当たりの中の当たりだったんだな。

もう少し、自分の運の良さを自覚しておくべきだな。

「そして、そんな生活に疲れていたあの頃、ある男が俺の村までやってきた。あいつは、俺に自己紹介をすると、何も言わず村を巻き込んで俺を襲ってきた」

襲ってきた？　それってもしかして転生者？

「名前は……もう忘れてしまったが、前世ではクラスメイトだった男ということだけは覚えている」

やっぱり転生者だったんだね。しかも、クラスメイト……知り合いを襲えるとか凄いな。

いや、もしかしたら神に操作されているってこともありえるか？

なんか、さっきから予想だにしない情報が飛んでくるから、何でもあり得る気がしてきた。

「あの時、俺は初めて死んだ。もう……死ぬのには慣れてしまったが……あの、初めて死んだ時の感覚は今でも忘れられないな」

ん？　死んだ？

「え？　どういうこと？」

死んだなら、どうしてあんたはここにいるんだ？

「ああ、まだその説明はしてなかったな。転生者には、特殊魔法と特殊スキルの二つが授《さず》けられる。それで、俺は空間魔法の他に、超再生というスキルを持っているんだ」

空間魔法を使っているのは知っていたけど……超再生ね。

「超再生？　普通の再生よりも早く再生するとか？」

俺もダンジョンで貰った再生のスキルで死なずに済んだ経験があるけど、魔王もそうなのかな？

「まあ、それもあるが。メインは、絶対に死なないってことだな。いや、このスキルの強みはそれでもないな……」

ん？　つまり、どういう能力なの？

「超再生の一番の強みであり、俺の地獄が終わらない要因でもある能力は、死ぬ度《たび》に全盛期の体に戻ることなんだ」

死んで全盛期に戻る？

「どういうこと？　死んでも生き返ることは凄いけど、魔王は元々衰《おとろ》えることなんてないんだから、それがあってても無くてても変わらないんじゃないの？」

魔王は膨大な魔力の力で歳を取らないんでしょ？

「いや、いくら魔族とは言え、千年も生きていていれば魔力も衰える。そして、魔族は魔力が衰えれば他のステータスも落ちていくんだよ」

なるほど……死ぬと魔力が全盛期に戻っちゃうから、若返ったということか。

で、千年も生きているのに全然老けていないわけだ。

「へえ、そうなんだ……って、ことは最近死んだってこと？　あ、じいちゃんか」

あ、身内に魔王を倒した人がいたよ。

じいちゃんがね……あ、そうか！

今、ずっと疑問に思っていたことが解消出来たよ。

どうやってじいちゃんが魔王を倒せたのか、という疑問だ。

八歳の時に魔王の異次元な強さを知ってからずっとじいちゃんの功績を疑ってきた。

でも、今日でそれも解消されたな。

じいちゃんたちが魔王を倒せたのは、千歳を超えた魔王が弱っていたからだ！

じいちゃん、疑ってごめん。

「いや、先代の勇者の時にも一度死んだが、俺が超再生の強みを初めて知ったのはその少し前だな」

俺は魔王の言葉を聞いてずっこけそうになってしまった。

え？　てことは、じいちゃん、全盛期の力を持った魔王に勝ったってこと？

もう、わけがわからないな……。

「あ、そういえば、初めて魔王に会った時、魔石が壊されない限り死なないとか言っていたけど、あれは嘘だったの？」

「魔石？　ああ、そんなことを言って誤魔化したな。確か、魔族の中でそんな特性を持っている奴らがいるからバレないだろうと思って、言った嘘だ。あの時はまだお前に教えるわけにもいかなかったから、誤魔化すのに大変だったんだぞ」

「そうだったんだ……魔王の反応はその後の修行の印象が強すぎて忘れてたよ」

まさか、そこまで考えられた嘘だったとは。

当時の俺は魔王だからそんなこともあり得るかな？　程度だったからな。

「ああ、あの戦いは楽しかったな。約四十年もこの家に籠《こ》もっていたから久しぶりにいい運動になった」

「いい運動か……」

俺は死ぬ気で戦ったつもりなんだけどな。

「そりゃあ、百年も生きていないような若造に負けるほど弱くない」

「まあ、そうだよね」

百歳で若造と言うことからして俺は生きている間には敵わないよな。

「おっと、また話が脱線してしまったな。俺の若い頃の話に戻るぞ」

「あ、ごめん」

「俺が他の転生者に、村の住人と一緒に殺され、初めて生き返りを経験した時、俺は神からもう一度使命を言い渡された。他の転生者を殺せってな。生き返っても、特にやりたいことも無かったし、普段攻撃し合っていた間柄だったが……家族同然だった村の奴らの敵《かたき》は取ってやらないといけないと思った。それで俺は、神に言われた通り転生者を探す旅に出たんだ」

なるほどね……それから、魔王も殺し合いに参加し始めたわけか。

「その間、何人もの転生者を殺したが、探していた転生者は見つからなかった。たぶん、寿命で次の代に能力が渡ってしまったんだろうな」

「次の代？」

そういえば、さっき付与士がドワーフの血で受け継がれる的なことを言っていたけど、転生者って死んでも次に継承《けいしょう》されるの？

それって泥沼な戦いにならないか？

「ああ。俺たち転生者は種族もバラバラで、寿命も様々だろ？」

「うん」

まあ、俺と魔王でも種族と寿命は全く違うからね。

「そこで、神の間で決められたルールの一つに、使者が寿命を迎えて死んだ場合は次の転生者を用意していいというルールがあるんだ。これのせいで、俺たちの戦いは泥沼みたいな戦いになってしまった」

寿命を迎えた場合か……だとすると、殺せばその能力は次に継承されないってわけだな。

でも、やっぱり泥沼化したんだね……。

それにしても、神の間で決められたルールか。

もしかしたら、これは神の代理戦争ってことなのかな？　それとも、神による人を使った遊び？

まあ、どっちにしても神がめちゃくちゃなのはわかった。

「寿命が短く、子供が多い人族……これが非常に厄介なんだ。勇者以外は、転生者が死ぬとそれから五年から十年の間に歴代の子孫の子供から選ばれるということになっている」

「歴代……」

千年も続く中で歴代って……今、転生者になれる可能性がある人は一体どんだけいるんだ？

「そうだ。特殊属性の魔法は元々、転生者だけが使える物だった。それが、千年も転生者の血が広がっていけば……今は少し珍しいくらいになってしまっただろ？」

「確かに……」

へ～特殊属性って転生者がルーツだったんだな。

そう考えると、特殊属性を持った人は全員転生者の可能性があったってことになるのか。

やっぱり、見当もつかない人数になりそうだな。

「そのせいで、あまり目立ちたくない性格の奴が転生してしまうと、俺たち古株《ふるかぶ》たちは見つけることが出来ないんだ」

「……え？　てことは俺、めっちゃ危なかったんじゃないの？」

俺、今までとんでもなく目立ってたよね？　たぶん、世界的に。

あ、だから付与士であるゲルトに狙われたのか。

「まあ、普通ならもう死んでいただろうな。お前は創造士に守られているから助かっているんだ」

ん？　創造士？

「創造士に守られていたってどういうこと？　俺も創造士だよ？」

さっき、寿命で死ぬと能力が継承されるって言っていたよね？

「あ、もしかして、自分自身が死んでも後の継承者が死なないように何かしてくれているとか？」

創造魔法で造られた魔法アイテムなら、そういうこと出来そうだもんね。

そうなると、俺も次の代の為に出来ることを考えておかないといけないな。

「いや、生きているぞ。創造士は今も試練のダンジョンの最下層で世界を見守っている。神のルール……さっきの話との矛盾について、色々と言いたいだろうがちゃんと順番に説明するから待ってくれ」

「うん、わかった」

次の質問を封《ふう》じられたから、とりあえず俺は黙ることにした。

これ以上は話が進まないからね。

「創造士、あいつがいる限り、帝国の中に古株の転生者たちは入ることは出来ない」

「何か仕掛けがあるの？」

魔法アイテムとかで、入ってきたら何かが起きるような罠が仕掛けられているとか？

「そうだ。人間界に宣戦布告した俺みたいになる。創造魔法で弱体化してから、人が絶対に来ないような場所に隔離《かくり》される」

ああ、人間界への宣戦布告って創造士に対してだったのか。

昔からの謎の一つがまた解消された。

前からおかしいとは思っていたんだよ？　こんな強い魔王が、わざわざ人間界に戦いを挑む必要なんて無いからね。

その気になれば、一日もしないで人は滅ぼされてしまう気がするもん。

「それにしても、殺すわけではないんだね。あ、死なないのか」

なるほど。そう考えると、この創造士がやった隔離する方法は、死ねない魔王にとって、一番の嫌がらせだな。

俺なら、こんな場所に一人だけで暮らすなんて寂しくて一週間も耐えられないもんな。

「いや、あいつは俺を殺せるぞ。俺を殺せるのは、創造士と付与士が作った武器を持った勇者だけだな。聖剣には歴代最高の技術を持った付与士に『魔王特攻』が付与されているんだよ。魔王の蘇生《そせい》能力を無効化することが出来る」

聖剣にはそんな力があったのか……。鑑定で見た時にはそんな能力書かれていなかったはずなんだけどな？　もしかして、付与された能力は鑑定で見ることが出来ないってこと？

また、憂鬱《ゆううつ》になりそうなことを知ってしまったな……。

「はあ……」

「うん？　溜息なんてついてどうした？」

「うんん、別に。それより、魔王は本当にじいちゃんに負けたの？　そんなに凄い聖剣があったとしても、勝てる気がしないんだけど？」

「勇者の隠しスキルだよ。俺たちは勇者補正と呼んでいるが」

「勇者補正？」

なんだ、その主人公補正みたいな能力は？

隠しスキルとか、絶対凄いじゃん。

「ああ、一生の間に一回だけ勇者だけが使えるスキルだ。勇者は転生じゃなくて転移だからな。その分のハンデみたいなものだ。能力は限界突破の超上位互換で、ステータス差が十倍以上ある相手に負けそうになった時、その戦いが終わるまで相手と互角になることが出来る」

「互角なんだ……でも、互角程度なら」

技術面で長く生きている魔王の方が圧倒的なんだし、負けることはないでしょ？

「いや、それがそうでもないんだ。勇者は大概《たいがい》仲間を連れている。前回なら聖女と魔導師だな。これが意外に面倒でな。勇者が同格の強さになると、魔導師の攻撃で視線を遮《さえぎ》られたり、聖女の聖魔法で勇者が回復したりと……一気に形成が逆転するんだ」

「なるほど……それなら勝てるかも」

仲間か。何とも、勇者らしい勝ち方だな。

「まあ、あの時魔力があれば空間魔法を使ってどうにか出来たんだけどな。創造士による弱体化が効いたな」

ああ、創造士の弱体化もあったから勝てたのか。

それなら納得出来るな。

「でも、死ななかったんだね」

もう、さっきから説明に矛盾だらけでわけがわからないよな？

どうして、蘇生を無効化する剣で倒されたのに生きているんだよ。

「そうだな。聖剣の付与が外れていた」

「え？　外れてた？　誰が外したの？」

「たぶん、創造士があらかじめ外しておいたんだろう。俺に死なれたら困るからな」

また創造士か……死なれたら困るね……。

「ねえ、どうしてそんな強い創造士に戦いを挑むようなことをしたの？」

魔王の言葉からして、元から創造士の力を知っていて挑んだような気がするんだけど？

魔王の性格からして、負けるとわかっていてそんな無駄なことをするか？

「ああ、次はその話だな。この世界には、俺と同等それ以上に強い奴が俺の他に二人いる」

二人か……創造士の他にもう一人。多いのか少ないのか……。

いや、人類を簡単に滅ぼせる力がある人が三人もいると考えると多いな。

「一人は、さっき言った創造士だ。もう一人は破壊士だ」

「破壊士？　ルーと同じ能力の転生者がいるの？　あ、俺も創造士だな」

ルーも、俺と同じようなパターンなのか？

「新魔王もいるぞ。これは、俺たち三人で均衡《きんこう》状態になってしまったのを解決するために作った新ルールだな」

新ルール？

「まだお前の祖父がこの世界に転移される前の話だ。もう何百年も干渉《かんしょう》してこなかった神から『これから五十年以内に、この戦いを終わらせろ。さもないと、新たにルールが加わる』という言葉が何の前触れも無く突然届いたんだ」

じいちゃんが転移される前だから……もう、五十年は経っているよね？

そうか、だから新ルールなのか。

それにしても、神は意地悪《いじわる》だな……。

「この言葉を聞いて、わざわざ宣言してくるほどのルールなのだから、相当面倒なことをさせられるのだろうと思った俺は、そうなるよりはマシだと思って動き始めることにした」

「それで、創造士に挑んだの？」

俺がそう聞くと、魔王は首を横に振った。

「いいや、俺が挑んだのは破壊士の方だ。俺たち三人は相性が丁度良くバランスが取れていてな。創造士は魔王に強く、破壊士は創造士に強い、俺は破壊士に強いって感じだな」

誰かが有利な相手を殺すと、自分の天敵《てんてき》が楽になってしまう。確かに、これは戦いづらいな。

「破壊士は俺のことをどんなに破壊したとしても、俺を殺すことは出来ない。一方、俺は空間魔法を使って自由に攻撃が出来る。俺は破壊士には簡単に勝つつもりだった。ただ……俺は負けた」

え？　マジ!?　有利だったんだよね？

「誤算だったんだよ。あいつは加齢で衰えていく魔力を、人を殺すことで補っていたんだ。まさか、全盛期と変わらない魔力を持っているとは思わなかった」

ああ。ルーも持っている殺した人から魔力を奪う能力か。確かに、あれがあると永久に魔力は減らないな。

「俺は、簡単に殺された。そして蘇生している間に、あいつの手下だった先代の影使いに寄生《きせい》され、操り人形になってしまった。操られた俺は、どうすることも出来ず創造士に対して宣戦布告を行っていた」

影使い……また、新しい転生者が出てきた。名前と説明的に、影を使って操る力なのかな？

魔王を操れるとか、恐ろしすぎるだろ。

「もちろん、俺が操られていることなど創造士にはバレバレだ。破壊士もそれはわかっていて、創造士にちょっかいを出しつつ、勇者が召喚《しょうかん》されればいいと思っていたんだろうな。まあ案の定、創造士は一歩も動かずに俺をこの森にあるダンジョンに閉じ込めたんだが」

勇者が召喚されるのが目的？

ああ、勇者も殺さないといけないからか。

「ダンジョンというのは、俺たちが転生する前から世界に存在するダンジョンと、俺の空間魔法、または創造士による創造魔法によって新しく造られた物がある」

へえ、空間魔法でもダンジョンを造れるのか。

「まあ、ダンジョンが造れると言っても、俺は魔物を育てるのは苦手だからダンジョン経営は早々に諦めたんだけどな。世界中にダンジョンを広げ、魔物はほったらかしにしてダンジョンは移動手段にしてしまった」

マジかよ……それじゃあ、ダンジョンの外にいる魔物たちの原因は魔王ってことなの？

何してんだよ！　ってめっちゃくちゃ言いたかったけど、よく考えたらこの人、魔王だったわ。

「そんな世界を自分の物としたダンジョンは、創造士によってリセットされ、こんなに小さくなってしまった」

「こんなにって……もしかして、この家だけ？」

この家には地下も二階も無いし、こんな小さな家がダンジョンと呼べるのか？

「そうだ。勇者が俺に挑んできた時は時間があって暇だったから、多少ちゃんとしたダンジョンにしていたんだけどな。それも勇者に壊されて、俺はもうダンジョンを大きくすることは諦めた」

「そうなんだ……どうせ暇なんだからまた頑張ればいいのに」

知能のある魔物でも育てれば、話し相手にもなるんだし。

寂しくないのかな？

「いや、いいんだ。それよりも、これを使って世界を覗いていた方が楽しいからな」

「ああ、そういえばそんな暇つぶし方法があったね」

ダンジョンコアを見せながらニヤリと笑った魔王に、俺も思わず笑ってしまった。

魔王の趣味が覗き見とは……気が合うな。

「そうだな。破壊士に負け、創造士に負け、勇者に負けて、何もすることが無くなった俺は、家の中で世界を眺めていた。そんな中、破壊士はそこそこ長く生きている中堅《ちゅうけん》あたりの転生者たちと、その一族を片っ端から殺し始めた」

一族ごとか……確かに継承されてしまったことを考えれば効率的だろうけどな……。

うん、破壊士に人の心があることに期待するのはやめておいた方がいいね。

とりあえず、会ったら交渉とか考えず、すぐに逃げることだけを意識しておこう。

「あれに耐えることが出来たのは、強力な結界で守られたエルフ族だけだな。ああ、それとドワーフ族は滅ぼされたが、付与士もちょうど世代交代の時期で助かったな。そんな程度で、獣王みたいな名が知れた転生者はほとんどがその時に殺されてしまった」

ここで獣王が出てくるのか。そうか……破壊士に殺されたと……。

「その……獣王、私のお父さん……の最後はどうだったんですか？」

ずっと黙って聞いていたベルが久しぶりに魔王に質問をした。

まあ、ベルはこの話を聞くためにここにいたわけだしな。

「獣王の最後？　そうだな……頑張ったと思うぞ。俺よりも善戦していた。破壊士の腕を噛み千切ることは出来た。ただ、やはり守りながらの戦いでは獣王が不利だったな」

スゲー。魔王と同じ強さで、人を躊躇《ちゅうちょ》無く殺せる人と戦って腕を噛み千切ったとか、凄すぎるだろ。

もしかしたら、ベルにも可能性があったりするのか？

「そうですか……ありがとうございます。話を遮ってしまってすみません」

そう言って、俺の膝の上に座っていたベルは表情を変えず、ぺこりとお辞儀《じぎ》をした。

俺は何も言わず、頭を撫《な》でてあげた。

「いや、いい。ベルにとっては重要なことだからな。それじゃあ、話を戻すぞ……破壊士が殺してまわってはみたが、結局俺たちは神から課せられた五十年の期限を守れなかった。そして、追加ルールが発動した」

そこからの追加ルールか。

一体、どんなルールなんだ？

「『千年間怠《なま》けていた三人にペナルティーを与える。これから、新たに創造士、破壊士、魔王を追加で転生させる。お前たち三人は、自分と同職の新たな転生者が死んだ瞬間、お前たちの負けとする。最後に、また、新たな転生者たちは寿命で死んだとしても継承されることは無いから注意するように。最後に、三人の寿命は一律《いちりつ》最大百年ということだけ伝えておく。つまり、あと百年以内で終わらせろ。以上』

これをお前が生まれた日、俺たち三人に伝えられた」

だとすると、俺が死んだ場合、創造士が負けになるわけか。

それにしても、一律寿命は百年か……。

まあ、最大だからそこまで生きられる保証は無いけど、ルーが一人で寂しく生きる必要が無いのは良かったのかな？

「なるほどね……。俺が死んだら創造士も死ぬ。だから、俺は守って貰えるわけだ。ん？　待てよ。てことは、ルーが創造士に殺される可能性があるってことじゃ？」

創造士からしたら、育ち切っていないルーを殺せば、楽に破壊士と戦わずして勝てるってことだよね？

「いいや。創造士はもう勝ち負けなんて気にしていないし、転生者を殺すことはやめている。それに、弱い新人転生者を影ながら助けてやっているな」

あれ？　創造士は案外いい人なのか？

それとも……、

「争いに疲れたとか？」

「まあ、それもあるだろうが、前世にいた頃から優しい奴だったぞ」

あ、やっぱり優しい人だったのか。それは守って貰っている立場としては非常にありがたいな。

「あとは、神に対しての反抗だろうな。本来なら、創造士が動けばこの戦いはすぐに終わるだろう。ただ、あいつは、どうせ死ぬのなら神に最大限の嫌がらせをしてから死のうと考えていてな。人族でありながら千年も生き、誰も殺さずに戦いを長引かせている」

「なんか格好いいな」

千年もその心を維持出来るとか凄すぎるだろ。マジ尊敬するわ。

「見た目もイケメンだぞ。少し女誑《たら》しなところもあるが、面白い奴だ。なんなら、今度ダンジョンに潜って会いに行ってみろよ。あそこには魔族が入ることは出来ないようになっているから俺は会えないが、お前なら会えると思うぞ」

「そうなの？　それじゃあ、守って貰ったお礼も兼ねて今度行ってみるよ」

ダンジョン攻略はレベル上げにもなるしね。暇な時にでも挑んでみるか。

「ああ、そうしてみろ。あいつもずっと人と話せていないだろうから喜ぶと思うぞ」

「うん、わかった」

「よし、これで伝えたいことは伝えたはずだ。これを活《い》かして、次の戦争は生き抜け。相手は付与士と勇者だが、お前なら大丈夫だろう」

「え？　勇者も？」

付与士だけじゃないの？

「ああ。つい最近、王国で召喚されたぞ。出来ることなら、勇者は仲間にすることをお勧めするが……いざ戦うことになったら勇者補正だけは気をつけろよ？」

「うん……わかったよ」

魔王すら倒せる可能性がある勇者、そんなのも敵にいるのか……。

俺、当分不安によるストレスで寝られないな。

# 第五話　付与士に勝つために

「俺、生きて帰れるかな……」

現在、死の山脈、ある洞窟の中……レッドドラゴンの巣のど真ん中にいた。

俺はドラゴンに囲まれ、お互い声も出さず、一歩も動けない静寂《せいじゃく》な緊張感の中で魔王のことを恨んでいた。

《数分前》

「何？　付与士に勝つ方法？」

転生者たちの歴史を聞き終って、俺は魔王に付与士について教えてとすぐ泣きついた。

だって、あんだけ転生者たちの凄さを聞かされた後に、それじゃあそいつらと頑張って勝ちに行くぞ！　とはならないでしょ。

「付与士について知っているんでしょ？　何でもいいから教えてよ！」

「はあ？　そんなの知ってしまったらつまらなくないか？」

つまらない？　何を言っているんだこの人は！

「別に楽しもうなんて思ってないから！　簡単に勝てるのに越したことはないでしょ？　俺は、魔王と違って負けたら死ぬんだからね？」

俺は魔王の肩を掴《つか》んで、必死に常識というものを訴えかけた。

「あ、ああ……そうだな。お前に死なれても困るし、アドバイスしてやるか」

魔王は俺の剣幕《けんまく》に押され、仕方ないとばかりにアドバイスをする気になったようだ。

しかし、これは間違いだった。

「やった〜!!」

「とりあえず、ドラゴンを出来るだけ狩ってこい。話はそれからだ」

「え？」

「心配するな。ある程度倒したら俺が連れ戻してやるから」

そんな声が聞こえた瞬間、俺はドラゴンの巣の中にいた。

ドラゴンたちは急に現れた俺に驚きはするが、急いで俺を囲うように数十体はいるドラゴンが身構えていた。

そして、お互いに様子を伺い、静寂な空気の中にいた。

たぶん、俺が数ミリでも動いたら、ドラゴンは一斉に襲ってくるだろう。

ドラゴンたちからは、そんな緊張感が感じられた。

ドラゴンたちからしたら気配も感じられず、巣のど真ん中に入り込んできた危ないやつだと思われているのだろう。

警戒心が強いのは知能が高い証拠だけど……俺にそこまで警戒するのは馬鹿だとしか言いようがないな。

だってこの状況で俺、君たちにダメージを与えられる手段を持ってないんだもん。

攻撃を完璧に無効化する鱗《うろこ》で覆われたレッドドラゴンたちと、弱点が見えない地上で戦うとか、無理ゲーでしょ。

くそ……魔王、あなたのことを恨みます。

俺は、付与士に勝つ方法を聞いたんだけどな……。

ん？　いや、魔王からしたら、付与士に勝ちたいならドラゴンの群れくらい余裕で倒せってことか？

確かに、ルーは死の山脈を越えてこられたわけだし、転生者たちからしたらドラゴンの群れなんて簡単に倒せないといけないのかもな。

なるほど……これは、魔王からの『人に助けを求める前に、自分の力をつけろ』というメッセージなんだ。

よし、そうと決まったら自力でこのドラゴンの群れを撃破してやるぞ！

……と意気込んでみたは良いけれど、この一歩も動けない状況からどうやって突破しよう？

出来ることなら、ドラゴンたちには空高く飛んで貰いたいけど、それはこの洞窟だと難しいな。

だとすると、この洞窟の中でもドラゴンたちに下から攻撃する手段を考えないと。

ドラゴンの下からね……。

「あ、わかっ……」

打開策を見つけて、思わず声に出して喜んでしまった瞬間、ドラゴンたちからの集中攻撃が始まった。

「や、やっちまった……まあ、どうせもう動こうと思っていたし、いいか」

俺はちょっと離れた所にいたドラゴンの頭に転移して、集中攻撃から避けることに成功した。

カツン！　カツン！

「うん、やっぱり刃は通らないよね」

ドラゴンたちが俺のことを探している間、ドラゴンの頭に剣を突き立てて再度鱗が絶対防御であることを確認した。

そして……。

「こうなったら魔法だな！」

頭を叩かれたドラゴンが首を曲げて振り返ろうとした瞬間、俺は地面からドラゴンの首を貫通《かんつう》するように岩のトゲを生やした。

「よし、成功だな。これならいける」

岩のトゲが、ドラゴンの首から突き抜けているのを確認した俺は、ドラゴンの上を走り回りながら更に岩のトゲを生やし続けた。

「よしよし、ドラゴンたちは混乱しているし、数も着々と減ってきているな。このままいけば、らくしょ……」

楽勝だなと言おうとした瞬間、背後から『バキン！』という何かが折れる音がした。

振り返ると、そこには他のドラゴンよりも一回り大きく、傷が多いドラゴンが岩のトゲを前足で折っていた。

「いかにも群れのボスっぽい奴が出てきたな……」

うん、とりあえずあいつはほっといて、周りにいる普通のドラゴンたちから片付けよう。

俺はボスを無視することにした。

ボスと戦うにしても、周りが邪魔だからね。

しかし、人生はそう簡単にはいかないもので……。

「うおっと！」

俺がボスのことを無視してドラゴン狩りを続けていると、ボスが俺に向かって飛んできた。

何とか避けることは出来たが、あと少しでも反応が遅れたらボスの頭突きで全身の骨が粉々になっていただろう……。

俺は、ボスが頭突きしてぽっかりと穴が開いた洞窟の壁を眺めながら、当たった時のことを考えて身震いしてしまった。

「うん、さっさと他のドラゴンたちを倒しちゃおう」

俺はボスが巣に戻ってくる前にあと二十体はいるドラゴンを倒してしまおうと、土魔法を連発した。

そして、ボスが帰ってくるまでの一、三分でボス以外のドラゴンを殲滅《せんめつ》することに成功した。

『グルアアア‼』

ボスドラゴンは倒れた仲間たちを見て、大きな雄叫びを上げた。

うん、自分がやってしまったことに凄く胸が痛くなってきたけど、今は考えないようにしておこう。

「許してくれとは言わない。でも、お前の素材は無駄にしないよ」

俺はそう言って、ボスドラゴンの真下に転移し、首に剣を二本突き刺した。

他のドラゴンでは難しかったけど人きいドラゴンなら立った時、下にある隙間《すきま》が大きいからこれが出来る。

意外に、ボスドラゴンの方が簡単だったな。

などと思っていたら……、

「グハ！」

……気がついたら壁にめり込んでいた。

たぶん、少しの間だけだろうけど気を失っていた。

「くっ……体が動かない。ボスドラゴンはどこだ？」

無理矢理首を動かしてボスを探すと、俺の前方かなり先に、首に二本の剣が刺さった大きなドラゴンが力尽きて倒れていた。

どうやら……死ぬ直前に、最後の力を振り絞って俺に攻撃したんだろうな。

剣を首に突き刺しただけで安心しちゃった。

危なかった……再生のスキルが無かったらマジで危なかったぞ。

本当、油断する癖を直さないといけないな。

「ふう、よいしょ」

怪我が完全に治り、俺はめり込んだ壁から脱出した。

ジャンプして、屈伸《くっしん》をして、体が元に戻ったことを確認した俺は、ドラゴンの回収を始めるべく、動き始めた。

「それにしても、魔王はいつまで俺をここにいさせるつもりなんだ？」

「いや、もういいぞ」

「うお！」

気がついたら、一時間くらい前までいた魔王の家の中に戻ってきていた。

魔王の空間魔法だ。

「お疲れ。まさか、主までも倒してしまうとはな。お前の成長が見られて良かったぞ」

主って何？　え？　もしかして、あの大きなドラゴンが出てきたのは、魔王にとって想定外だったの⁉

「何が良かったですか！　あと一歩間違えれば死んでいたかもしれないんですからね⁉」

俺がふざけるな！　と言うよりも早く、魔王と一緒にダンジョンコアを使って俺の戦いを見ていたベルが本気で怒っていた。

「だからすまんって。最近、間引く奴がいなくてドラゴンが増えてきたから、素材集めのついでに、レオに数を減らして貰おうと思っていたんだ」

え？　そんな害獣駆除《くじょ》みたいな理由で俺はドラゴンの巣に飛ばされたの？

俺に力をつけさせる為とかじゃなかったの？

「それがまさか、千年級の主が目を覚ましているとは思わなかったんだよ。それに、死ななかったんだからいいだろ？」

え？　千年級って何？　てか、やっぱり想定外だったのかよ！

「ふざ「全くよくありません！」」

俺が『ふざけるな！』と魔王に文句を言おうとしたら、またベルがそれに被せるように怒った。

数時間前まで、魔王のことを怖がっていたとは全く思えないな。

どちらかというと、魔王の方がベルに気押《けお》されているし。

「レオ様……無事で良かったです」

魔王が「すまん」と謝るのを無視して、ベルは涙目になりながら抱きついてきた。

まあ、それだけ心配だったんだろうけど……。

魔王を怒らせたら守ってあげられる自信は無いから、それ以上失礼な態度を取るのはやめておこうか？

「ドラゴンの死骸《しがい》はお前の鞄の中に詰め込んでおいたぞ。それを使って、ダンジョンを造るなり、強力な武器を造るなりするんだな」

俺がベルの頭を撫でていると、魔王がそんなことを言ってきた。

慌てて鞄の中を確認すると魔王が言っていた通り、ドラゴンの死体がいくつも入っていた。

「あ、ありがとう……ダンジョンを造って何をするの？　てか、そもそも俺はダンジョンを造れないよ？」

まだ、レベルが足りないはずだぞ？

「ん？　気がついていなかったのか？　もう、お前は造れる筈《はず》だぞ。それと、ダンジョンを造れば何でも出来るぞ。言わば、自分だけの世界だ。魔力はたくさん使うし、普通のダンジョンならやる意味も無いからしないが、ダンジョンの中でモンスターに殺されても人が生き返るようにしたりすることも出来るぞ」

それは死ぬ心配なく、戦闘訓練が出来るってわけか。

「確かに、それは凄そうだね。帰ったらすぐに造ってみるよ」

「そうするといい。あと……最後に付与士との戦いにおいてアドバイスだが、勝負は兵たちの強さと武器の質が勝負の分かれ目になってくるだろう」

おお、そういうアドバイスを待っていたんだよ！

そうか、やっぱり直接対決より武器とか、兵をどれだけ強化出来たかの対決になるんだな。

「ありがとう！　そのアドバイス、無駄にしないよ」

「おう、頑張れ。また遊びに来いよ」

「わかった。またね！」

俺は魔王に手を振り、家に向かって転移した。

今日の収穫は想定以上だったな。

予想外のことが多かったけど、概《おおむ》ね満足かな？

# 第六話　メイド失格

「ふう、帰ってきた。やっぱり、我が家に帰ると安心するな」

自分の部屋に帰ってきた俺は、そのまま床に寝転んだ。

「本当ですよ……もう、こうなることがわかっていたなら、絶対に許可なんて出しませんでした」

安らいでいる俺とは反対に、ベルはもの凄く不機嫌だった。

まあ、あれだけ危ないことだらけだったら怒るよな。

「だからごめんって。その分、有益な情報を知れたからいいってことにしない？」

今日魔王に会っていなかったらと思うと、めっちゃ怖いくらい情報を得られたからね。

俺は全く後悔してないぞ。

「そんなこと、レオ様の命に比べたらどうでもいいことです！　私、レオ様がいなくなったら生きていける自信はありませんからね？」

「わ、わかったよ……。でも、ベルの両親が誰だったのかは、知れて良かったんじゃない？」

ベルが獣王の娘だってことも意外だったし、ちゃんと愛されていたってことを知れたのは凄い収穫だったと思うけど？

「そうですね。でも、レオ様よりも大事というほどではありません」

「そうなの？　ベルは、故郷に行ってみたいとかは思わない？」

「いえ。私の故郷はあの孤児院ですし、もう滅んでしまったことがわかっている場所に、わざわざ危険を冒《おか》してまで行きたいとは思いません」

あ、これ……ムキになっちゃってる。

「俺が連れていってあげるとしても？」

「それなら尚更です。何度も言いますが、私はレオ様が一番大切です。そんなレオ様に、危険なことはして欲しくありません。魔王様がおっしゃっていたじゃないですか？　帝国の外は危険だって。だから、私は帝国の外に出るのは反対ですからね？」

どうしよう……これじゃあ、何を言おうと反対してくるじゃん。

まずは、機嫌を直さないと。

「わ、わかったよ……それじゃあ、いつか安全になったら行こうか？」

「……それなら」

おお、それなら良いのか。これは、突破口が見つかったぞ。

それに、やっぱり生まれ故郷に行ってみたい気持ちはあるんだね。

「よし、そうとなったら頑張って世界を平和にするか！」

目標も出来たことだし、頑張るぞ！

「別にレオ様が危険を冒してまで、世界を平和にする必要なんてないと思います……いえ、むしろやめてください」

あ、今度はそうくるの？　んん……どうすればいいんだ？

「どうして？　何か目標があった方が楽しいでしょ？」

今日のベルは、なかなか機嫌が直りませんな……。

「楽しくありません！　レオ様、もう少し自分の体を大切にしてください！　今日だって、ドラゴンに殺されそうになっていたのを見せられた私の身にもなってください！」

ああ、俺がドラゴンに吹き飛ばされるところを見ちゃったんだよね……。

よく考えたら、今日はベルに心配をかけっぱなしだったな。

魔の森の魔物だけでもベルにとって恐怖だったのに……魔王や転生者たちの話、仕舞いには俺がドラゴンにやられる……うん、普通に考えて心が壊れちゃうわ。

「ごめん……あ、行っちゃった」

ベルの心の状態に気がついて、誠心誠意謝ろうとしたら、ベルが部屋から出ていってしまった。

「はあ、どうすればいいのかな……」

追いかけるべき？　それとも、追いかけたら逆効果？

「ちゃんと謝ってきたら？　相手を不機嫌にさせてしまった時は、すぐにお詫《わ》びの品を持って謝りに行かないとダメだってよくエル姉さんが言ってたよ？」

「そ、そうだな……お詫びの品って何だと思う？　って……ルー、どうしてここにいるんだ？」

振り返ると、もぞもぞとルーが俺のベッドから這《は》い出てきた。

「今日は、皆城にいなくて寂しかったから、レオのベッドでお昼寝してた」

あ、そういえば最近、シェリーやリーナは魔法の特訓に夢中で、エルシーも地下市街の開発がいよいよ大詰めで忙しいからな……。

確かに、ルーは暇だったろう。てか、よく考えたらルーも連れていけば良かったじゃん。

そしたら、もっと安全に素材集めが出来たはず……。

まあ、今そんなことを言っても仕方ないけど。

「うん……今聞いたことは、エルシーやシェリーたちには内緒だからな？」

「え？　どうして？」

「それは知らなくていい」

ルーがエルシーやシェリーたちの味方なのはわかっているからな。

ここで、シェリーたちに怒られちゃうとか言ったら、絶対そっちの味方をするもん。

「ふ～ん。まあ、いいや。ドラゴンのお肉で手を打ってあげる。ドラゴンと戦ったんでしょ？」

「お、おう……ドラゴンの肉な」

ルーが交換条件を提示してくるだと？

「ふふん。エル姉さんに、何か頼み事をされた時は、ちゃんとその対価を貰えるように交渉するように教えて貰ったんだ」

そう言って胸を張るルーに苦笑いをしながら、俺は思わずエルシーやってくれたな……と思ってしまった。

「よ、良かったね……」

「それより、ベルに謝りに行かなくていいの？　早くしないとダメだよ？」

「あ、そうだった！　お詫びの品はどうしたらいいと思う？」

「う〜ん。レオのパンツとかはどう？　ベル、ベッドの下の箱に、レオのパンツを大事そうに集めていたよ？」

俺のパンツ？

「そうなの？　俺のパンツ、そんなに価値あるのかな？」

てか、ベッドの下にある物って見たら何かされるんじゃなかったっけ？

「さあ？　ベルにとってはあるんじゃない？」

「うん……とりあえず、ベルのところに行ってくるよ」

まあ、とりあえず謝る方が先だな。

SIDE：ベル
レオ様の部屋を飛び出した私は、自分の部屋に戻って一人で泣いていた。

「うう……もう私嫌い……」

どうしてレオ様が頑張ろうとしているのに、水を差すようなことを言っちゃうのかな……。

レオ様が心配だからって言い過ぎよ。

レオ様、優しいからあの手この手で私の機嫌を直そうとしてくれたけど、本来は私がレオ様のご機嫌を伺わないといけない立場……。

はあ、最近の私、優しいレオ様に甘え過ぎているわ……。

シェリーさんたちに認めて貰えたとしても私は単なるメイド、思い上がってはいけない。

ちゃんと、メイドとしての責務を果たさないと……。

「それでもレオ様……私、レオ様がドラゴンに吹き飛ばされた時、どれほど焦ったと思っているんですか？　私、凄く不安で、心配で、泣くに泣けなかったんですからね？」

これから、あれよりも段違いに強い人たちとレオ様が戦わないといけないと思うと……。

「心配で心配でこれから夜も寝られませんよ。どうしてくれるんですか……レオ様？」

「それなら、俺も当分は一人で寝られそうにないし丁度良かったよ。これから平和が訪れるまで添い寝してくれない？」

「!?」

聞き慣れた声が聞こえて慌てて振り返ると、レオ様の顔がドアから覗いていた。

「あ、ごめん。でも、ノックはしたんだよ？　反応が無かったから確認するのにドアを開けたら、声が聞こえてさ」

「え、えっと……」

今の、聞かれてたの？

どうしよう……私、どこまで声に出てた？

レオ様に聞かれてしまったことに気が動転してしまった私は、思うように話を切り出せなかった。

「ごめんなさい。危ないことはしないって約束で魔の森に行かせて貰ったのに、危ないことをしてしまってごめんなさい！　ど、どうか……機嫌を直してくれないでしょうか？」

レオ様は、地面に膝を着いて、頭を地面に擦り付けるように謝ってきた。

いつもレオ様が本気で謝る時の儀式みたいなもので、レオ様はよくドゲザって言っていたはず……。

「いえ、謝るのは私の方です……生意気なことを言って申し訳ございません」

私も慌てて、同じようにドゲザで謝った。

「違う。どう考えても俺が悪いんだ。だからどうか、お許しください。パンツでも何でも差し出しますので」

「だから、許すも何も……パンツなんて？　パンツ？」

思わぬ言葉に、私は顔を上げてしまった。

それに気がついたのか、レオ様も気まずそうに顔を上げた。

「あ、ルーが……いえ、何も言っていません」

レオ様が何か言い訳をし始めたので、私は一睨みして黙らせた。

「そうですか。とりあえず、ルーさんを叱《しか》るのは後にして、レオ様……」

「は、はい……何でしょうか？　うお!?」

私は、レオ様をベッドに押し倒して、馬乗りの体勢になった。

「記憶を消させて貰いますね？」

ニッコリと笑いながら、私は右腕を振り上げた。

この記憶だけは、なんとしてもレオ様から消さないといけません。

「ちょ、ちょっと、ベルさん？　う、腕がガチで人を殴ったらダメな腕をしているんですけど？　主人をそれで殴るのは良くないと思うな～」

レオ様は、私の獣化した腕を見て本気で焦っていた。

ごめんなさい。でも、レオ様の記憶を飛ばすにはこれくらいしないと……。

「ふふふ。レオ様の記憶が無くなれば、全て丸く収まりますよ」

「ハハハ。ねえ、冗談だよね？　さっきまで、俺に危ないことはして欲しくないとか言っていたよね？」

「それとこれは別です。それに、私が殴ったくらいではレオ様、死にませんよね？」

そんなこと、私がレオ様のパンツを集めてコソコソと匂いを嗅いでいるなんてバレるよりはマシなんですから。

「い、いや……危ないのは変わりないよね……？」

「ふふ、覚悟を決めて、歯を食いしばってくださいね」

私は笑顔のまま、レオ様のお顔に向けて思い切り拳を振り下ろした。

「うお！」

レオ様は、間一髪で私の拳を避けてしまった。

もう、男の子なんですから、これくらい我慢してください。

「どうして避けてしまうんですか？　次はちゃんと当たってくださいよ？」

そう言って、私はもう一度腕を持ち上げた。

「べ、ベッド！　穴開いているからね!?　避けない方が難しいでしょ！」

自分の顔の横に出来た穴に恐怖しながら、レオ様が私に訴えかけてきますが、私は笑って流した。

「ふふ。それは、目を覚ました後のレオ様に直して貰います」

そう言って、もう一度レオ様のお顔を殴ろうとしますが、やっぱり避けられてしまった。

「もう、こうなったら仕方ないですね……」

私は、魔法で強化した左手でガッチリと顔を掴んだ。

「そ、そんな……べ、別に、ベルが俺のパンツを大事にしてくれているのを知ったからって何もしないから。ねえ？　ベルの趣味を尊重するから、さ？」

「やっぱり、全部知ってしまったんすね？　これは、レオ様に記憶が定着するよりも早く消さないといけませんね」

ドス!!

「あははは……。私、もうこれでメイドとして終わりね……あははは」

主人を殴ってしまうなんて、メイドとして最低だわ。

気を失った主人を見ながら、私は弱々しい笑い声をあげて泣いていた。

「ごめんなさい。ごめんなさい……もう、私……メイドを辞めます……たぶん、レオ様なら許しちゃうと思います。レオ様、でも、だとしても、もう私はメイドとして働けません」

メイドとしているのが凄く辛いんです。

「レオ様のことが好きって感情、これがメイドだってことを意識させないようにしているの……」

もう、レオ様に甘えたいという感情と、メイドなんだからしっかりしないといけないという感情が入り交じって、とてもメイドの仕事なんてちゃんと出来そうにないんです。

「ちょうど、生まれ故郷のことを知れたわけだし、辞めて一人で旅に出ようかな……」

旅の費用なら、これまで働いてきたお金でどうにでもなるし。

「そうね。ちょうどいいわ。レオ様、今までありがとうございました」

レオ様の寝顔に向かってお礼を言った私は、ベッドから立ち上がった。

「あ、でも、最後に、少しだけ匂いを嗅いでから……」

少し未練が残ってしまった私は、最後と決めて気を失っているレオ様に抱きついて、思いっきり匂いを嗅いだ。

この匂い、二度と忘れません。

「捕まえた」

「え？」

匂いを嗅ぎ終わり、起き上がろうと瞬間、気を失っていたはずのレオ様に頭をガッチリと捕まえられてしまった。

「やっと本音を聞けて良かったよ」

「ど、どうして？」

「ベル、俺のスキルを忘れてない？」

「あ、ああ……」

再生のスキルだ。

「ちゃんと気は失ったけど、数秒で回復しちゃったみたい」

「う、うう……離してください」

全力でレオ様の拘束《こうそく》から逃れようとするけど、レオ様の力には敵わなかった。

「嫌だね。そしたら、逃げるでしょ？」

「もう、私は辞めるべきなんです！」

「そんなことないと思うよ？」

「だって、もう……私、メイドとしてダメダメです。レオ様、パンツのことを聞いて気持ち悪いと思いませんでしたか？」

もう、吹っ切れた私は、レオ様にパンツの話題を振った。

だって、どう考えたって気持ち悪いと思うもの。

嫌われた方が、辞めやすくなっていいわ。

「そんなことないよ。俺だって覗き見をして散々怒られているわけだし？」

「そ、それは……」

その返しはズルいです。何て言い返したらいいのかわからないじゃないですか。

「ねえ、ベル？　ずっと前から言っているけど、ベルはもう俺の家族なんだよ。一緒にいる時間なら、たぶん父さんや母さんよりも長くて、ベルが断トツで一番長いはずだよ。もうベルがいないと、俺はまともに生活出来ないよ。朝だって起きられないし」

追い打ちのように、レオ様が更に優しい言葉を畳《たた》み掛けてきた。

「……そうやって、レオ様はいつも私が我が儘《まま》を言っても優しくしてくれます。そして、私はいつも甘えちゃうんです。やっぱり、私はメイド失格だと思います」

「そうかな……それじゃあベル、メイドを辞めようか？」

「え？」

レオ様の言葉に、私はドキッとしてしまった。

そうなりたいと今まで思っていたにもかかわらず、いざレオ様の口から提案されると、急に寂しくなってきて……。

「メイドのベルじゃなくて、普通のベル、家族としてのベルで俺の世話をしてくれないかな？　そうすれば、メイドとか、主従関係とか、気にしないで俺に甘えられるでしょ？」

「そ、それは……」

レオ様の続きの言葉に安心してしまっている自分がいる……捨てられなくて良かったって。やっぱり、私はレオ様の傍にいたいと思っているんだ。

でも、それでも、私はレオ様の傍にいるべきじゃない。

「それにね。俺だってたくさんベルに甘えているじゃないか。俺は、ベルに甘えたたいし、甘えられたいとも思うんだ。だから、これからも気にせず甘えて欲しいな……。あと、俺を叱るのはベルの仕事だから、これからもそこら辺は気にしないで怒ってね？」

「もう、私を説得するのはやめてください。もう、胸が苦しくて辛いです」

私は涙が止まらない目をレオ様に向けて、最後の訴えをした。

「ダメなんです……私、レオ様のことが好きになり過ぎてしまいした。今まで、シェリーさんやリーナさんと結婚して幸せになって欲しいと思うくらいには心に余裕がありました。でも……最近、レオ様が死にそうになってから、もうそんな余裕も無くなってしまいました。好きで、好きで仕方ないんです。将来、シェリーさんたちと結婚して、レオ様が私から離れていくのが怖いくらい……。これは、レオ様の傍にいる者、メイドとして持ってはいけない感情です。だから、私はレオ様とお別れしたいと思います。もしかしたら、故郷には獣人族の生き残りがいるかもしれません。だから、私はそこで暮らしていきたいと思います」

そう言って、私は一瞬の隙を突いてレオ様の拘束から抜け出した。

もう、思いは伝えられたし、悔いは無いわ。

と、心の中で呟きながら私はドアに向かおうとした……けど、すぐにまたレオ様に腕を引っ張られ、ベッドに倒れた私はレオ様に抱きつかれてまた捕まってしまった。

「……ごめん。そんなことを悩んでいたなんて気がつかなかったよ……本当に、ごめんなさい。俺もベルに甘えすぎていたよ。この際、ハッキリ言うよ。ベル、大好きだ。これからもずっと、ずっとずっと、俺がおじいちゃんになって、ベルがお婆ちゃんになったとしても一緒にいて欲しいんだ。メイドでも家族じゃなくてもいい……恋人としてこれからも俺の世話を続けて欲しいんだ」

そう言うレオ様の涙が溜まった目からは、凄い真剣さが伝わってきた。

ああ、もう……だからこれ以上私を説得しないでって言ったのに……。

「もう……そんなこと言って……シェリーさんたちに怒られても知りませんよ？　私、本気にしちゃいますよ？」

「本気にして貰って構わないさ。それくらいの覚悟は出来ている。それで、ベルの答えは？」

うう……ズルすぎです。

もう、どうなっても知りませんからね!?

「そうですね。私も、シェリーさんに怒られる覚悟を決めました。これからも、目一杯甘えさせて貰いますから、覚悟しておいてくださいね？」

「あ、ありがとう……こちらこそ、存分に甘えさせてもらうさ」

「ふふふ……恋人か……。あの……レオ様、さっそく一つだけ我が儘を言っても良いでしょうか？」

「何？　いいよ」

「お休みのキスをして貰えないでしょうか？」

ずっと、ずっと、レオ様にして貰いたくて、何度も添い寝しながら夢見ていた寝る前のキス……勢いでお願いしちゃった。

「逆にいいの？　それじゃあ、するね」

私が目を瞑《つむ》るとチュッと言いそうなほど優しく、レオ様がキスしてくれました。

「ふふ、ありがとうございます。お休みなさい」

目を開けた私は、今日一日の疲れと、たくさん泣いて安心したのもあって眠くなってきたから、そのままレオ様を抱き枕にしてもう一度目を閉じた。

「お休み」

それからレオ様の優しい声と、頭を撫でてくれる手の感覚に癒《いや》されながら意識が遠のいていった。

# 第七話　恐怖の尋問会

いつも絶対に一人で起きることなんて出来ないのに、何故かベルと一緒に寝た時だけは早く目が覚めちゃうんだよな……。

そんなことを思いつつ十分くらいベルの寝顔を眺めていると、ようやくベルの瞼《まぶた》が開いた。

「おはよう。よく眠れた？」

「……はようございます。ふへへ……レオ様だ」

変な笑い方をしているベルに、ん？　寝ぼけているのか？　などと思っていると、ベルの唇が俺の唇にくっついた。

「ふふふ……またキスしちゃった」

おいおいおい！　ベルさん、どうしちまったんだよ！

いきなりのキスに、いつもとは違うキャラに混乱していると、またベルの顔が近づいてきた。

「はい。ストップ！」

バン！　と大きな音を立ててシェリーとリーナが入ってきた。

「昨日、ルーさんからレオくんに怒っていたって聞いて、夜ご飯を食べに来なかった二人を心配してたのに……随分と昨夜はお楽しみでしたみたいですね？」

「いや、え？　あ、えっと……」

べ、別にお楽しみだったわけじゃないよね？

「とりあえず朝ご飯を食べてから、じっくりとお話しましょうか？」

「は、はい……」

寝起きで頭が回らなくて、何も反論出来なかった……てか、何も言葉を話せてなかった。

それからベルと朝ご飯をパパッと食べてしまい、エルシーとルーも合流して、俺の部屋で尋問《じんもん》会が始まった。

俺は、自主的に硬い床に正座して、ベルはその後ろで申し訳なそうに立っていた。

ちなみに、ルーはまだ眠いらしくて俺のベッドで丸くなっている。

たぶん、話には参加してこないだろう。

てことで、シェリー、リーナ、エルシーによる尋問がスタートした。

「それで、昨日は一体どこに行っていたの？　ルーは何か知っていたみたいだけど、レオに聞いての一点張りだったし……。一体、何があったの？」

あ、ルー、ちゃんと約束を守ったんだ。

これは俺も約束通りドラゴンの肉をたくさん食べさせてあげないとな。

まあ、どうせ全部教えないといけなくなってしまったんだけど。

「えっと……昨日は、二人で魔の森に行っていました」

「「「魔の森⁉」」」

三人は俺の言葉に、目を見開いて驚いていた。

そこまで驚くことかな？　俺、魔の森に行くのは三回目だぞ？

「お母さんと大人になるまで行かないって約束してましたよね？」

あ、そうだ。そっちの約束も忘れてた……。

頼む。母さんには黙っておいてくれ！　と言いたいところだけど、とても言えるような状況ではないので、静かに弁明を始めた。

「それが……ここのところ、城壁とか造っていたら素材がなくなっちゃって……ベルを説得して、ベルが危ないと判断したらすぐに帰るという条件で行かせて貰いました」

「そう……それで何があったの？　ただ、素材を集めていたわけじゃないよね？」

シェリーが物静かに話を進めてきた。

こ、怖い……シェリーがこんなに静かなのが怖い……いつものシェリーなら、朝の俺とベルが一緒に寝ていたところを見た時点で、感情を露わにして本気で怒るのに……。

「え、えっと……これから話すことは他言《たごん》しないでくれる？」

「誰かに知られたら不味いことですか？　それならわかりました。約束します」

「約束しないと話を続けてくれないんでしょ？　それなら、約束するわ」

「私も他言しないと約束します」

「ありがとう。実は、魔の森には魔王がまだ生きているんだ」

俺は三人に確認を取れたので、さっそく魔王の話を始めた。

一応、魔王があそこで生きているのは秘密にしておいた方がいいと思うからね。

「「「魔王!?」」」

うん。さっきから、驚かせることばかりでごめん。

でも、これからもっと驚きの情報が盛りだくさんだから、覚悟しておいてね？

「そう。と言っても、何か悪さをするわけでもないし、心配する必要はないよ。俺は、魔の森に行く度に魔王と会っていたけど、初めて会った時は修行の手伝いもしてくれたし、いい人だよ」

「なんか、物語に出てくる魔王と違いすぎて、イメージ出来ないわね」

一応実話と言っても物語だからね。多少は盛らないと、物語として面白くないから仕方ないさ。

「まあ、それでも世界最強の一人で、ベルなんか魔王の前で立つことすら出来なかったんだよ」

「え？　あ、そうよね。昨日はベルも一緒にいたんだもんね。ベル、魔王はどんな人だったの？」

「慣れれば怖くはなかったです。でも……魔力の圧が強すぎて、とても近くにいて足腰に力が入りませんでした」

シェリーに話を振られたベルは、淡々と昨日会った魔王について語った。

魔力の圧ね……俺、そんなの感じられなかったんだけどな？

俺も魔力が高いから感じられないのか？

「そんなに……。それで、魔王とは何をしたんですか？」

「何をしたというか……色々と教えて貰ったんだ。この世界について」

「この世界について？　それは随分と漠然《ばくぜん》としているわね。例えば、どんなことを教えて貰ったの？」

「そうだな……。例えば、ベルのお父さんが獣人族の王様だったこととかかな？」

「え？　ベル、王族だったの？」

俺の言葉に、三人とも驚きながらベルに顔を向けた。

「い、いえ……もう、獣人族の国は滅んでしまったみたいなんです。だから、正確には元王族です」

「滅んだ⁉　どうして？」

「ある人が皆殺しにしたんだって」

「ある人って？」

「うん……」

果たして、転生者について今説明してもいいだろうか？

話したとして、何が不都合になるか？　……特に何か思いつくことは無いかな？

どっちにしても、俺が前世の記憶を持っていたことは伝えるつもりだったし……今でも問題ないか。

「実は……」

それから俺は、自分が前世の記憶を持っていること、昨日魔王に教えて貰ったことをシェリーたちに説明した。

「「「……」」」

「え、えっと……つまり、レオは所謂《いわゆる》転生者で、これから他の転生者たちと殺し合わないといけないってこと？」

「そうだね」

「そんな……」

俺が頷くと三人とも、凄く悲しそうな顔をした。

まあ、俺も殺し合うことに関しては不安過ぎて嫌なんだけどね。

あ、そういえば昨日は早々に寝られちゃったな。

一緒に寝てくれたベルに感謝だ。

「その……レオくんが持っている前世の記憶ってどんな物なんですか？　それがあったから、昔からレオくんは大人みたいなところがあって、あんなに凄いことが出来たんですか？」

少し間を置いて、今度はリーナが質問してきた。

やっぱり、その質問が来たか……。

「それは……そうだね。俺が色々と出来たのは前世の記憶があったからだと思う。小さい時から魔力の鍛錬《たんれん》が出来たり、勉強しなくても試験では満点が取れたり、この世界に無い物を知っていてあたかも自分が発明したようにしたり……そんな感じだよ」

「そうですか……。でも、それを含めて今のレオくんなんですよね？」

「うん、そうだよ」

てか、もう自我は完全にレオンスになっているかな？

前世の自分よりも、レオンスとしての自分の方が強いと思うし。

「それなら、大丈夫です。私の知っているレオくんと変わらないなら何も問題ありません。ですよね？　シェリー？」

「そうね。ただ、レオが私たちの知っているよりも凄い能力を持っていたってだけだもの」

「ふふ、私の気持ちも特に変わりませんよ」

「三人ともありがとう」

「ねえ、そんなことよりも、私が百歳までしか生きられないってどういうこと？」

俺が三人に頭を下げていると、ムクッとベッドから起き上がったルーが俺に聞いてきた。

「あ、ああ！　そういえば、ルーもその転生者だったのよね？」

「言われてみれば、それも頷ける能力を持っていますけど……」

「ルーみたいな人が十人以上もいるなんて想像出来ませんね」

「ルーは俺と同じで、前世の記憶を持っているんだ。まあ、何故かはわからないけど今は記憶喪失《そうしつ》で覚えてないみたいだけど」

「うん、全くそんな記憶無い」

「で、さっき言った通り、俺とルー、新しい魔王は長くても百歳までしか生きられない。俺は人族だから百歳まで生きられるかはわからないけど、ルーは百歳になったら死んでしまうみたいなんだ」

「そうなんだ……それって、私だけこの世に取り残されなくて済むってことよね？」

「う、うん」

「じゃあいいや！」

「「「……」」」

早く死ぬことに喜ばれても、反応に困るよな。

俺たちはルーの笑顔に何とも言えない空気になってしまった。

「なんだか、情報量が多くて頭がおかしくなりそうだわ。昨日、帰ってきた後にベルとレオが喧嘩《けんか》したのもなんだか納得だわ」

「そ、それについてはまたちょっと違う理由がありまして……」

今度は、ドラゴンの巣で死にそうになったこと、帰ってきてから俺が危ないことはしないという約束を破ったことにベルが怒ってしまったこと、恋人になるという形で仲直りをしたことを細かく説明した。

シェリーに怒られるのが怖いけど……どうせ言わないといけないなら、まだ情報の処理が追いついていない今の内に言って、あやふやにしてしまおうという作戦だ。

「え、えっと……お母さんとの約束を破ったのに、更にベルとの約束も破ったのですか？」

俺の大体の流れを聞いて、リーナがさっそく痛いところを突いてきた。

リーナ、母さんのこと大好きだからな……俺が約束を破ったの、相当怒っているみたいだ。

これは素直に謝っておこう。

「は、はい……申し訳ございませんでした」

「それで、ベルは怒ったのはいいものの……自分がメイドであることを思い出して、強く言いすぎてしまったのと、自分とレオくんが主従関係でしかないことに気がつき、部屋で泣いていたと……」

俺の土下座はスルーされ、リーナはベルの話へと移ってしまった。

悲しいけど……俺が悪いんだから黙っておくか。

「は、はい……」

ベルが弱々しく頷くと、リーナがまた俺に目を向けてきた。

「それから、ルーさんに謝りに行くように言われて、レオくんは急いでベルの後を追いかけた？」

「はい。間違いありません」

うう……リーナたちの視線が痛い。

頭を床に着けているから確認は出来ないけど、睨まれているような気がするんだが？

「これに関しては、レオが全面的に悪いわよね？」

「はい。レオくんが悪いと思います。それと、ルーさんに注意されてから追いかけたことも減点です」

「は、はい……申し訳ございませんでした」

俺は土下座のまま、再度謝った。もう、頭を上げる勇気は無いね。

「レオくんがベルさんの部屋に入ってからは、レオくんが余計にベルさんを怒らせて殴られたと……ベルさんに殴られるほど怒られることって何をしたんですか？」

今度は、エルシーさんのターンらしい。これまた、冷たい声が聞こえてきた。

「そ、それは……ベルのためにも黙秘させていただきます」

まさか、パンツのことを言えるわけでもないからな。

「そう。ベルを怒らせたんだもん、よっぽどのことをしたに違いないわ」

「間違いないですね」

そ、そうなのかな？　まあ、ベルにとってはよっぽどのことだったんだろうけど。

「で、レオくんを殴ってしまったベルさんが、自分がしてしまったことに耐えられなくてメイドを辞めようとしたんですよね？」

「……はい」

エルシーさんの問いかけに、後ろのベルが返事をした。

本当、辞めなくて良かった。

というか、俺の意識がすぐに戻らなかったら今頃ベルはここにいなかったのか？

そう考えると、再生のスキルには全力で感謝しないといけないな。

「もう、レオを殴ったくらいで辞める必要は無いのにね」

た、確かにそうなんだろうけど、そう当たり前みたいに言われても傷つくよ？

「それと、その後に出てきたレオくんのことが好き過ぎて、メイドとしていられないという気持ちもあったからじゃないんですか？」

「そっちの理由だとしても、ベルは真面目よね。レオにとって、いなくなって一番困るのは私たちより絶対ベルだし、レオがベルのことを大切にしているのはわかっているんだから、気にしなくていいのに。というより、獣人族のお姫様ってこしがわかったから、逆にメイドの身分のままの方が不味いでしょ」

は？

俺は驚いて思わず顔を上げてしまった。

「え？　シェリー、もしかして熱があったりしませんか？」

「はあ？　何を言っているの？　いたって健康よ？」

「そんなはずがありませんよ。だって、いつものシェリーなら、ベルが一番なんて絶対に言いませんからね？」

そうだそうだ！　嫉妬《しっと》しないシェリーなんてシェリーじゃないぞ！

「……そうかしら？　まあ、私も成長するのよ。と言っても、レオのことが好きなのは私が一番だし、正妻《せいさい》は私だしね？」

「うう……シェリーに、正妻の余裕が出てきています。でも、レオくんのことが好きな気持ちは負けませんよ？」

せ、正妻の余裕ね……。

「あら、勝負する？」

いやいや、そんなことで勝負されても俺が困ります。

まあ、何だかんだシェリーはシェリーだな。

「はいはい。二人ともその辺にしてください。話が先に進みませんから。その勝負は後で私を混ぜて厳密に行いましょう」

おいおい、喧嘩を止めたいのか参加したのかはっきりしてくれよ。

てか、厳密にってどんな勝負をするんだよ。

「ゴホン。それじゃあ、話を戻しますよ。レオくん、結局これからベルさんはどんな扱いになるのですか？」

咳払いをして、エルシーが話題を元に戻した。

ベルの扱いね……。

「うん……俺の恋人兼、お世話係？」

メイドではなくなったから……こんな表現しか出来ないな。

あ、でも、メイドじゃなくなったとしても、お世話代としてちゃんとお給料はこれまで通り払わないといけないよね。

「つまり、今までとベルがすることは変わらないけど、身分はメイドではなくなったってことね？」

「まあ、そうだね。てことでいい？」

「は、はい。えっと……皆さん、本当に私がレオ様の恋人になっても大丈夫なんですか？」

俺が振り返ってベルに確認を取ると、ベルは頷きつつも……シェリーたちの顔色を伺っていた。

「え？　あなた、レオとさんざん同じベッドで寝ながら、今更そんなこと聞くの？」

「あ、はい……すみません」

よくよく考えてみれば、一緒に何度も寝ている時点でもうメイドと主人の関係ではないよな。

シェリーの言う通り今更感があるね。

まあ、俺は前からベルのことはメイドじゃなくて家族と思っているんだけど。

「まあ、いいじゃないですか。ベルさんも、メイドという立場があって、気持ちを表に出しづらかったんですよ」

「そうね……でも、本当に今更って感じがしない？　ベルがレオと結婚することって、私の中では寮で仲が良くなった時から決まっていたことだから、今更恋人になることが大丈夫も何もね？」

寮で仲良くなった？　しばらく嫌悪していたくせによく言うよ。

まあ、今では仲良しだからいいか。

「まあ確かに、もうとっくに恋人を通り越して、お二人は家族みたいな関係でしたからね。今更許可を求められても困っちゃいますね」

うん、だって家族だもん。

「というわけで、怒られる心配なんて無かったみたいだぞ？」

俺はニッコリと笑いながらベルに振り返った。

振り返ったら、ベルの顔は泣き崩れていた。

「う、うう……グス！　お二人とも、ありがとうございます」

涙を拭《ぬぐ》いながら、ベルは三人に頭を下げた。

「え？　怒られる心配なんてしてたの？」

「仕方ないですわ。シェリーがそこまで大人になっているなんて誰も想像出来ませんから」

うんうん。まさか、シェリーに正妻の余裕があったなんて予想出来ないよ。

「え？　私がいけないの!?　ふん、どうせ私はまだまだ子供よ！」

そう言ってリーナに怒りながら、シェリーはベルに向かって歩み寄っていった。

そして、泣いているベルのことを抱きしめた。

「えっと……ベル？　何も私たちに遠慮する必要は無いわ。だって、もう私たちは家族なんだから。これだけ一緒にお風呂入ったりしているんだから、遠慮されちゃう方が悲しいわよ？」

その言葉に、ベルは声が出せないくらいまで泣き崩されていた。

「そうですよ。もう、私たちは同じレオくんの女で、掛け替えのない家族なんですから」

「あ、私も仲間に入れて！」

「ふふ、私はレオくんと同じくらいベルさんのことが大好きですよ」

リーナ、ルー、エルシーも続いてベルのことを抱きしめて、四人は笑顔でベルに笑いかけていた。

「皆さん……ありがとうございます……私も、シェリーさん、リーナさん、ルーさん、エルシーさん……皆さんのことが大好きです」

うん、何というか……凄く幸せな気分になるな。

それから五人が仲良く抱き合っているのを眺めながら、立ち上がるタイミングを無くしてしまった俺は足の痺《しび》れに耐えていた。

それと、母さんとの約束を破ったことについて、リーナにこっぴどく怒られました。

まさか晩ご飯まで説教が続くとは……。

# 第八話　最高難易度のダンジョン

魔の森から帰ってきてから二日目、今日からまた戦争の準備を進めていきたいと思う。

今日はとりあえず、ダンジョン造りだな。

本来なら、学校を先に建ててしまうつもりだったんだけど……ダンジョンを造る方が楽しそうだから仕方ないよね？　と自分の中で言い訳をしておいた。

ダンジョンを創造する場所は、騎士団と魔法騎士団の訓練場地下だ。

というわけで、とりあえず入り口も造りたいから先に訓練場を造ってしまう。

地上の訓練場でしっかりと基礎訓練が出来るようにして、実践的な訓練やレベル上げは地下のダンジョンを使ってやって貰おうと思っているんだよね。

ただレベルを上げるだけだと、強くはなれないからな～。


そんなこんなで、午前中全部と午後の二時間くらいを使ってミュルディーン家の訓練場が完成した。

いや～造っていたら段々と熱が入ってしまって、あれこれ機能を付け足していたら予想の倍以上の時間がかかってしまった。

まあ、満足出来るものが造れたから良いとしよう。

それじゃあ、下準備も終わったことだしダンジョンを造り始めるか。

俺は地下に続く階段を造り、地下に大きな扉を創造した。

そして、扉の奥に少しだけ空間を広げた。

「この空間を大きくするようにイメージして造ればいいのかな？　あと、騎士団を強化するのと、死んだら生き返るイメージも込めておくか」

そんなことを言いながら、俺は一昨日手に入れたボス魔物の魔石を取り出した。

昨日の夜に魔力はしっかりと注いでおいたから、魔石はすぐに使える状態だ。

「さてさて、どんなダンジョンが出来るかな？」

そう言って、俺は創造魔法を使った。

すると……『ゴゴゴゴ……!!』という地鳴りと共に壁やら地面やら何やら凄い勢いで動き始めた。

いや、何というか、俺がいる部屋ごと地下の奥深くに運ばれている感じ？

たぶん凄い勢いでダンジョンが造られているんだと思う。

横に移動したり、下に行ったり、三半規管《さんはんきかん》が馬鹿になって気持ち悪くて仕方ない。

「うえっぷ。吐きそう……まだ終わらないのかよ……」

魔力を使いすぎたか？

くそ……初めてだからって全力でやらなければ良かった。


それから吐き気に数分間なんとか耐え、ようやく地面の動きが止まった。

「うう……止まったみたいだけど視界がグルグルして気持ちわる……」

目が回って立ち上がれないいんだけど。

もうちょっと、術者に優しく出来ないかな？

そんな文句を言いながら、俺は回復を待った。


「よし、治った。全く……こんなことになるとは。はあ、さっそく状況確認をするか」

車酔いならぬダンジョン生成《せいせい》酔いから、なんとか立ち上がってまっすぐ歩けるまで回復した俺は、先ほどまでは地上に繋がる階段があった扉の向こう側に顔を出した。

「ん？　大きな部屋だな……」

俺が顔を出した先には、何も無くてただ広いだけの空間が広がっていた。

「もしかして、ボスがいないボス部屋？」

『はい。そうです』

俺が疑問を呟くと、どこからともなく聞き慣れた声が聞こえてきた。

この声は……、

「アンナか？」

いつも、俺を助けてくれるナビゲーターの声だった。

『はい。どうやら、ダンジョンの案内役に私のコピーが移植されたみたいです。ゴーグルの方の私とデータは常に共有されていますので、同一だと思って貰って構いません』

うん……何言っているかよくわからないけど、とりあえずアンナがこのダンジョンについて教えてくれるってことだよね？

「了解。それじゃあ、さっそく質問なんだけど、ここは地下何階なの？」

『ここは、地下二十五階でございます』

「二十五階？　思ったよりも浅いんだね」

あんなぐわんぐわん振り回されたのに、意外と浅いな。

浅くても三十階だと思ったんだけど……あんな気持ち悪くなったのに、凄く残念だ。

『いえ、最初にしては十分大きなダンジョンだと思います。普通、初期のダンジョンは一階層から始めるものですから』

「確かに、言われてみればダンジョンって成長しそうだもんね。それじゃあ、階層ってどうやれば増やせるの？」

『ダンジョンコアを使って操作していただければ出来ます。ただ、たくさんの魔力が必要になりますので、今行うのはおすすめしません』

なるほど、全て魔力で解決出来ると。

「了解。それじゃあ、ダンジョンコアを……あれ？　ダンジョンコアはどこ行った？　ああ、目立つ場所にあった」

ダンジョンを創造する前まで、しっかりと持っていたはずのボスドラゴンの魔石が手元に無くなっていたことに気がついてさっきまでいた部屋に戻ると、しっかりとした台座に大きな魔石が乗せられていた。

この部屋、いつもダンジョンを攻略した時に来る最後のスキルが貰える部屋に似ているけど、ダンジョンコアがここまで大きいダンジョンは無かったな。

とすると、このダンジョンはどこまでも大きくなるポテンシャルがあるってことだな。

「それじゃあ、さっそくダンジョンの操作を始めるか。ダンジョンコアの使い方は、帝都の屋敷で既に勉強済みなんだよね～」

俺はそんなことを言いながら、ダンジョンコアの中にある魔力を動かした。

すると、大きな魔石の中にダンジョンの立体地図が映し出された。

「お～。本物ダンジョンはこうなるのか。確かに、二十五階だ。それにしても、めっちゃ道が入り組んでいて複雑だな」

どの階層も道があっちこっちに行っていて、地図を使って解《と》くのも難しい高難易度の迷路になっていた。

『はい。騎士団の訓練用なので、最高難易度のダンジョンに設定されています』

「へ～。自動で難易度に沿ったダンジョンを造って貰えるんだね」

俺のイメージだと、ダンジョンコアを使って自分で道を造ったり罠を仕込んだりする感じだったんだけどな？

『最初に造られる階層だけですよ。普通なら一階層だけです』

「ああ、そういうことね。最初のお手本ってことか」

普通なら範囲が狭い一階層だけだからそこまでのお手本にはならないんだろうけど、最高難易度の設定で二十五階も造ったら、とんでもない高性能なダンジョンになってしまったということだな。

『はい。ただし、最高難易度に設定されたダンジョンを維持するには、魔力がたくさん必要になってしまいます。それと、このダンジョンは挑戦者が死んだ場合蘇生をする仕組みになってもおりますので、更に魔力が必要で……今の段階でレオ様の半分くらいの魔力が一日で必要になってきます』

自動で蘇生される仕組みがちゃんと採用されたみたいで良かったな。まあ、とんでもない魔力がその分必要になってしまったけど……。

「俺の半分か……。それは、随分とコストがかかるな」

俺が全力で魔力を注いだとしても、二日しか維持出来ないってことだよね？

それだと、随分とダンジョンに生活が拘束されてしまうな……。

流石にこれからどんどん忙しくなっていくだろうし、二日に一回は厳しいな。

『はい。だから、普通のダンジョンは蘇生なんて行いません』

「だろうね。どう考えても無駄だもん。魔力の供給は、俺がコアに直接供給する以外に何か方法はあるの？」

『基本的にダンジョンは侵入者から魔力を少しずつ吸収して活動します。ですから、ダンジョンはなるべく人を集めようと工夫されているのです』

やっぱりか。予想通りだな。

「それじゃあ、どうして魔物がいるんだ？　ああ、殺したらもっと魔力が手に入るのか」

『はい。そうです。あとは、なるべく魔力が多い人を集める為ですね。魔力が多い人の方が吸収の効率がいいですから』

ああ、魔力が多い人がダンジョンにいると、その分魔力が吸収されるのか。

それは良い情報だ。

「それと……あとは、このダンジョンに魔物はまだいないことだな。どうしていないいんだ？」

魔物だけは、最初に用意してくれないのか？

『それは魔力が足りていないからですね。コアに魔力を注ぐと自動で魔物と罠が生成されるようになりますよ』

ああ、魔力が不足して完成出来なかったのか。

言われてみれば罠も無かったし、ダンジョンと言うよりただの迷路だな。

「了解。それじゃあ、俺の魔力を全部注いでみるよ」

俺は残りの魔力を全てダンジョンに注いだ。

さっきダンジョンを創造した時、酔いにうなされていたから時間がそこそこ経っていて、最大の三分の二くらいまで魔力が回復していた。

これだけあれば、大丈夫だよね？

そして魔力が注ぎ終わると、ダンジョンコアの立体地図に赤い点々が次々に現れ始めた。

一階層から順番に赤い点々が波のように増えていっている。

「もしかして、この赤いのが魔物ってこと？」

『はい。試しに、一階層のボスを見てみてはいかかでしょうか？』

「一階からボスがいるのか……」

そんなダンジョン、今まで見たことがないぞ？

そりゃあ、魔力がたくさん必要になるわけだ。

後で、シェリーたちにも挑戦して貰って、ダンジョンの魔力供給を手伝って貰わないといけないな。

そんなことを考えながら、俺は一階層のボス部屋あたりの魔力を動かした。

すると、大きなゴブリンとその周りにウジャウジャ普通のゴブリンがいる部屋が映し出された。

「おいおい、一階層からとんでもない難易度だな」

普通のダンジョンの十階くらいでも、こんな難しくないと思うぞ。

何がキツいって、ボスを相手しながら雑魚《ざこ》も倒さないといけないってことだ。

これは……魔法使いとかいないと先には進めないな。

「これが一階ってヤバすぎるだろ……」

ゴブリンたちで緑に染まった部屋を眺めながら、俺は繰り返し自分が造ったダンジョンの難易度に驚きの言葉を呟いてしまった。

『最高難易度のダンジョンですからね』

「高コストなだけあるよ」

そうこうしているうちに、二十五階まで赤い点が来てしまった。
「お、魔物の生成が終わったみたいだな」
そう言って、俺は隣のボス部屋に顔を出してみた。
すると……そこには大きなドラゴンがいた。
青いドラゴンだ。
初めて見るドラゴンだな……鑑定してみるか。

〈ブルードラゴン　レベル１５０〉
体力：２１０００／２１０００
魔力：５００００／５００００
力：３１０
速さ：１３０００
属性：風、氷
スキル
風魔法レベル：７
氷魔法レベル：６
防御無効化

「うん、二十五階でこれは強すぎるって」

これから階層を増やしていったらどんなダンジョンになってしまうんだよ！

『最高難易度ですから』

最高難易度って……その言葉、絶対気に入ったでしょ？

# 第九話　訓練場お披露目

ダンジョンを造った次の日、俺は騎士団を新しく造った騎士団と魔法騎士団の練習場に連れてきていた。

それと、シェリー、リーナ、ベル、ルーたちは朝早くから先にダンジョンに挑戦して貰っている。

とにかく、ダンジョンでの魔力が枯渇《こかつ》しているから四人に頑張って貰わないといけないんだ。

アンナによると、魔力が足りなくてまだまだ使えていない機能があるらしくて、とりあえず魔力をいっぱい集めるしかないみたい。

てことで、シェリーたちが頑張っている間に、俺は騎士団に訓練場の説明をしていた。

「うわ～ここが新しい訓練場ですか？　とても立派ですね」

訓練場の入り口、門の前でアルマが俺の建てた訓練場を眺めて盛大に驚いていた。

「まあね。でも、見た目なんて、中の施設に比べたら大したことないよ？」

「ほうほう。それは楽しみですね～～。ご当主様の自信作だからきっと凄いですぞ～～！」

俺が説明していると、一人の男が嫌みというか何というか独特な声が聞こえてきた。

「おい、バルス。その馬鹿にしたような話し方をレオンス様にするな」

バルス。見た目からして二十中盤くらいかな？

語尾を必ず伸ばす話し方が特徴で、いつもベルノルトに怒られている。

まあ、変わっている奴だけど斥候《せっこう》としては凄く優秀で、元は暗殺者だったらしい。

で、こいつの凄くて俺が恐れているところは鑑定が効かないこと。

鑑定が効かない理由が、魔法アイテムによるものだってことしかこいつの能力はわかっていないから怖いんだよね。

それでも選んだ理由は、単純に『こいつは大丈夫』という根拠の無い勘なんだけど。

まあ、こいつが敵にならなければいいかな。

もちろん、裏切る可能性も考えてはいるけどね。

とりあえず、自分の勘を信じることにした。

「隊長、仕方ないですよ〜〜〜。もう、癖になって治りませんから〜〜〜」

「たく……」

ベルノルトの呆れた声を聞きながら、俺たちは訓練場の敷地の中に入っていった。


「まず、外の運動場だね。走ったりとか体力作りにでも使って」

入ってすぐ、俺は一面に芝が敷かれた運動場に案内した。

天気が良い日とかは外で練習してもいいだろうってことで、造ってみた。

「おお、随分と広い運動場ですな。これなら、大人数での練習も出来そうだ」

「でしょ？　それじゃあ、中に入るよ」

外に時間はかけてられないから、運動場の説明はすっ飛ばしてさっさと建物の中に入るよ！

「うわあ。師匠、ここ本当に訓練場ですか？　僕には貴族の豪邸にしか見えないんですけど？」

入ってすぐの光景を見て、ヘルマンが感嘆の声を上げた。

まあ、俺の暴走はここから始まったんだよね……。

玄関の段階で装飾をし始めたら、全部しっかりと造らないといけない気がして、結局貴族の豪邸みたいになってしまった。

「造っていたら楽しくなっちゃってね……。この玄関を左に行くと騎士団の訓練場。右に行くと魔法騎士団の訓練場があるよ。で、まっすぐ進んだ先にあるのはお楽しみってことで」

「え～。そんなケチケチしないで教えてくださいよ～～～」

「バルス!!」

「へいへい。すみませ～～～ん」

うん、ベルノルトさんも毎日こいつと一緒にいたら疲れるだろうな。

優秀なやつだから、我慢してくれ。

「じゃあ、騎士団の練習場に行くぞ」

ベルノルトとバルスのやりとりを横目で見ながら、俺は左側に進んだ。

「まず、筋トレ設備が揃ったトレーニングルームだ。これを使えば効率よく筋力を鍛えることが出来るよ。試しにヘルマン、やってみな」

最初の部屋は、前世の記憶を元に造ったトレーニングルームだ。

筋肉を鍛える機材がいっぱい置いてある。

これで、筋肉モリモリの男たちになってもらおう。

そんなことを考えていると、ヘルマンがダンベルを持ち上げられなくて困惑していた。

「う、うそ……重い……」

「驚いた？　これはステータスを無効化する機能がついているんだ。だから、純粋な筋力だけが強化出来る。凄いでしょ？」

ステータスがあれば、こんな筋トレマシーンなんて意味が無いからね。

考えた結果、こうなった。

ちなみに、ステータス頼りで生きてきたから俺もヘルマンと同様にダンベルを持ち上げられなくて、一人でめっちゃ悔しがってしまった。

筋力つけないとな……。

「凄いです……よし、これを持ち上げられるように頑張るぞ」

「ステータス無効で純粋な筋力……面白いですな。私も後で挑戦してみます」

ベルノルトはよほど筋トレマシーンを使ってみたくて仕方なかったのか、俺とヘルマンの話を聞きながらうずうずしていた。

「うん。やってみな」

今は説明があるから、やらせてあげられないけど。

「じゃあ、次に行くよ。ここから先は個人練習室がズラ～っと並んでいるよ。一～三人くらいで練習したい時に使って」

うちの騎士団は個々の能力が高くて独特だから、自分の好きな練習が出来る場所も必要かな？　と思って個人練習室を造った。

「おお、個人の練習スペースがこれだけ……」

「これなら、個人での練習も存分に出来るな」

どうやら騎士たちには好評みたいで良かった。

それから個人練習室を通り過ぎ、少し広い部屋に入った。

「ここは、人型ゴーレムと戦える戦闘訓練室。レベルが6〜10まであるから後で挑戦してみて」

これも俺の自信作、剣術を極める為に造られたゴーレムたちだ。

「え？　どうして6からなんですか？」

「お前たちにとってレベル1〜5が物足りない強さだからだよ。このゴーレム自体の強さはレベル1〜5なんだけどちょっと改造してね……。こいつと戦っている間、ステータスは無効化されて、スキルも使えなくなるんだ。どう？　純粋な剣術だけでこのゴーレムを倒せるかな？」

「それなら納得で、楽しみですね〜〜〜」

バルスの声を筆頭に、騎士たちは試したくて仕方ないって顔をしていた。

うん、皆やる気があってよろしい。

「それと、このゴーレムたちは一応殺してしまうような攻撃はしないようにしているけど、もしものことがあるかもしれないから必ず二人以上で使うこと」

まあ、皆強いからそこまでの事故は無いと思うけどね。

「はい。了解しました。それと、もしゴーレムを壊してしまった場合は？」

「ああ、それなら大丈夫だよ。その場合は、自動で直るから」

そんなの対策するに決まっているじゃん。

壊れた瞬間、自動修復が発動するようになっているよ。

「そうなんですか。それなら安心ですな」

そして、ラストの大訓練場に来た。

「これからメインで使う大訓練場。ここなら、どんなに大人数でも訓練がやりやすいでしょ？」

「凄く広いですな……確かに、これならもっと人が増えたとしても余裕で練習が出来ますな」

まあ、ここは普通に広い体育館って感じだから、特に何か仕掛けがあるとかは無いんだけどね。

「訓練場はこんな感じかな。あとは、二階に風呂と泊まれるスペースがあるから好きに使って」

ちゃんと効能付きの風呂だから、しっかり体を癒すんだぞ。

「了解しました。いやはや、想像を遙かに越えてきましたな」

「まだその感想を述べるのは早いよ。メインはこれからだからね」

「メイン～～？　ああ、さっきのまっすぐ進んだ先ですね～～？」

「そうそう。凄いよ」

そう言って、俺は皆と玄関に戻った。

「まっすぐ進んだ先には、まず大中小の会議室があるよ。作戦会議とかする時に使って」

会議室は城にもあるけど、ここでも必要だろうから小が四つ、中が二つ、大を一つ造っておいた。

「あ、ここは食堂ですね？」

先に進むと、ヘルマンが次の部屋を見て答えを確認してきた。

「そうだよ。コックとかも手配しておいたから、ここでいっぱい食べてくれ。ちなみに、ここならタダでいくらでも食べられるぞ」

『おお～～』

俺の飯タダ宣言を聞いて、男たちが雄叫びを上げた。

そんなに嬉しいのか？

「で、この先にあるのが……」

「階段ですな？」

「そう。地下に繋がる階段。これをトりると」

「大きな扉ですね」

「これって……もしかして？」

他の騎士たちが地下に似つかわしくない大きな扉を『何だろう？』と考えている中、ヘルマンは何かわかったみたいだ。

「ヘルマン正解。ダンジョンだよ。この中で死んでも、蘇生されてここに戻ってくる仕組みになっているから、死ぬ心配はしなくて大丈夫だよ。思う存分レベル上げをしてくれ」

「え？　レオンス様、もしかして……ダンジョンまで造れるのですか？　それに、死なないって……」

俺の言葉に、アルマがすぐに聞き返してきた。

「そうだよ。訓練の為だからね。死なれたら困るからそういう設定にしておいた」

「そうなんですか……そんなことまで出来るなんて本当に凄いですね」

「ありがとう。渾身《こんしん》の一作だから是非挑戦してみてくれ。まあ、難し過ぎて一階層も突破出来ないかもしれないけど」

「ん？　一階層すら私たちには攻略出来ないと？」

「ぐふふ。隊長の闘争心に火がつきましたね～～～。これは大変ですぞ～～」

俺の煽《あお》りに、ベルノルトはあからさまにイラッとした顔になり、それを見てバルスは嬉しそうに笑った。

何がそんなに面白いんだ？

「まあ、それなら午後から挑戦してみたら？　このダンジョンの難しさを知るためにも。あ、そうだな……一階層ごとに最速で行けた人には特別な褒美《ほうび》をあげることにしよう。さて、十階まで行くのに何年かかるかな？」

「くそ……お前たち！　ここまで言われたんだ！　絶対に攻略してやるぞ!!」

『おお!!』

うんうん。煽ったかいがあったな。存分に頑張って欲しい。

そして、ダンジョンに魔力をたくさん供給してくれ。

「あ～やっと出られた！」

騎士たちが決起していると、ダンジョンからシェリーたちが出てきた。

「あ、四人とも、もう出てきたの？」

「うん。一階層のボスを倒してからお昼を食べるのに戻ってきたのよ。もう、難しくし過ぎよ！　ルーがいなかったら危なかったわよ!?」

そう言うシェリーは、本気で怒っているように見えた。

あ、やっぱり難しかったか……。

無限にゴブリンを生成するボスゴブリンは流石に鬼畜だったな。

「ごめんって。とりあえず、一階層をクリアしたご褒美」

とりあえずシェリーの機嫌を直して貰うのに、俺は一階層を突破した報酬を渡した。

「これ、何？　ああ、たくさん物を入れられる袋ね。やったー。ありがとう」

俺からのプレゼントを貰って、シェリーはすぐに笑顔になった。

まあ、もちろんわざわざ騎士たちの前でこれを渡したのには意味があるよ。

「というわけで、姫様たちに先を越されてしまったけど……騎士諸君、このままでいいのかな？」

更に、騎士たちを煽るためだったりする。

「お前たち！　騎士の誇りにかけてダンジョンを攻略するぞ！　とりあえず作戦会議だ！　急いで会議室に向かえ‼」

おお、さっそく会議室が役に立って良かった。

俺は思惑通りに動いてくれている自分の騎士たちの後ろ姿を眺めながらニヤニヤと笑ってしまった。

# 第十話　姉ちゃん到来

ダンジョン造りから一ヶ月くらいが経ち、学園を建てつつ学園区の整備を行っていた。

いや、まだ終わってはいないから付っているの方が正しいか。

そんな中、我が騎士団たちは頑張って毎日ダンジョンに挑戦してくれている。

色々と作戦を考え、二階層をクリアしようと頑張ってはいるけど、クリアにはあともう二週間はかかりそうだ。

ヘルマンたち、シェリーたちがもう三階層をクリアしていることを知ったらさぞショックだろうな。

まあ、シェリーたちにはルーがいるから簡単に進めているんだけど。

そんな感じで、皆に頑張って貰っているおかげで、ダンジョンがようやく完全体になってくれた。

〈訓練のダンジョン〉
精鋭部隊を訓練する為に造られたダンジョン
最低でも、並のダンジョンの三十階まではクリアできる実力を持っていないなら、挑戦をお勧め出来ない難易度となっている
あくまで訓練用の為、このダンジョンで死ぬことはない
死ぬ度に蘇生され、入り口に戻される
更にこのダンジョンの中では、時間の経過が半分になり、獲得経験値が五割増加する

これが完全体になったダンジョンの鑑定結果。

一ヶ月間ダンジョンが集めた魔力は、俺が何十人分にもなるとんでもない量だ。

と言ってもほとんどは維持に回されるから、なかなか貯まらなかっただけなんだけどね。

それでも、完全体になって手に入れた能力はどれもヤバいよな。

まず、時間の経過が半分になるという能力。

これはダンジョンの中での一時間が外だと三十分ってことだ。

単純に成長速度が二倍になるって考えれば凄いよね。

二つ目の獲得経験値五割増しと合わせて考えれば、外に比べて三倍速で成長出来るってことになる。

まあ、時間が二倍になったとしてもその分疲れる時間とかあるから、そこまで単純に効率が倍にまで上がるわけではないんだろうけど。

と言っても、断然ダンジョンの中での成長速度は速くなったんだから、ダンジョンを造って良かったね。

元々凄い能力を持っていた人たちが、このダンジョンでどこまで成長出来るのか楽しみだ。

そんな一ヶ月間を頭の中で振り返りながら、俺はエルシーと二人だけで昼食を食べていた。

今日は長めにダンジョンに挑戦したいとかで、シェリーたちは夕方までは帰ってこないらしい。

今頃、騎士団の訓練場で手短に食事を済ませているだろう。

昼飯くらいゆっくり食べればいいのにな……と思ってはみたけど、よく考えたら俺も寝る間を惜しんで攻略したことがあるから人のことは言えないね。

「学園区の開発は予定通りに進んでいますか？」

食事をしながら、俺たちはお互いの仕事の進捗《しんちょく》状況を確認し合っていた。

たまに二人きりになる時は、決まって仕事の話題から会話が始まる。

「うん。順調だよ。学校の建設が拘《こだわ》りすぎて時間はかかってはいるけど、予定の範囲内かな。地下市街の方はどうなの？」

「もちろん順調ですよ。順調すぎて、公開する日程が予定よりもどんどん早まるせいで、公開式の準備が間に合わなくて困っているくらいです」

公開式の準備が間に合わない？

「え？　あとどのくらいで公開出来そうなの？」

俺が関わっていない間に、凄い進んじゃったじゃん。

「そうですね……あと三ヶ月というところでしょうか？　建物の方はもうすぐ完成する予定です」

「三ヶ月⁉　早くても半年って先月くらいに言ってなかった？」

だって、まだ一、二ヶ月前に魔法具工場を建て終わったばかりでしょ？

「それが思ったよりも魔法具工場の生産スピードが速くてですね……街灯の設置がすぐに終わってしまったんです。街が夜でも明るくなってからは夜間工事が出来るようになりまして……」

それで、思っていたよりも早くなったと。

金に余りがあるからって、夜間も工事する必要なんて無かったのに。

「それにしても、それは嬉しい誤算だな。魔法具工場を造って良かったね。これからは、簡単な魔法具は工場で作るようにしよう」

その分、職人たちには手間暇がかかる魔法具だけを集中して作って貰おう。

どんどん効率が良くなっていくな。

「そうですね。今、新しい魔法具の教育を始めています」

「おお、流石エルシー」

俺が思い浮かぶ前に実行していたとは。

「いえ、レオくんには敵いませんよ。ここの数ヶ月間、働いてばかりじゃないですか。たまには休んでください」

「え？　そんなに働いているかな？」

働いていると言っても、好きなことをしているだけだよ？

「そんなに働いていても、好きなことをしているだけでも大変じゃないですか。それなのに、領地の拡張から学生寮建設の手配、訓練場の建設、学園造り……どう考えても働き過ぎだと思います」

そうやって並べられたらそりゃあ多く感じるさ。

「それは、創造魔法があるから……」

大した労働じゃないと言おうとしたら、執事長のエドワンが部屋に入ってきた。

「失礼。レオンス様、お客様がいらしております」

お客様？

「ん？　今日はそんな予定はあったかな？　相手は誰？」

エドワンが追い返さなかったってことは、門前払いすることが躊躇《ため》われるような名の知れた人なんだろうけど……誰だろう？

「ヘレナ・フォースター様でございます」

「姉ちゃん⁉」

俺は姉ちゃんの名前を聞いて、反射的に立ち上がってしまった。

どうしてここに来たんだ？

それから急いで玄関に向かうと、笑顔の姉ちゃんが待っていた。

「ふふふ。レオ、大きくなったわね」

「久しぶり。姉ちゃんも……立派な淑女《しゅくじょ》になったね」

昔は、お転婆《てんば》娘だったのに……今は、随分と大人びちゃって。

「あら、そんなことを言えるようになっちゃったの？　嫁が五人もいるだけあるわね」

俺の言葉に機嫌が良くなったのか、悪くなったのか、姉ちゃんは笑顔でヘッドロックを仕掛けてきた。

うん、前言撤回。姉ちゃんはお転婆娘のままだ。

「な、なんで姉ちゃんがここにいるの？　学校は？」

ヘッドロックされながら、俺は姉ちゃんとの会話を続けた。

ヘッドロックされていることよりも、どうして姉ちゃんが俺のところに来たのかの方が重要だからね。

もし、俺が約束を破って魔の森に行ったことを知った母さんから派遣された刺客《しかく》だったら、俺は早急に逃げないといけない。

「長期休暇中よ。本当は、私の成人パーティーがあるから帝都で過ごす予定だったけど、とても今はお祝いムードじゃないでしょ？」

ああ、そういえば姉ちゃん、もうすぐ成人か。

すっかり忘れてた……とは、口が滑っても言ってはいけないな。

でも、そうか……たくさんの人が死んでしまったわけだし……パーティーは出来ないね。

「まあ、確かにね……。てことは、姉ちゃんの成人パーティーは中止になったってこと？」

「中止じゃなくて延期よ。来年の結婚式と一緒にやるって」

「そうなんだ……。ん？　結婚式⁉」

姉ちゃん、結婚するの？

「あなた、お姉ちゃんのこと何にも聞いていないんだね。私なんて、レオのことを逐一お母さんに手紙で聞いていたのに。どうせ、お姉ちゃんよりも可愛いお嫁さんたちの方が大事よね……」

俺の言葉に機嫌を悪くした姉ちゃんが、ヘッドロックの力を更に強めた。

「ごめん。ごめんってば！」

「うふふ。冗談よ。ちなみに、結婚相手はバート。えっと……ルフェーブル家の長男で、貴族学校で会長をしていた人なんだけど覚えてるかな？」

ああ、あのザ・真面目って感じの人ね。

俺が創造魔法のことで馬鹿にされていた時に庇《かば》ってくれたから覚えているよ。

「うん。覚えているよ。良かった〜。会長の恋、ちゃんと叶ったんだね」

「え？　いつから会長が私のことを好きだったのを知っていたの？」

「え？　逆に姉ちゃんはいつ気がついたの？　俺は、入学して数日くらいから知っていたんだけど？」

新入生歓迎会でね。

「はあ？　そんなに前から⁉」

「何その反応？　もしかして、あの時はまだ気がついていなかったの？」

嘘でしょ？　会長にあからさまな態度をされていて、気がついていなかったの？

「し、仕方ないでしょ？　あの時はまだレオのことを可愛がっていたんだから」

ブラコンだったことを堂々と宣言されても……。

「で、いつ会長に告白されたの？」

「え、えっと……去年くらい」

きょ、去年？

「それじゃあ、そこで姉さんは会長の気持ちを知ったって感じ？」

「は、はい……」

おいおい。マジかよ……。

「それだけ長い時間一緒にいて、最近まで告白しなかった会長もどうかと思うけど……姉ちゃんも酷いな」

気がついてやってくれよ。

一体、何年間一緒にいたんだ？

「し、仕方ないでしょ！　バートは身近な存在だったから、好きとかそういう気持ちで見てなかったのよ！　何か悪い？」

「い、いえ……」

何も言い返せなくなるから、逆ギレしないでくれよ。

まあ、言っていることはわからないでもないけどさ。

幼なじみでよくありそうなパターンだよね。

「それよりも、あなたのお嫁さんたちを紹介しなさい！　ここに全員いることは知っているのよ！」

「ちょ、ちょっと！　あ～行っちゃった」

ヘッドロックを解除すると、姉さんは俺の制止も聞かずにエルシーのいる方に行ってしまった。

仕方ない、追いかけるか。

「あ、はじめまして。エルシーと申します……」

「そんなに畏《かしこ》まらなくていいわよ。エルシー、私よりも年上なんでしょ？　気軽に話しましょうよ」

俺が姉ちゃんに追いついた時には、エルシーが自己紹介を始めていた。

てか、エルシーの方が姉ちゃんよりも年上だったんだな。エルシーは今年で十七歳だから一歳差だね。

「は、はい……」

「ふふふ。可愛い」

そう言いながら、むぎゅうっとエルシーのことを姉ちゃんが抱きしめた。

ん？　エルシーの方が年上なんだよね？　姉ちゃん、気軽に話して欲しいんだよね？

俺は思わず、姉ちゃんの上からな行動にツッコミを入れたくなってしまった。

「あれ？　他の子たちは？　シェリーちゃんにリーナちゃん、ベルちゃん、ルーちゃんは？」

「えっと……今はダン……じゃなくて、騎士団の訓練場に行っているよ」

思わず正直にダンジョンと答えそうになってしまったが、なんとか誤魔化した。

ダンジョンを造った話をしたら、魔の森に行った話にまでいってしまう可能性が高くなるからね。

「あら、未来の夫の為に働いているなんて、立派なお嫁さんじゃない。大切にするのよ？」

「う、うん……」

まあ、姉さんは魔の森なんて気にしないかもしれないけど。

「それじゃあ、四人と会うのは帰ってくるまでのお楽しみだね」

「そうだね。それより姉ちゃん。一応聞いておくけど、どのくらいまでここにいるの？」

わざわざ遠くから来たわけだし、泊まってはいくだろうけど……何日くらい泊まっていくつもりなんだろうか？

一週間くらいかな？

「さあ？　気が済むまでかな？　私、成績優秀だから、単位の心配も無いし、学校が再開していても
しばらくはいられるよ？」

「そ、そうなんだ……。ゆっくりしていって」

気が済むまで……下手したら一ヶ月以上いや、もっとここにいそうだな。

「うん！　それじゃあ、私が泊まる部屋に案内してくれない？」

「は、はい……」

俺は黙って姉ちゃんを来客用の部屋に案内した。

昔から、姉ちゃんと母さんには逆らえないんだよね……。


姉ちゃんを部屋に案内して、午後の仕事を始めるか！　という頃、シェリーから念話で連絡が入った。

（レオ！　ダンジョンの攻略が終わったから、迎えに来て！）

（終わった？　随分と早いけど、何かあったの？　大丈夫？）

（え？　早い？　そんなことないわ。だって、私たちもう十時間くらいはダンジョンにいたわよ？）

（ああ。そういえば、そうだったね。今迎えに行くよ）

ダンジョン内の時間が半分になったんだった。

シェリーたちも混乱しているだろうな……。

あっちに着いたら説明しないと。

「姉ちゃん、ちょっとシェリーたちを迎えに行ってくるから待ってて」

「え？　夕方まで帰ってこないんじゃなかったの？　私が来たからだったら大丈夫だよって言って」

「いや、そういうわけじゃないよ。単純に仕事が終わっただけみたいだよ」

まだシェリーたちには、姉ちゃんが帰ってきたことは教えてないからね。

「そうなの？　それならいいわ」

「了解。それじゃあ、行ってくるよ」

そう言って、俺は訓練場に転移した。


訓練場に到着してから四人を捜すと、四人とも食堂にいた。

「お疲れ。今日はどうだった？」

「あ、レオくん。聞いてください！　四階層のボス部屋を見つけることに成功しました！」

俺の問いかけに、リーナが嬉しそうに教えてくれた。

「おお、凄いじゃん。それじゃあ、明日はボスに挑戦だね」

四階のボスは何だったかな……物理無効のスライムか、めっちゃ動きが速いコボルドだったはず。

まあ、どっちも四人なら余裕だろ。

「ねえ、そんなことより……どうして外と中の時間が違っているのか教えてくれない？　もう夜になっているかな？　と思って外に出たら、まだ明るくて驚いたんだけど？」

ご機嫌なリーナと対照的に、シェリーはボスのことよりもダンジョンでの時間がおかしいことに物申したいらしい。

「それは、ダンジョンに新しく出来た能力だよ。ダンジョンでの時間はこっちの時間の半分なんだ。

だから、今日シェリーたちが十時間ダンジョンの中にいたとしても、外では五時間しか経っていないってことになるね」

「え？　それじゃあ、ダンジョンの中にいたら、二倍の速さで歳を取るってこと？」

「ま、まあ、そうなるのかな？　でも、ダンジョンの中で何年も過ごすわけではないんだから大丈夫じゃない？」

俺も新機能として追加された時は、同じことを思ったよ？

でも、ダンジョンに何日間もいることはないだろうし大丈夫だと判断したんだ。

「そうでしょうか？　私たちはたぶんちょっとの間で済むでしょうけど……騎士の方たちはこれからもダンジョンで訓練していく訳ですし……それが積み重なっていけば大きな年数になってしまうのではないでしょうか？」

ベルが急に口を開いたと思ったら、凄く的確な指摘をしてきた。

言われてみれば、騎士たちはこれから毎日何時間もダンジョンに挑戦していくわけだし……。

それが何年間も続けば、大きな時間の差になってしまうな。

「確かに。うん……ちょっと相談してくる」

俺だけでは解決できるかどうかわからないから、アンナに聞いてみよう。

「アンナ～～！　ダンジョンでの老化を止める方法は無い？」

『それは、外と同じくらいの老化速度にしたいってことですか？』

「うん、そう！」

そうだね。老化を止めるというより、外と同じにしたいって方が当たっているね。

流石アンナ、瞬時に俺の考えていることを当てるとは。

『追加で魔力を使えば、新しい機能として追加できますよ』

「本当？　あ、でも、魔力がたくさん必要になるよね？」

完全体にするだけでも一ヶ月もかけて魔力を貯めてやっとだったのに、更に加えるとなるとな……。

『はい。元々の予定に無かった機能ですので、追加に必要な魔力も、維持に必要な魔力も桁違《けたちが》いになります』

やっぱり。

「そ、そうなんだ……。それで、どのくらい魔力を貯めれば追加出来そう？」

『そうですね……挑戦者たちの魔力がこの調子で増えていくことを考えたとしましても、三、四ヶ月はかかると思います』

「早くてもってことは大体四ヶ月か……。八ヶ月分の老化……まあ、そのくらいなら大丈夫かな？」

四ヶ月多く歳を取るくらいなら、特に問題ないよね？

『心配でしたら、老化速度低下の機能を加えるまで、経過時間を半分にする機能を停止しておきますか？　そうなると、維持に回る魔力も減りますし』

「おお、それはナイスアイディアだ！　よし、新機能を付け加えるまではそれでいこう！」

すぐに最適解を出してくれるから、本当にアンナは最高のナビゲーターだ。

『了解しました。それでは、ダンジョンと外の経過時間を同じにしておきます』

「うん。よろしく。また来るね！」

『はい。お待ちしております』

問題も解決して、俺はご機嫌でシェリーたちの所に帰ってきた。

「ただいまー」

「あ、レオ。で、どうしたの？」

「新しい機能を加えて、老化を外と同じになるようにすることにしたよ」

「そうなんだ。それなら安心ね」

「あ、でも、魔力が全然足りないから当分はダンジョンの時間と外の時間は同じにするってことになったんだっけ。だから、三、四ヶ月は外と同じ時間のままだね」

「そうなんですか。時間が半分になるの、効率がとても上がるから良かったんですけど、しばらくはお預けですね」

リーナは、そこまで老化が加速することは気にしないんだな。

「仕方ないですよ。安全には代えられませんから」

「そうね」

ベルの言うとおり、安全第一でやっていかないとな。

「それじゃあ、帰るか。あ、そういえば姉ちゃんが来ているんだっけ」

「え？　お姉ちゃん？」

さっきまで、難しい話についていけず、食堂の机に突っ伏していたルーが、姉ちゃんと聞いてバッと勢いよく起き上がった。

「そう。俺の姉ちゃんが長期休暇で遊びに来てるんだった」

「え？　ヘレナさんが？　それじゃあ待たせちゃっているのよね？　早く帰らないと」

「まあ、そこまで気にしなくてもだいじょうぶだけど」

どうせ、エルシーと会話を楽しみながらお茶でもしているんだろうし。

そんなことを思いながら、姉ちゃんの待つ城に俺は転移した。


「ただいまー」

「あ、帰ってきた。四人ともお疲れ様」

「ヘレナさん……お久しぶりです」

「もう、お義姉《ねぇ》さんって呼びなさいって前に言ったでしょ？　もう、忘れちゃった？　ねえ、リーナちゃん？」

「い、いえ……お義姉さん。お久しぶりです」

さっきまで元気だった二人が急に、姉ちゃんを前にしてしおらしくなってしまった。

てか、お義姉さんって何だ？　姉ちゃん、そんな呼び方を二人に強要していたのかよ。

「ふふふ。二人とも、見ない間にまた一段と可愛らしくなっちゃって……羨ましいわ。で、二人がベルちゃんとルーちゃんよね？」

シェリーとリーナに抱きつきながら、次のターゲットに目を移した。

一応、シェリーはお姫様なんだけどね……。

そこら辺、遠慮しないのは母さんにそっくりだな。

「はい。ベルです。よろしくお願いします」

「可愛いわね。うちは自由恋愛だから、身分の差は気にしなくていいからね？　あ、もうレオはフォースター家じゃなかったわね。まあ、ミュルディーンでも変わらないわよね？」

「……変わらないよ。てか、言っておくけどベルは獣人族の王の娘だからね？」

「え⁉　ベルちゃん、お姫様なの⁉」

「い、いえ……もう滅んでしまった国なので身分は平民で間違いありません」

「それでも、元王族をメイドにしておくなんて不味いわよ」

改めて考えてみるとそうだよね。ベルをメイドのままにしておかなくて良かった。

今頃、姉ちゃんに怒られていただろうからね。

「心配ないよ。もう、ベルはメイドじゃないし」

「え？　そうなの？　それなら安心ね」

そう言うと、今度はベルの隣にいるルーに狙いを定めた。

「ふふ。あなたがルーちゃん？　わあ、本当に角がある～。小さい頃から、悪いことをしたら魔族がやってくるぞ！　なんて怒られていたけど、こんなに可愛い魔族がいるなら怖がる必要も無かったわね」

一人で勝手にテンションが上がって、ルーの顔をこねくり回していた。

嫌がるかな……と思ったんだけど、

「えへへへへ」

案外ルーは嬉しそうにしていた。

まあ、ルーは甘えん坊だからな。姉ちゃんに可愛がられて嬉しいんだろう。

「そういえば、ルーちゃんは奴隷のままなのね」

一通りこねくり終わった姉ちゃんが、ルーの首輪を指さして俺に聞いてきた。

「まあ、表向きは犯罪奴隷ってことだからね。人もたくさん殺しちゃったし、ルーを守る為にも必要なんだよ」

ルーが人の世界で生きていくにはこの方法しかない。

自分でも制御できていない破壊魔法を暴発されても困るし。

「そういうものなのかな……？　わかったわ。ルーちゃん、首輪がキツかったりしない？」

「ううん。平気！」

「そう。それは良かったわ」

ルーの言葉を聞いて、姉ちゃんが笑顔でルーのことを抱きしめた。

こういう、優しいところも母さんに似たんだな。

「あ、そういえば、皆どうして冒険者みたいな格好をしているの？　騎士団のところに行っていたのよね？」

しばらくルーのことを抱きしめた後、何かに気がついたように姉ちゃんが質問してきた。

言われてみれば、シェリーやリーナが動きやすい格好をしているなんて普通はあり得ないよな。

最近見慣れすぎて、すっかり忘れてた。

どう誤魔化すか……。

「それは「ダンジョンに行ってきたんだ！」　え？　あ、ルー！」

おい、俺の話に被せてまでバラすな！

「ダンジョン？　レオ、それは本当なの？」

くそ……どうしたら怒られない方向に持っていけるのか？

「そうだけど……安心、安全なダンジョンだから心配ないよ？」

「そんなダンジョンがあるわけないでしょ！　女の子だけで行っていい場所じゃないわよ！」

「それが大丈夫なんだって。俺がそういう風に造ったダンジョンなんだから」

「え？　あなた、ダンジョンを造ったの？」

「あ……」

墓穴を掘った気がする。

「そうなんだ。レオ、凄いんだよ！　とっても大きなドラゴンの魔石を取ってきたと思ったら凄く楽しい場所を造ってくれたの」

おい、俺が凄いことを姉ちゃんに伝えたかったのはわかるけど、それは一番言ってはいけないやつ！

ああ、もう終わった。

「そう……ドラゴンの魔石ね……」

「え、えっと……姉ちゃん？」

「ここに来る前、お母さんにレオが危ないことをしていないか直接見てきてって言われていたのよね……。別に、面倒だからわざわざ探ろうとか思ってはいなかったけど……聞いちゃったからには報告しないとね……」

てことは、姉ちゃんが報告しなければ、まだ説教から逃れられるチャンスがあるってことだよね？

「ね、姉ちゃん？　ど、どうか、お願いします。それだけは……」

「報告しなかったら私が怒られるの。聞いていなかったら、知らなかったって言って通せたんだけどね……」

「そ、そんな……」

「まあ、お母さんとの約束を破ったレオが悪いわね。次会う時は、お母さんが好きそうな甘い物でもお土産を持っていってご機嫌を取るしかないわね」

「甘い物か……わかった」

よし、当分はスイーツ開発に全力を尽くさないといけないな。

とりあえず、材料の砂糖から厳選しなくては……。

「あ、それでも機嫌が直らなくても知らないからね？」

頑張っても怒られる可能性があるの!?

「くそ……。あ、そうだ。姉ちゃん、新作のドラゴン料理は食べたくない？」

「え？　新作の？　ほほう。姉ちゃんを食べ物で釣る気だね？」

「そ、そんなつもりはないよ？　でも、お母さんに怒られても食べたいと思えるくらいには美味しいんだけどな……」

「ふ～ん。それじゃあ、いいわよ。その代わり、そこまでだったら速達《そくたつ》でお母さんに手紙を送ってあげるわ。いいね？」

「う、うん……絶対美味しいから心配ないって」

心配ないよな？　うん、心配ない。

心配ないはず……。

# 第十一話　愚王《ぐおう》の下で

ＳＩＤＥ：ゲルト

「ほう、お前が憎き偽勇者の子孫を瀕死《ひんし》に追いやったという混ざり人か」

「はい。生まれ育ちはフェルマー商会だそうで、奇想天外《きそうてんがい》な魔法具を作ります」

「そうか……あの亜人《あじん》の商会、帝国を滅ぼしたら真っ先に王国の奴隷にして、王国の為に一生働いて貰うぞ」

「おお、いいですね」

現在、王国に来て半年くらいして初めて国王と謁見《えっけん》していた。

そして、俺は目の前で行われているとても苛立《いらだ》たしい会話を我慢して聞いていた。

混ざり人……人族以外の血が入った人に使う差別用語だな。

この王国は人族以外の人たちを亜人として、奴隷のように扱ってもいいという法律があるくらい人族以外を見下している。

本当なら、こんな所に来たくはなかったんだが……俺を拾ってくれるところはここしかなかったからな。

だから、目の前にいるブクブクに太った愚王と阿呆な宰相《さいしょう》の馬鹿にした会話に怒ったりは出来ない。

だが、フェルマー商会を馬鹿にされたのは本気でイラッとした。

叔父《おじ》さんがあんなにも頑張って大きくした商会を奴隷にするだと？

コルト叔父さんは酒癖が悪いところは玉に瑕《きず》だけど、親父と違って子供の頃から優しかった。

魔法具開発に夢中な親父の代わりに、俺のことを何かと気にかけてくれた。

地方周りの仕事の時は、俺も馬車に乗せて連れていってくれたのは本当に良い思い出だ。

それに、あそこの職人たちには感謝しかない。

親父は自分が俺に魔法具作りを教えてやったと思っているが、ほとんどはフェルマーの職人たちに教わったようなもんだ。

工房に遊びに行くと、必ず暇な職人が俺に魔法具の作り方を教えてくれた。

本当に、あそこは心温かい人たちばかりだった。

そんな人たちを奴隷にすると聞いて、思わずこの馬鹿二人を殺してしまいそうになってしまった。

けど、ここで死にたくはなかった俺は、実行するまでにはいたらなかった。

それに、隣に勇者がいるから殺すのは無理だろう。

そんなことを思いながら、隣で一緒に愚王に跪《ひざまず》いている男に目を向けた。


名前はカイト。

一年前くらいからこの世界に来て、訓練を受けているらしい。

見た目は黒目黒髪の前世の記憶にある生粋《きっすい》の日本人だろう。

この半年で随分と仲良くなったが……背が高く、引き締まった体に、美形な顔、優しい性格、最近では王国の姫との恋仲も噂されているこいつを見て、どんなに頑張っても俺はこいつの脇役にしかなれないと理解させられてしまった。

ただこいつは、イイ奴だった。

いや、前世にいたら性格が良くてイケメンな高校生だった程度なんだろうけど。

この世界だと、聖人並に心が澄んでいるように見えてしまう。

騙《だま》し合いは当たり前、自分が生きられるなら他人はどうだっていい、弱肉強食の世界、地球で温々《ぬくぬく》と育った高校生の考えは甘すぎなんだよ。

まあ、こいつとは当分運命共同体になるんだし、騙されたりしないようしっかりと見張っておくか。

「で、お前たちにはこれから数年後に行う戦争に向けて準備をして貰いたい」

馬鹿二人での会話が終わったのか、愚王が俺たちに向かって適当な言葉を発した。

頑張れって何だよな。頑張らないと勝てない戦争を挑もうとしている時点で終わっているんだよ。

「「はい」」

まあ、素直に返事するしかないんだが。

「カイトは出来る限りレベルを上げるんだ。混ざり人の……ゲルトは戦争に向けてカイトの武器と防具、帝国に勝てる兵器を発明しろ」

「「はい（了解しました）」」

混ざり人って呼ばれるのも、もう慣れたな。

それから俺と勇者は謁見の間を退出して、俺の部屋で会話をしていた。

「この国、戦争に勝てるんですかね？　あんな人がトップな国じゃあ……」

そう、この勇者、全く国王に忠誠心が無い。

元々は国王に奴隷の首輪を着けられていたんだが、俺が外してダミーの首輪にしてしまっているから、今は国王の文句を言いたい放題になってしまっているわけだ。

もちろん、この部屋の壁には『遮音《しゃおん》』をしているから盗聴することは出来ない。

まあ、国王も奴隷にした勇者が裏切るとは微塵《みじん》も思っていないから、勇者の行動に監視なんてつけていないんだろうが。

「まあ、無理だろうな。負けた時にどうやって逃げるのかを考えておいた方がいいぞ」

逃げるとしたら、次は教国《きょうこく》だな。あそこに向かうとなると、帝国を通らないといけないからな……。

「え!?　逃げることを考えないといけないほどなんですか？」

はあ、流石異世界人。平和ボケしてやがる。

「いや、よく考えろ。戦争に勝ったとしても、あの馬鹿な王様にそんな広い土地を管理出来ると思うか？　反乱が起きて国が終わると思わないか？」

あの、差別主義の選民思想の塊《かたまり》みたいなヤツが民衆から支持されると思っているのか？

どう考えても無理だろ？

「確かに……そんな話、歴史の授業で習ったかも。うーん、エレーヌの国を滅ぼしたくはないし、どうすれば良いのかな……」

エレーヌね……。

こいつ、しっかりと姫でこの国に縛り付けるという宰相の思惑に嵌《は》まっているぞ。

「お前、本当にあの王女のことが好きなのか？」

エレミナーヌ王女殿下、巷《ちまた》では宝石狂いの姫で有名だな。

実際に城の中で何度か見かけたが、あの親にしてあの娘ありって感じだな。

「確かに性格がキツくて、宝石集めに夢中で金遣いが荒くて、部下を奴隷の様に使っているのは知っていますからね？」

なんだ。そうなのか。

宝石狂いの姫がお前の前だけ猫を被っているから、騙されているのかと思ったぞ。

あいつの本性を知っているのか。

「ん？　じゃあ、どうしてだ？」

あの性格を知っていて、どうしてそこまで好きになったんだ？

お前、見た目が良ければ性格なんて気にしないのか？

止《や》めておいた方がいいと思うけどな。

お前の顔なら、もっといい女と結婚出来ると思うぞ。

「エレーヌが単純に寂しがり屋だってことを知っているからです。そう見ると、あのキツい性格も可愛らしく見えてきますよ。僕がいた世界ではツンデレという言葉がありまして……」

「はいはい。わかった」

勇者はツンデレキャラが好き。はいはい。

てか、あいつデレるのか？　いや、違うな。

お前の前だと猫を被っているから、ツンがあるのか？

「最後まで説明を聞いてくださいよ！　もう……とりあえず、あのエレーヌの性格は僕がどうにかしますよ。悪役令嬢を僕の手でおしとやかで心優しい完璧なヒロインに……」

「はいはい。頑張ってくれ」

主人公は言うことが違うな。

あれがおしとやかとか、逆に怖いわ。

「だから最後まで話を聞いてくださいって！」

「そんなことより、戦争の準備について話し合うぞ」

「え？　二人だけで作戦会議ですか？」

「王国は馬鹿ばかりだからな。お前と二人でどうやって生き残るかを話し合った方が有意義だろう？」

「まあ、そうですけど……」

この国、帝国と違って教育が行き届いていない。

王国の騎士たちも、貴族の次男、三男とか、甘やかされて育てられた奴しかいないから、保身と出世以外には頭が回らない。

そんな奴らと作戦会議なんて、単なる時間の無駄だ。

「エドモント将軍は？」

「ああ、あいつか……」

確かに、あいつなら有りだな。

フィリベール家にいた時に裏切られたのは許せないが、逆に仲間になってしまえばあの場面で即座に撤退を選ぶ頭を持っている将軍は、会議に呼ぶべきだろう。

まあ、あいつは王国の犬だから、俺たちが国を裏切るかもしれないことは隠さないといけないけどな。

さて、帝国に惨敗して逃げる前に殺されるとか最悪な未来にならないようにするために、全力で準備しますか。

出来ることなら、引き分けが俺にとっては最高の未来なんだが、あの愚王の性格からして、次の戦争は勝敗が決するまで戦争を続けるだろうから難しいだろうな……。

# 第十二話　新たな勇者と宝石姫

SIDE：カイト
『あなたの使命は、人類の繁栄と邪神の使者を倒すことです。期限はあと少し、頼みましたよ』

人類の繁栄？　邪神の使者？

「……ここは？」

気がついたら、見知らぬ部屋に寝ていた。

硬い石製の床に困惑しながら、上体を起こした。

「ここはどこだ？」

気を失うまでの記憶を探りつつ、俺は部屋の隅々まで見渡そうとして……すぐに目を擦った。

夢の間違いなんじゃないか？　と思うくらい、異様な光景で溢《あふ》れていた。

絵本とか歴史の教科書に出てきそうな……数百年前のヨーロッパで着られていそうな服装の集団に

囲まれ、俺が寝ていた床の周りには全く意味のわからない文字なのか記号なのかわからないものがびっしりと描かれていた。

そして、何よりも驚いたのが……自分の目の前で膝を着き、目を瞑り、両手を組んでお祈りをしている少女を見た時だった。

真っ赤なドレスに、綺麗な銀髪の少女。

いや、これは驚きより一目惚れの方が正しいかな？

お祈りをしている姿が、凄く綺麗で、とても美しかった。

『おお～～』

「成功したぞ」

「これで、王国の未来も明るいな」

「国王、やりましたね」

俺が目の前の美しい少女に見とれていると、さっきまで静まり返っていたのが一転して急に騒がしくなった。

そして、でっぷりとよく太ったおっさんと、黒い首輪を持った細身で髪が薄めなおっさんがこっちに向かって歩いてきた。

「エレーヌご苦労。もう下がってよい」

「わかりました……」

でっぷりと太った男に話しかけられ、美しい少女が目を開け、顔を上げた……そして……俺と目が合った。

お互い、何も言わず、何も表情を変えず、静かに見つめ合った。

少女の目は意外にもキリッとしていて、美しい、綺麗という俺のイメージに少しかっこよさが加わった。

「どうしましたか？」

「い、いえ、それじゃあ私はこれで」

少女が動かないのを心配した頭の薄い男が話しかけると、少女はハッとして後ろの方に下がっていった。

そして、少女と取って変わるようにおっさん二人が俺の目の前にやってきた。

「はじめまして。お名前を伺ってもよろしいでしょうか？」

「な、名前ですか？　カイトです」

「カイト様ですか。私は、この国の宰相をしておりますラムロス・ベックマンと申します。こちらは、この国の王でおられます、クレールハンツ陛下です」

「ど、どうも、はじめまして？」

なんなんだ？　意味がわからないぞ。サイショウ？　王？　何故か言葉は通じるけど、言っている意味が全くわからない。

確かにこっちの男、偉そうな服を着ているけど、それ抜きで見たらそこら辺にいるおっさんにしか見えないぞ？

「自己紹介などどうでもいい。ラムロス、さっさとその男に首輪を着けろ」

国王と紹介されたおっさんは、偉そうにサイショウのおっさんに命令を出した。

「はい。それじゃ、失礼します」

「え？」

急にサイショウのおっさんが俺の首に手を持っていったと思ったら、硬い首輪を装着されてしまった。

ハッとして俺が取り外そうと首輪に触ろうとすると、その手を掴まれてしまった。

「これは、あなたがこの世界で生きていくのに必要な物です。絶対に取らないでください。必ず常に着けていてくださいね？」

「え？　あ、そうなんですか……はい」

もう、目まぐるしい情報量にパンクした俺の頭に、正しい判断など出来ず、そういうもんなんだと納得してしまった。

「うむ。それじゃあ、この国の発展の為に、精々働《せいぜい》くんだな」

精々働く？　何を言っているんだこいつは？

そんなことを思っていると、王は満足そうに扉に向かって歩き始めてしまった。

「ちょ？　え？　それ以上の説明はないの？」

ここがどこだとか、俺がどうしてここにいるのかとか質問したいことがあるんだけど!!

「詳しい説明ですか？　そうですね……姫様、カイト様にこの世界について教えていただけませんかな？」

俺の言葉に立ち止まったおっさんが、少し考え込んでからニヤリと笑ってさっきの少女の方に目を向けてそんなことを言った。

姫様？　え？　お姫様なの？　通りで美しいわけだ。

「そうだな。エレーヌ、頼んだぞ」

「はい……」

王の言葉に返事するお姫様は無表情だけど、どこか不満そうな雰囲気を感じられた。

「頼んだぞ」

それだけ言って、王たちは部屋から出ていってしまった。

本当なら、一番偉そうなお前たちに説明して貰いたかったんだけどね。

そんな不満を心の中で呟きながら、お姫様の方に目を向けた。

「……」

「……」

え？　何か話してよ。俺の方が全くこの状況を理解していないんだよ？

そんな気持ちが通じたのか、お姫様が口を開いた。

ただ……、

「それじゃあ、こちらに」

その一言だけだった。

「は、はい……」


それからお姫様に豪華な部屋に案内された。

素人の俺が見ても、高そうな宝石やら、その装飾品やらが壁一面に飾られた部屋だ。

凄く居心地の悪い部屋だな……。

そんなことを思いながら、俺は机を挟んでお姫様の向かい側の席に座った。

「はじめまして。私はエレメナーヌ・アルバー。エレーヌとお呼びください」

「え、えっと……俺、いや、僕は江見海斗《えみかいと》……違う、カイト・エミです。カイトと呼んでください」

お姫様の丁寧な言葉に対して、俺はかっこ悪い返事になってしまった。

だ、だって、急に普段使わない敬語を使おうとしたら、こうなっちゃうでしょ？

「無理して敬語を使わなくてもよろしいですよ？」

俺の敬語がよっぽどだったのか、お姫様から申し出をされてしまった。

「え、えっと……それじゃあ。普段、敬語は使わなくてね……。エレーヌも敬語なしでお願い」

「普段、敬語を使わない？　どういうこと……ですか？　もしかしてあなた、いえ、カイト様は元の世界では名の知れた貴族様だったとか？」

ん？　ああ、この国には王様がいるんだから、貴族とかもいるのか。

「違うよ。庶民オブ庶民。てか、元の世界では貴族とかいなかったし。だから、敬語とか抜きで気軽に話そうよ。いや、お姫様相手だから、俺の方が敬語を使わないといけないのか」

まあ、前の世界でも、本当は先生とか敬語を使わないといけない人はいたんだけどね。

昔から、気さくに話していたら許されちゃったんだよね。

「私が王女であることは気にしなくていいわよ。あなたは、今日から勇者様なんだから。勇者様は、形式上この国で一番偉いんだからね？」

形式上？　まあ、いいや。それより、

「勇者様？　勇者ってあの物語に出てくる？」

幼稚園児とかが読みそうな絵本に出てくるようなやつか？

「え？　あなたの世界にも勇者様の物語があるの？」

「まあ、あるかな……。ドラゴンに捕えられたお姫様を助けに行く話とか？」

俺は、うろ覚えな記憶を頼りに、適当な勇者の物語をでっち上げた。

たぶんこんな内容の話は、世界中を探せば何個もあるよね？

俺、普段から教科書以外の本とか読まないからわかんないんだよね。

「へぇ……あなたの世界にもドラゴンとかいるのね」

「え？　ちょっと待って。あなたの世界にもドラゴンがいるってどういうこと？　この世界にはドラゴンがいるの？」

てっきり、タイムスリップみたいなのに巻き込まれた？　とか、勝手に予想してたけど、本気で違う世界に来てしまった？

「え？　いないの？　この世界には、珍しいけどいるわよ。ずっと東の方に大きな山脈があって、そこにたくさんのドラゴンが住み着いているわ」

「うわあ……なんかその山、めっちゃ危険そうだね」

そして、ここは地球じゃないことがこの話を聞いて確定した。

俺、どうしてこんな世界に来ちゃったんだろう……誰かにこのとんでもない夢を強制的に見せられているとかの方が、あり得るというか納得出来るぞ。

「危険なんてもんじゃないわよ。未だかつて、人類はドラゴンを倒せたことがないのよ？　魔王を倒した先代の勇者でも、人里に迷い込んだはぐれドラゴンを追い返すのがやっとだったんだから」

「へぇ……先代の勇者とかもいたんだね。それよりも、魔王よりも強いドラゴンってどういうこと？

ゲームでいうところの、クリア後に出てくる裏ボスとかなのか？　嫌だな……ドラゴンを倒せないと帰れないとか」

先代の勇者はどうやって元の世界に帰ったんだろう？

「何を言っているの？　あなた、もう帰れないわよ？」

「え？」

今、何て言った？

「だから、あなたは死ぬまでこの世界にいるしかないの」

死ぬまで……この世界に……いるしかない？

「ほ、本気？」

「本気よ。現に、先代の勇者は孫まで作って、おじいちゃんになってから死んだわよ」

「そうなんだ……」

それはそれは幸せそうな人生を送れたようで……。

ただ、俺にそんな未来が存在するとは思えない。

「ねえ、あなたの世界ってここに連れてこられたら、そんなにがっかりするくらいの世界なの？」

「まあ、そうかな。たぶん、三、四百年くらいは文明が進んだ世界だよ」

電気が通ってなさそうなこの部屋と、この世界にいる人たちの服装を見た感じ、軽く三百年くらいは差があるよね？

そんな世界で今日から一生暮らしてくださいって言われても、嬉しくなるはずがないじゃん。

「四百年もね……それじゃあここにある宝石は、あっちの世界だとそうでもないの？」

「そんなことないよ。宝石はあっちの世界でも珍しくて、高価な物ばかりだね。たぶん、あっちで普段通りの生活を続けていたら、こんな凄い宝石たちに囲まれることは一生無かっただろうね」

どこかの博物館とか行かないと無理そうだよね。まあ、博物館とか興味無いし、一生と言っても過言ではなかっただろう。

「そ、そう……」

「それにしても、凄いね。これを全て集めようと思ったら十回以上遊んで暮らせる人生を送れそうな金が必要だよね。これは、王族が代々集めてきた物なの？」

国民からの献上品とかで手に入れた物を代々、この部屋に飾っているとか？

「いえ、この部屋にある物は、私がここ数年で集めた物よ」

はあ？　エレーヌが？　数年で？

冗談だよね？　俺を笑わせるための冗談なんでしょ？

「え？　そんなにお金を使っても大丈夫なの？」

もし本当だとして……エレーヌの国って、これくらいの宝石を買ったとしても大丈夫なくらい潤っているの？

「だ、大丈夫よ。だって、私はこの国の王女なんだから」

いや、そういうことじゃなくて……。

「うん……まあ、この国のことはまだ何も知らないし、余計なことは言わないでおくよ」

これ以上詮索《せんさく》してエレーヌを怒らせても、何の得にならないからね。

「そうよ。そうしなさい。それより、もっとあなたは知りたいことがあるんじゃないの？」

「そうだった。ねえ、俺って何の為に呼び出されたの？　魔王でも倒せばいいの？」

色々と聞きたいことがあるけど、まずはこれかな。

俺が何の目的でこの世界に連れてこられたのかが、マジで知りたい。

「違うわ。魔王は五十年くらい前に倒されているわ」

「じゃあ、何をするの？　こっちに来る時、人類の繁栄と邪神の使者を倒せって言われた気がしたんだけど、そんなことをすればいいの？」

こっちで目が覚める前に、こう直接頭に声が放り込まれたような感覚があったんだけどな……。

「そ、そうよ。あなたは、邪神の使者がいる隣国のベクター帝国との戦争に参加して貰うわ。邪神の使者を倒すのよ！」

ん？　どうしてそんなに狼狽《うろた》えているんだ？　もしかして、何かやましいことがあるな？

ちょっと探ってみるか。

「戦争？　しかも、人同士の？」

「そ、そうよ」

「え〜。俺、人を殺すなんて嫌だよ」

これは本気だからね？

「男がそんなことを言っているんじゃないわよ。邪神の信者を倒すのがあなたの使命なんでしょ？」

あれ？　邪神の『使者』が『信者』に変わっているぞ。

やっぱり、何かおかしい。

「うん……でも、戦争なんてして人類は繁栄するのかな？」

「当たり前でしょ？　勝てば、その国の物は私たちの物になるんだから」

「でも、それってエレーヌたちの国だけで、負けた国の方は？」

負けた国のことを考えると、人類全体としては戦争で死人が出るわけだし、むしろ人類全体にとってマイナスにならないか？

「そ、それは……知らないわよ！　負けた方が悪いんだから」

うん、大体わかった。

俺はエレーヌの国が戦争に勝って、利益を得るために呼ばれたんだな。

でもね……。

「確かに、勝った方が正義って言葉はあるけど、それは自分たちが負けた時も適用されるんだからね？」

「だから？　私たちは負けないわ」

うお。なんだその自信。

確かに、自信は何よりも大事だろうけど……根拠の無い自信ほど怖いものはないよ？

「……まあ、いいや。どっちにしても俺がここで生きていくためにはその戦争に参加しないといけなそうだし。それで、俺はどうやって戦えばいいの？」

もう、俺には拒否権は無さそうだし、無事に生き残れることだけを考えておくか。

「え？　勇者ってどんな相手も剣一本で倒せるんじゃないの？」

「はあ？」

漫画の読み過ぎだろ。いや、この世界に漫画は無いのか？

「そんなの無理に決まっているじゃん。前の世界で俺は普通の学生で、戦争とか殺し合いとか無縁《むえん》の生活をしていたんだよ？　格闘技の経験も無いし、どうやって剣一本で生き残ればいいの？」

なんか俺、自分で言っていて悲しくなってきた。

戦争が始まったら、俺が真っ先に死にそうじゃん。

「し、知らないわよ。まさか……勇者がこんなにも無能だったとは……」

無能？　自分から呼び出しておいて、何を言っているんだ？

「無能で悪かったね。それで、無能だって俺をどうするの？」

あ、待って。言葉の勢いに任せて煽っちゃったけど、よく考えたらダメだろ！

目の前にいるのはお姫様だぞ？　怒らせたら打ち首とか普通にありそうじゃん！

やべえ。戦争を迎える前に死にそう。

「そうね……無能なんて、お父様には報告出来ないし……そうね。わかったわ。あなたが気づいていないだけで、あなたの中に何かが眠っているかもしれないわ。とりあえず、あなたに剣の教師をつけるわ。一年間待ってあげる。その間に強くなりなさい」

「そう言われても……」

今すぐに殺されなくて済むのは嬉しいが、たった一年で強くなれるのか？

「いいから！　今日はとりあえず寝てなさい！　誰か、カイトに部屋を用意しなさい！」

「はあ……まだまだ聞きたいことがあったんだけどな……」

エレーヌにこれ以上何か言うのは諦め、俺は執事に連れられて素直に部屋を出た。

SIDE：エレーヌ

「もう、何なのよ！　あれが勇者？　見た目が良いから少しは期待したのに、蓋《ふた》を開けてみたらただの無能勇者じゃない!!」

勇者カイトが出ていってすぐ私は机を蹴っ飛ばし、怒鳴った。

「どうするのよ……この私が召喚した勇者が無能なんて、あの豚やハゲに知られたら、絶対私の召喚魔法のせいにされてしまうわ。何とかして、バレないようにしないと……」

それに、絶対妹や弟たちも私の失敗に黙っているはずがないわ。

これ見よがしに、私の足を引っ張ってくるはず。

ああ、本当に苛立たしい。全部、あいつのせいよ！

「失礼します」

「何よ！　今、私はとても不機嫌なの！」

私がイライラしているの、見てわからないの？　本当、無能な騎士ね。

そう思いながら、私は騎士を睨んだ。

「それは失礼しました。ですが、陛下の伝言を預かっておりまして」

騎士の言葉を聞いて、私は急に全身の力が抜けた。

怒りよりも不安感の方が勝ってしまった。

「お父様が？　何？」

も、もしかして、勇者が無能だってことがバレた？

「勇者との会談が終わったなら、至急陛下のところに向かうように、とのことです」

「……わかったわ」

その伝言だと、何の目的で呼び出されているのかわからないじゃない……。

そう騎士に文句を言う余裕も無く、私はお父様の待っている部屋に向かった。


それから、騎士に案内されて連れてこられたのは、お父様の寝室。

寝室と言っても、別に寝るために用意された部屋ではない。

お父様が気に入った女性と、そういう行為をするための部屋だわ。

本当、万年発情した豚よね。あんなのが父親なんて、気持ち悪くて仕方ないわ。

そう嫌悪しながら、私は寝室に入った。

「来たか。それで、勇者への説明は終わったのか?」

娘の前だというのに、豚は裸の女性を数人抱えてベッドに座り込んでいた。

まあ、もう今更だし、豚が服を着ているだけでも良いとしましょう。

「はい。勇者様にも、戦争に参加して貰うよう納得して貰えました」

私は裸の女性たちのことは気にもせず、豚の質問に答えた。

もちろん、質問の答えには私なりの解釈を加えたけどね。

カイトも戦争に参加することに関しては仕方なくだけど納得していたし、別に嘘はついていないわよ?

「そうか。思ったよりも納得が早いな。やはり、ムロスの言う通り、エレーヌを餌《えさ》にするのが良かったみたいだな」

私の言葉に、豚は嬉しそうに部屋の端《はし》に突っ立っていたハゲに気持ち悪い笑顔を向けた。

「はい。みたいですね。私の考えでは、これで間違いないでしょう」

「え？　どういうことですか？」

私を餌にするってどういうこと⁉

「ムロス、説明してやれ」

「はい。エレーヌ様は、先代の勇者がどうして我が国を裏切ったのかは知っていますでしょうか？」

「えっと……汚い帝国が魔導師を使って自分の国に引き込んだからでしたよね？」

実際のところはよく知らないけど。小さい頃にそう習ったわ。

「そうです。ですから、今回は逆にそれを私たちが利用してみようと思いました」

「と言うと？」

などと聞き返してはみたはいいけど、何となくハゲの考えが理解出来てしまった。

「簡単です。勇者カイト様に、姫様のことを好きになって貰い、王国から離れられないようにして貰おうということですよ」

やっぱりね……。勇者に私が事情を説明しろって言われた時から、そんな気がしていたわ。

「つまり……私が勇者様を惚れさせれば良いということですよね？」

「はい。間違いありません。まあ、姫様の美貌なら心配ないと思っていますが」

あなたに言われなくても、私が宝石よりも美しい女性だってことはわかっているわよ！

などとは言えず、

「ありがとうございます」

私は素直に感謝の言葉を述べた。

「エレーヌ」

「は、はい」

「勇者のことはお前に任せた。何をしてもいい、絶対お前に惚れさせろ。そして、この国の為なら命も惜しまない戦士に仕立てあげろ」

「わ、わかりました……」

「失敗は許されないからな」

「もちろん……わかっております」

私は頭を下げ、早々に退室した。


「あ〜もう！　何なの、あの豚とハゲ！」

自分の部屋から戻ってきた私は、また机を蹴っ飛ばした。

とにかく、八つ当たりをしないとやってられなかった。

あの部屋に入るだけでもとてもイライラするのに、それに加えてあの二人に言い渡された命令……。

私が勇者に媚びを売らないといけない？　ふざけないでよ！

どうして私があんな無能に惚れられるように頑張らないといけないのよ！

世界一可愛い私が男のご機嫌取りなんて、考えられないわ！

それから、私は部屋にある宝石以外の物を壊して、ストレスを発散した。

そして……大体の物が壊し終わり、少し頭が冷えてきた私はふと自分の現状を理解し、自分の変わり果てた部屋を見て、何を馬鹿なことをしているのかしらと思ってしまった。

もう、私に失敗は許されないじゃない。

どっちにしろ、私とカイトは運命共同体。

カイトが無能だってことになれば、私も無能になってしまう。

そうなるくらいなら……カイトに媚びを売るくらい大したことじゃないわ。

「はあ……とにかく何かしないと」

とりあえず、勇者を強くするのが何よりも重要よね。

そう思い、私は呼び鈴を鳴らした。

すると、すぐに私直属の騎士が部屋に入ってきた。

「お呼びでしょうか？」

「勇者の教育係を至急手配して。なるべく優秀な人よ。期限は明日」

「はい」

「それと、歴代勇者に関係する情報を出来る限り集めなさい。いい？　強さに関係する物は見つけ次第私のところに持ってきなさい」

「はい」

「以上よ。わかったなら、さっさと行きなさい!!」

「はい！」

私の怒鳴り声を聞いて急いで出ていく騎士を眺めながら、私は頭を抱えていた。

「はあ、もうイヤ……」

SIDE：カイト

学校の制服からこっちの服に着替え、ベッドで横になった俺は、今自分が置かれている状況について考えていた。

「はあ、もうよくわかんないな……とりあえず、異世界に来てしまったことは納得するとしよう」

てか、納得しないと考察が進まないいんだけどな。

「それが、ファンタジーな世界なのもわかった」

ドラゴンがいて、魔法がある世界ってこともね。

魔法があるのは、俺の担当になったメイドさんが、俺の脱いだ服を一瞬で綺麗にしてくれたのを見て確信した。

あんなことが出来るのは、魔法くらいしかないだろう。

「けど、俺が全く強くないお先真っ暗な勇者だってことがどうしても納得出来ないんだよ！」

俺の頭の中は、さっきからエレーヌに言われた言葉で支配されていた。

『無能』

一目惚れとは言え、惚れた女の子にそんなことを言われたら誰だって傷つくし、落ち込む。

「普通……勇者なら、もっと強いでしょ？　いや、ゲームの勇者も低レベルからスタートするけど、現実で低レベルスタートをしたら、ほぼ詰んだようなもんだろ！　相手も低レベルからスタートするわけじゃないんだぞ!!」

何のスキルも持たない一般人がどうやって人と戦えっていうんだよ！

「もういい。ここで文句を言っていても何も変わらないからさっさと寝よう」

考えるのが馬鹿らしくなった俺は、布団を被って不貞寝《ふてね》することにした。


「起きてください」

「……ん？　あれ？　ここは？　ああ、思い出した」

目を開けて、見知らぬ部屋に見知らぬ女性がいて一瞬焦ったけど、昨日の出来事を思い出してそこまで慌てずに済んだ。

「気がつかれましたか？　エレーヌ様が呼んでおりますので、急いで支度してください」

「エレーヌが？　うん、わかった」

こんな朝から呼び出すとは、人使いが荒いな。

いや、この部屋には時計が無いから朝なのかどうかはわからないんだけど。

そんなことを思いながら、俺はゆっくりと支度を始めた。


「どうして呼んでからこんなに時間がかかるのかしら？」

起きて三十分くらい時間をかけて支度をしてからエレーヌの部屋に来ると、エレーヌは見てわかるくらいカンカンだった。

まあ、謝るつもりはないけど。

「ごめんごめん。寝ていたんだから仕方ないでしょ？　それに、こんな朝から呼び出すつもりだったら、昨日の時点で言ってくれれば良かったんだよ」

「はあ、私に口答えなんて、あなたじゃなかったら……」

「ん？　俺じゃなかったら？」

「いえ、何でもないわ。そうね……明日からは日の出と同時くらいに起きてなさい。そしたら、私の呼び出しにも遅刻しないだろうし」

「イヤイヤ。そんな時間に起きるなんて無理だから。てか、そんなことより俺をどうして呼び出したのか教えてよ」

本気で日の出と共に起きるとかイヤだった俺は、急いで話題を変えた。

ただでさえ、この世界で生きるのは疲れるのに毎朝早起きとかふざけんなよ。

「そうね……あなたの教育係が決まったわ」

教育係？　ああ、俺に剣術を教えてくれる人か。

「もう決まったの？　早いね。で、誰なの？」

「前剣聖《けんせい》のアーロン・フリントよ」

「剣聖？　この国で剣が一番上手い人ってこと？」

なんか、名称的にそんな感じだよな？

「そうね。この国では、勇者がいない時は剣聖が最強の称号よ」

「そうなんだ。そんなに強い人に教わることが出来るなんて、逆に申し訳なくなってくるよ」

ん？　よく考えたら、勇者の俺はその人よりも強くないといけないってことだよな？

戦いも知らない一般人がたかが一年くらいで、この国で最強にならないといけないとか無理ゲー過ぎるだろ。

「そんなこと言っている暇があったら死ぬ気で強くなりなさい。これから、あなたが無能なのを隠すのに私がどれだけ苦労すると思っているのかしら？」

「え？　あ、はい……頑張ります」

お姫様的にも、俺が無能だと知られると何か困ることがあるのか？

うん……よくわからない。

けど、お姫様も色々と大変なんだな。

「そうよ。死ぬ気で頑張りなさい。アーロンは明日から城に来られるそうだから、それまで体を動かしてなさい！」

「わかりました。エレーヌは無理のし過ぎには気をつけて」

「え？　あ、う、うん……」

俺の優しい言葉が意外だったのか、エレーヌはキョトンとしてしまった。

その顔が思っていたよりも可愛くて、ずっと眺めていたかったけど……これ以上怒鳴られ続けるのもイヤだから、この隙にお姫様から退散することにした。

「あ、ちょっと待って」

「何？」

「え、あ、その……」

俺が呼び止められたことに心の中で舌打ちしながら振り返ると、エレーヌは自分の口に手を当てて何やら慌てていた。

ん？　特に要件が無いのに呼び止めちゃったってことなのかな？

と思ったら、エレーヌは口を開いた。

「えっと……男って女性のどんな仕草とかに惚れるものなの？」

はあ？　急にどうした？　さっきまでの強気なお嬢様キャラはどうしたんだよ！

急に大人しく、恥ずかしそうにしているエレーヌを見て、そうツッコミを入れたくて仕方なかった。

「え、えっと……誰か好きな人でもいるの？」

てか、どうして俺に質問したんだ？　お姫様なら、他にも相談出来る人がたくさんいるだろ？

いや、もしかすると他の人に聞いてもお世辞しか言われなくて、参考にならないのかもな？

「そ、そうじゃないわよ。いいから教えなさい!!」

何で質問する側が怒っているんだ？

まあ、正直に答えてやるか。

「エレーヌに優しくされたら、惚れない男はいないと思うよ」

見た目は完璧なんだから、性格をどうにかすれば誰だってエレーヌのことが好きになっちゃうよ。

「や、優しくね……わ、わかったわ。行っていいわよ」

「了解」

エレーヌの許可が出て、俺は無表情で部屋から出た。が、内心は叫びたくて仕方がなかった。

あ～～!!　エレーヌに好きな人がいたのかよ！

まあ、エレーヌの性格からして、俺みたいな無能よりももっと有能な奴の方が好きに決まっているよな。

はあ……俺、何を目標にこの世界で生きていけばいいのだろうか……。

俺は自分の部屋に向かう廊下の途中で、壁に頭をぶつけながらさっそくの失恋にショックを受けていた。

次の日、さっそく俺は剣の先生である前剣聖と対面した。

失恋したことはとりあえず頭の外に放り出して、目の前にいる老人に意識を集中した。

剣聖を引退したと聞いていたから、そこそこの歳なんだろうな……などと思ってはいたが、予想よりも老人が出てきてビックリした。

大体、六十歳くらいかな？

ただ、老人だと見くびれないオーラを感じて、この人に教わっても大丈夫、いや、むしろ恐れ多いと思ってしまった。

よく漫画とかに出てくる剣の達人キャラって感じだな。

黙って立っているだけでも、凄いプレッシャーを感じる。

「はじめまして。カイトです。これからよろしくお願いします」

これから剣を教わる側だし、怒らせたら怖そうだから出来る限りの敬語を使って挨拶した。

「こちらこそ、よろしくお願いします。私のことは、アーロンとでも呼んでください」

「アーロンさんですね。わかりました」

「見ての通り、前線から十年も前に退いた老いぼれですが、任された仕事はしっかりとやるつもりなので、心配しないでください」

「も、もちろんです。心配なんてしていません！」

少しはしたけど、ほんのちょっとだからノーカンでしょ？

「それはありがたいですね。それでは、さっそく稽古《けいこ》を始めましょう……と言いたいところですが、まずは勇者とこの世界について勉強してからにしましょうか」

「本当ですか？　それはありがたいです」

正直、誰も教えてくれないから困っていたんだよね。

ほとんど用意された部屋に閉じ込められていて、自分で調べることも出来ないし、諦めかけてたよ。

「ほう。やはり、陛下はちゃんと説明をしませんでしたな？　まあ、正確には勇者について理解してないから説明も出来ないというところが正解ってところでしょう」

「勇者について理解していない？　どういうことですか？」

え？　自分で呼び出しておいて、理解していないって無責任すぎるだろ。

「簡単ですよ。怠惰《たいだ》な彼らは何も学んでいないということです。詳しいことについては、移動中の馬車でお話しします」

怠惰って……この二日くらい見ていてそんな気はしていたけど、仮にも相手は国王なんだからそれを堂々と言っちゃダメだと思うけどな。

まあ、そんなことより……。

「馬車？　どこに向かうのですか？」

「行き先は着いてからのお楽しみです。それでは、ついて来てください」

ふーん。何か、勇者と関係する話があったりするのかな？

そんなことを思いながら、俺はアーロンさんと馬車に乗り込んだ。

「さて、どこから話しましょうか……この世界には、人間界と魔界が存在して、人の国は大きく三つあることは聞きましたか？」

人間界？　魔界？　人の国が三つ？

「いえ……」

そんなこと、何も教わっていないぞ。

「そうですか。それじゃあ、そこからお話ししていきましょうか」

「ありがとうございます」

「この世界には、魔人族の住む魔界と人族が住む人間界があります。そして、私たちの住む人間界には、我らが住むアルバー王国、そしてその東に位置するベクター帝国、南に位置するガルム教国があります」

「アルバー王国、ベクター帝国、ガルム教国の三つですね」

「そうです。そして、我が王国と東の帝国はもう百何十年も前から非常に仲がよくありません」

「何か原因があったりするのでしょうか？」

勇者を召喚してまで、帝国を滅ぼしたい理由があるの？

「そうですね……我ら王国は、血筋重視の貴族を尊重した国となっております。それに対して帝国は、貴族制度ではありますが、どちらかというと実力を重視しており、何か手柄を上げれば庶民でも貴族になれ、貴族でも失敗すれば奴隷にまで身分を落とされる国なのです」

帝国厳しい！　とか思っちゃったけど、成り上がろうと思ったら帝国の方がいいんだろうね。

「なるほど。けど、その違いがどうして争いまでに発展してしまったのですか？」

「簡単です。帝国の制度の方が速く発展出来るのですよ。実力主義の帝国では、庶民であっても成り上がりを目指して、国の発展に全力で手を貸します。それに比べて貴族に甘い王国は、上層部である貴族及び王族が腐敗してしまいました。自分たちの地位が無くならない安心感から貴族たちは傲慢《ごうまん》になり、何も学ばず、努力というものをしようとせず、いかに自分たちがどう楽に富を得るのかということしか考えていない。そんな王国は、自分たちの国よりも発展した帝国が羨ましくて仕方ないのですよ」

あ、一方的に王国が悪いパターンだった。

「もしかして……だから、帝国から奪おうって考えているのですか？」

「幼稚な発想だと思いますか？　私も思います」

おいおい。

「そんなこと……仮にも引退したとは言え、元々王国に仕えていたアーロンさんが言っても大丈夫なんですか？」

「城の中では口が裂《さ》けても言えませんね。だから、わざわざ馬車に乗ってお話をしているんじゃないですか」

「ああ、その為の馬車なんですか」

移動の為じゃなくて、本音で話すための馬車か。

確かに、馬車の中なら盗み聞きは出来ないもんね。

「いえ、ちゃんと行き先は決まっていますよ。ただ、凄く遠回りをしていますが」

「そうなんですか……」

一体、どこに向かっているんだろう？

「本腰を入れて剣を教え始める前に、カイト殿にはこの国がどれだけ酷い国なのかを知っておいて欲しかったんです」

「どうしてですか？　俺がそれを聞いてこの国から逃げようとするのもありえますよね？」

正直、こんな国の為に戦うなんてイヤだよ？

「遅かれ早かれ知ることですから。それなら、先に説明しておいた方がそこまでショックを受けなくて済みますでしょ？　それに、カイト殿ならこの国を変えられると思いまして、この国の実態をお話ししました」

「うん……」

俺に国を変えるとか、そんな強大な力は無いと思うよ？

第一に、一年後に生きていられるのかすらわからない強さだし。

「自分に出来るかどうか不安ですか？」

「正直言うと……そうですね。俺は、この十五年間人と争ったことすらもありませんから」

生まれてから口喧嘩程度ならまだしも、暴力的な喧嘩は一度もせずに生きていた。

だから人を殴ることさえ、とても抵抗があった。

それに、何かを率先してやろうと思ったこともない。

そんな俺が、戦争で生き残り、この国を変えるなんて無理だと思うな。

「そうですか。でも、大丈夫だと思いますよ。前代の勇者もこちらの世界に来たばかりの頃は同じように弱音を吐いていましたから」

「そうなんですか？　魔王を倒したって聞いていたから、元々何か特技があったのかと思いました」

「前の世界で独特な剣術を習っていたみたいですが、逆にそれがこちらの世界の剣を使う邪魔になってしまったみたいで、最初の頃はとても苦労していましたよ」

独特な剣術？　剣道とかやっていたのかな？

「最初の頃は……か」

まあ、剣道をやっていたなら、俺よりも剣を使うことに早く慣れることが出来そうだもんね。

「はい。まあ、これに関しては口で説明するよりも、実際に体験して貰った方が良いでしょう。てことで、目的地に向かいましょうか」

コンコン。

アーロンさんが馬車の運転手がいる側の壁をノックした。

何かの合図なのかな？

……などと思っていると、馬車はすぐに止まった。

どうやら、目的地に止まって良いよ。という合図だったみたいだ。


馬車から下りると、前世の教会に似た建物に入った。

「アーロン様、お久しぶりです。本日はどのようなご用件で？」

中に入ると、神父さんらしき人が慌ててやってきた。

アーロンさん、前剣聖だけあってやっぱり偉いんだね。

「地下の女神像の部屋を少し借りたい」

「今日は特に予約はございませんので大丈夫ですが……何をなさるおつもりなのですか？」

アーロンさんの言葉に、神父さんは俺とアーロンさんを交互に見ながら聞き返した。

「少し調べたいことがあってな。すぐに終わるから心配するな」

「はあ……わかりました」

そう言って、それ以上は何も言わずに神父さんはアーロンさんに鍵を渡した。

それからアーロンさんに案内されて、地下の部屋にやってきた。

何も無い空間に、膝を着いて両手を差し伸べている女の人の像があった。

いや、さっき女神像って言っていたか。

「ここは？」

「説明は後です。とりあえず女神像に触ってみてください」

「女神像ってこれのことですよね？　わかりました」

まあ、説明してくれるならいいか。などと思いつつ、女神の掌《てのひら》に手を乗せた。

すると、とんでもなくまぶしい光が女神像から放たれた。

「うわあ！　何これ⁉」

「あ、光が消えるまで手を離してはいけませんよ」

「は、はい」

それから、まぶしいのを我慢して女神像の手を握り続けた。

すると……しばらくして光が収まり、女神の掌に一枚のカードがあった。

「それでは、そのカードを持ってみてください」

「これですか？　あ、え？　消えちゃった……」

カードに触った瞬間、跡形も無く消えてしまった。

「大丈夫です。それでは、馬車に戻りましょう」

ほ、本当に大丈夫なの？

と思いながらも、先に部屋から出ていってしまったアーロンさんの後を追った。


「あのさっきのは……」

馬車に戻ると、俺はさっそくさっきのカードについて説明を求めた。

「所謂ステータスカードというものですよ。その人個人の強さがわかります。先ほどのカードを思い浮かべて手から出るように念じてみてください」

そんなまさか、厨二病じゃあるまいし……。

「出ろ！　うわ」

マジで出てきた！　異世界スゲー!!

「それじゃあ。まずは、ご自身で内容を確認してみてください」

「あ、はい」

よく見たら、カードに何か書かれているぞ……。

江見　海斗
レベル：1
年齢：15
種族：人族
職業：勇者

体力：11／11
魔力：6／6
力：9
速さ：12
運：1000
属性：電気
スキル
電気魔法レベル1　限界突破
称号
異世界から来た者

うん、ゲームとかでよくあるステータスって奴だね。

やっぱりレベルは1か～。ステータスが強いのか弱いのかはわからんな。

それよりも、電気魔法って何!?　めっちゃ気になるんだけど！

「確認は終わりましたか？」

「は、はい。でも何が何だか……」

「でしょうね。見せて貰っても構いませんでしょうか？」

「もちろんです。むしろ、見て説明してください」

俺が強いのか弱いのか教えてくれ！

「それじゃあ、失礼して。うん、悪くないですね。それに、勇者限定の電気属性ですか。これは、先代を簡単に超えられますよ」

「勇者限定？」

「はい。電気属性、火炎属性、水氷《すいひょう》属性が勇者しか持つことが出来ない属性ですね。勇者が記録に残っているだけでも十七人いるのですが、限定属性を持っていたのは五人だけ……カイト殿を合わせると、十八人中六人。勇者の中でも三人に一人しか持つことの出来ない特別な魔法を使えるということです」

特別な魔法？

「三人に一人か……運が良いな」

これは、ちょっと自信が出てきたぞ。

「そうですね。ですが、珍しい分教えられる人もいませんので、我流《がりゅう》で魔法は極めるしかありませんな」

「そ、そんな……」

魔法の使い方なんて、知るはずがないじゃん！

誰か教えられる人はいないの⁉

「大丈夫ですよ。歴代最弱とまで言われていた前代の勇者でさえ、魔王を倒すことが出来たのですから」

「歴代最弱ね……前の勇者はどんな魔法を使えたんですか？」

魔王を倒せたのに歴代最弱か……。勇者のハードルが高くて困っちゃうな。

「無属性魔法。身体を強化する魔法ですね」

「え？　普通に強そうじゃないですか？　いや、そうでもないのか？」

身体強化系って、漫画とかでもよく強キャラとして出てくるよね？

でも、現実だと遠距離攻撃が出来る普通の魔法の方が強いのかな？

「結果としては強かったですね。ただ、当時は無属性魔法の使い方は一部でしか知られておらず、今よりはマシですが使える人がごくわずかで、普通には使えない魔法……弱い魔法と思われていました。それに、勇者限定の魔法に比べてしまうと弱いですね。」

なんだ。限定魔法と比べなければ、やっぱり強かったじゃん。

「へえ。今はもっと使える人は少ないんですか？」

「はい。王国では剣聖の家系と帝国だと前勇者の子孫だけになってしまったはずです」

なるほど、そんなに難しい魔法なんだね。

そう考えると、それを使いこなせた勇者は凄いな。

「そうなんだ……って、いつか前勇者の子孫たちと戦わないといけないってことですよね⁉」

帝国にいるってことはそうだよね？

「そうですね。帝国には、世界最強の魔法使いである魔導師と勇者の子供と孫たちがいますね。全員、強いですよ。特に、勇者の息子であるダミアン・フォースターは現役世界最強と呼ばれています」

世界最強の魔法使いと勇者の子孫とか、絶対敵にしたらダメでしょ。

それに、世界最強とか……俺、勝てる気がしないんだけど。

「ダミアン・フォースターね。覚えておかないと」

「いえ、カイト殿が警戒すべき人物は、ダミアンの方ではないですよ」

「え？　他にいるの？　誰？」

「ダミアンは、皇帝を守る為の部隊に所属しています。今度の戦争には参加してこないでしょう。ですから警戒すべきは、前勇者の孫であるレオンス・ミュルディーンでしょう。彼は、次の戦争で総大将になること間違いないでしょうから」

なるほど、ダミアンは戦争には参加しないのか。

それは良かった。

「レオンス・ミュルディーンね。その人は強いんですか？」

「彼の強さは未知です。真実かどうか定かではない話ばかり流れてきて、彼の強さの実態はわかっておりません」

「へえ、例えばどんな話があるのですか？」

「今まで、誰も倒せなかったドラゴンを倒せた。自分の領地に攻めてきた魔族を配下にしたなどですね。どれも信じられませんので、我々は帝国が意図《いと》的にレオンスを過大評価した情報を流して、王国を萎縮《いしゅく》させようとしているのではないかと考えています」

「まあ、そうですよね。そんな人が実際に敵にいるとは思いたくないよな」

ドラゴンを倒せるとか、どんな化け物だよ。

でも、本当なら王国勝ち目なくね？

「そうですね。あとは……皇女が次期魔導師である可能性が高いことと、前勇者と共に旅をした聖女の孫が帝国にいることは頭に入れておいてください」

おいおい。帝国には強い人がどんだけいるんだよ。

「魔導師と聖女……その二人が前の勇者と旅をしていたのですか？」

「そうですね。前代の勇者は帝国の魔導師、教国の聖女と共に魔王を倒しました。歴代の勇者なら、そこに王国の剣聖が加わりますね」

「え？　歴代ならって、どうして前の代は一緒に旅をしなかったのですか？」

「前の勇者には剣聖が必要無かったのですよ。お互い剣一筋と、能力が被っていましたから。それに、私と勇者の仲が大変悪かったのも原因の一つでしょうね」

「仲が悪かった？」

アーロンさんが喧嘩とかするようには見えないんだけどな？

「あ、決して勇者は悪くありませんよ。若い頃の傲慢だった私が全ての原因です」

「何があったのか……教えて貰えませんか？」

「いいですよ。と言ってもつまらない話ですがね。当時魔王が人々に宣戦布告し、王国は慌てて勇者を召喚しました。当時の人は、勇者に頼むことしか考えていませんでした。ですが、肝心の勇者が無属性魔法しか使えない無能な勇者だったことがわかったのです」

無能ね……勇者って最初は皆そう言われる運命なのかな？

「そんな中負けず嫌いな勇者は、周りの言葉など気にせず当時無属性魔法を使えた私の父上に鍛えて貰い、強くなりました」

「スゲー」

諦めないその気持ちが凄い。

「はい。とても凄いですね。ですが、当時剣聖になれることが決まっており、王国には父上以外に自分よりも強い人がいなかった私は、勇者など無能であり自分よりも格下だと考えておりました。それがいけませんでしたね。勇者は、日に日に私の剣の速さについてこられるようになっていくんです。

もう、当時の私は本気で焦っていましたね。鍛錬が足りないんじゃないか？　などと思って、必死に練習したりしましたが、結局最後は負けてしまいました」

負けちゃったのか……まあ、勇者が一番強くないと魔王に勝てないんだから仕方ないのかな？

「そして、格下だと思っていた勇者に、しかも純粋な剣術だけで負けた私は、剣を握る気すら無くし、次期剣聖を辞退しました」

「それで、勇者の旅には参加しなかったんですね」

「はい。今思えば、勇者から逃げただけなんですけどね。結局、私は勇者にリベンジする機会すら自分で潰してしまったわけですから」

「なるほど……」

「どうして、もう一度剣を握れたか？　ですか？」

俺が言おうか悩んでいると、アーロンさんが感じ取ってくれた。

「は、はい」

「そうですね……大した理由はありませんよ。気がついたら剣を握っていました。あ、もうすぐ城に到着しますね。城に着いたらさっそく稽古を始めますので、覚悟しておいてくださいよ？」

「はい……」

どうやら、教えてはくれないみたいだね。

まあ、他にたくさん教えて貰えたからいいか。

それよりも、アーロンさんの稽古がどれくらい厳しいのかの方が重要だな。

修行一日目。

俺は剣も持てないくらい疲弊《ひへい》し、床に倒れ込んでいた。

「今日はこの辺にしておきましょうか。お疲れ様です」

「ハアハアハア。あ、ありがとうございました」

俺は起き上がる体力も無く、申し訳ないと思いつつも寝転がったまま返事をした。

「しっかりと怪我の手当をしておくのですよ？」

「はい。わかりました」

「初日にしては、良い動きをしておりましたよ。この調子で頑張っていきましょう。それでは、また明日」

そう言って、アーロンさんは訓練場から外に出ていった。

「うう……体中が痛い」

まさか、初日から剣で打ち合いをやらないといけなくなるとは……いや、一方的に打たれていただけだから打ち合いとは呼べないけど。

徹底的に基礎から教える時間が無いのと、俺に攻撃し返さないと痛いってことを体に教える為に初日から俺はボコボコにされたらしい。

おかげで、模擬《もぎ》剣なら相手に攻撃してもいいと思えるようになった。

なったけど……ここまで痛い思いをしないといけないとなると、明日からも頑張ろう！　とはならないよな。

正直、命の危険を感じたぞ！

「はあ、起き上がるのも怠《だる》い。このまま、ここで寝ようかな……」

「そんなことしたら風邪引くわよ？　それに、怪我の治療もしないと」

「そうだよな……ん？　って、何でエレーヌがここにいるの？」

声がした方に目を向けると、エレーヌが入り口付近で腕を組んで立っていた。

「いちゃダメ？」

「そ、そういう意味じゃないけど……」

あれか？　ボコボコにされた俺を笑いに来たのか？

そんなことを思っていると、エレーヌがこっちに向かって歩いてきた。

「そう。なら、傷を見せなさい」

「え？　いや、ならの意味がわからないし。傷なんて見ても面白くないよ？」

それに、こんな傷だらけなのをエレーヌに見られるのもイヤだ。

俺はエレーヌから傷を隠すようにうつ伏せになった。

「いいから。こっちに向きなさい」

ボロボロな俺の抵抗はむなしく、俺の痣《あざ》だらけな顔がエレーヌに見られてしまった。

「はあ、アーロンは手加減を知らないのかしらね？　それじゃあ、まずは顔から治すわよ」

治療？　エレーヌが手当をしてくれるのか？

などと思っていると、エレーヌが俺の顔に優しく触った。

「イッタ！」

「これくらい男なんだから我慢しなさい」

イヤイヤ、男だって痛いものは痛いんだって！　と抗議しようとしたら、俺に触れていたエレーヌの手から光が放たれた。

な、何？　眩《まぶ》しいんだけど⁉

「何をして……え？　顔の痛みが引いた……」

「聖魔法よ。私は召喚魔法の他に、聖魔法も使えるの。そこまで得意じゃないけど、打撲《だぼく》とか小さな切り傷くらいなら治せるわ」

ああ、魔法か。

傷を治せるキャラクターって、ゲームとかだとよくいるけど、現実にいたらとんでもないチートじゃない？

だって、あんなに痛かった傷が一瞬で無くなっちゃうんだから。

「……エレーヌって凄いね」

「あたりまえよ。私を誰だと思っているの？　次期女王よ」

「はいはい。凄いですよ。女王様」

「じょ、女王様って呼ぶのは気が早いわよ」

照れたエレーヌがそう言って、打撲だらけの背中をバシン！　と叩いた。

「イッテ〜〜〜‼」

お前、ふざけんな！

「あ、ごめん。今治してあげるから」

それからエレーヌの治療が終わり、俺は立ち上がって自分の体を確認していた。

「ふう、助かった。治療、ありがとうね」

「どういたしまして。感謝しなさいよ？」

「はいはい。感謝していますよ。それにしても、エレーヌがわざわざ傷の手当てをしに来てくれるなんてな〜。エレーヌって思ってたよりも優しいんだね」

いつもあんなに冷たいことしか言ってこないのにな……。

あ、これはエレーヌの作戦か？

冷たい言葉で俺を真剣に練習させるようにして、練習がイヤにならないように優しくケアする。

すると、俺はどんなにキツい練習も素直に頑張ってしまう。

くそ……流石王女様、人を手懐《てなず》ける術《すべ》をしっかりと会得《えとく》してやがる。

「そう⁉　そうでしょ！　ふふ、私って優しいんだから」

「うん？」

あれ？　エレーヌがこんなに喜んでいる姿を見ていると、なんか違う気がしてきたぞ。

ハ！　これは作戦の一部だ！　騙されるな。これは俺に練習を頑張って貰うための演技だ！

くそ……だが、もう手遅れだ。

俺の心は明日からも練習を頑張る気満々だ。

体がこんなにも嫌がっているというのに……。

「ふふふ。どう？　私に惚れ「あ、お姉様。こんなところにいらしたんですね」」

俺の中で心に体が敗北している最中、エレーヌが何か俺に話しかけようとし、それを邪魔するようにエレーヌに似た女の子が入ってきた。

「リーズ……あなたがどうしてここに？」

おいおい。妹なんだからそこまで睨むなよ。姉妹の仲がそんなによろしくないのかな？

「お姉様が召喚された勇者を一目見ようと思いまして来ちゃいました。お邪魔でしたか？」

俺に話題を振るな！　ほら見ろ、エレーヌの睨む対象が俺に変わっちまったじゃねえか！

「い、いや……」

まあ、エレーヌに似て可愛いから許すけど。

「本当ですか⁉　ありがとうございます‼」

よく笑うな……姉妹でこうも性格が違うものなんだな……。

そんなことを思いながら、今も俺を睨みつけているエレーヌに目を向けた。

「そういえば、今日はいつもみたいに男を連れていないの？」

男を連れて歩いている？

「え？　何のことですか？　そういうお姉様こそ、いつもみたいに宝石収集をしなくてよろしいのですか？」

「ええ。今はカイトの方が大事だから」

そう言って、エレーヌが俺に胸を押しつけるように抱きついてきた。

うん、俺の腕に当たっている柔らかい感触については後で考えよう。

そう自分に聞かせながら、俺はエレーヌを見た。

エレーヌは俺に抱きつきながらも、リーズを睨んでいた。

まるで、玩具《おもちゃ》を取られたくない子供みたいだな。

「あら、もうそんなに惚れ込んでしまったのですか？　宝石狂いの姫も、勇者を前にすると変わるも

のですね。あ、それとも、宝石よりも女王の地位ってところですかね？」

「男狂いの姫が言うじゃない。あなたこそ、いつもの男たちはどうしたの？」

男狂いとか、嫌なあだ名だな……。

てか、姉妹揃って不名誉なあだ名とか、この国の王族は大丈夫か？

「はて？　誰かと勘違いしているんじゃないでしょうか？　勇者様……お姉様が酷いですわ。私、清純なお姫様ですわよ？　小さい頃から、勇者様と結ばれることだけを考えて生きてきました」

うん、これは俺でも演技だってわかるぞ。

悲しそうな演技をしながら、俺の手を握るリーズにそんなことを思った。

「勇者様……いえ、カイト様。こんな宝石と女王の座しか興味の無い女より、絶対わたしの方が良いですわよ？」

いや、その言葉いる？　余計にお前の方が怪しくなったわ。

まだ四日くらいしかエレーヌを見ていないからわからないけど、少なくともお前よりは国の為に働いたと思うぞ。

「あなた、何を言っているの!?　カイトは私の……」

「カイト様はお姉様の何だと言うのですか？」

リーズから俺の手を奪いつつエレーヌが文句を言おうとすると、リーズが被せ気味に反撃した。

そういえば、俺ってエレーヌの何だろうか？

前に、運命共同体的なことを言われたけど、エレーヌ的にはどう思っているんだろう？

「そんなこと、あなたに言う必要無いわ。とにかく、カイトは剣の稽古が終わったばかりで疲れているから、その辺にしてあなたは部屋に戻りなさい」

「ああ、お疲れだったのですね。それは失礼しました。もしよろしければ、これから私が癒して差し上げますが？」

そう言って、一緒に行きましょうとリーズが手を差し出してきた。

「いや、せっかくのお誘いだけど遠慮しておくよ」

俺は差し伸べられた手を掴むようなことはせず、丁寧にお断りした。

これ以上、あんたと関わると面倒なことになるのは、俺でもわかるんでね。

「そうですか……気が変わったら、私の部屋にいつでもいらしてください」

そう言って、リーズは静かに訓練場から出ていった。


「はあ……で、リーズの所に行くの？」

リーズがいなくなってから俺に抱きついたままのエレーヌが、溜息交じりで俺に確認してきた。

「え？　行かないよ？」

そんなに信用ないかな？　まあ、四日程度の仲だから仕方ないか。

「行かない理由は、私に遠慮しているから？」

「別にそんなわけじゃないよ」

え〜何でエレーヌよりもリーズの方が良いみたいなことになっているの？

確かに、エレーヌに似て可愛いけど、俺はエレーヌの方が好きだぞ？

「嘘よ。だって、リーズの方が愛想良いし、性格の悪い私なんかよりも可愛らしいでしょ？」

ああ、リーズの愛想の良さにコンプレックスを感じているのか。

確かに、エレーヌにはあのコミュニケーション能力は無いもんな。

「正直に答えなさい。私よりもリーズの方が良いと思ったでしょ？」

「そんなことないよ」

別に、エレーヌにも良さがあるんだから心配する必要ないと思うけどな……。

「嘘よ！　絶対に嘘！　私なんかよりも絶対リーズを選ぶわ！」

「はあ……そこまで言うなら正直に答えてやるよ」

なんか不名誉なことを決めつけられ、イラッとした俺はそう言って体の向きを変え、エレーヌと向き合った。

「俺は、この世界に来た時からずっとエレーヌのことが好きだ！　きっかけは一目惚れだったから見た目で好きになったか？　と聞かれたら否定出来ないけど、この四日間エレーヌを見てきてもこの気持ちは変わらなかった。今の俺は、性格も含めてエレーヌが好きだって堂々と言えるぞ！」

ここで一旦息継ぎをして、俺はまた自分の気持ちをぶちまけるのを再開した。

「確かに、エレーヌは言葉がキツい時があるけど、裏を返せば常に自分の本音をぶつけてきてくれているってことでしょ？　確かに、ほとんどの人はさっきのリーズさんみたいな丁寧で優しい言葉をかけてくれる女の子の方が良いのかも知れないね。でも、俺はあんな上面だけの言葉より、エレーヌの厳しくもビシッとした言葉の方が好きだ！　どう？　これで満足？」

俺は最後に息を整えながら、そう言葉を締めくくった。

「え、えっと……」

「まあ、他に好きな人がいるエレーヌからしたら困っちゃうだろうけどね。ごめんよ」

「っあ……」

俺はエレーヌの返事は聞かないよう、急いで訓練場から逃げ出した。

そのままエレーヌの反応を見られるほど、俺の精神は強くない。


「ああ～～!!　勢いに任せてとんでもないことを言っちゃった～～～!!　これから、何度も顔を合わせるのに、どうするんだよ！」

自分の部屋に戻ってきた俺は、ベッドに突っ伏しながら自分のやってしまったことに対して叫びまくっていた。

「もうやだ……次から、どんな顔してエレーヌに会えば良いんだよ」

絶対気まずくなるじゃん！

いや、これは急に好きでもない男に告白されたエレーヌの言葉だな。

ああ、本当に申し訳ないことをした。

「で、でも、あんな胡散臭《うさんくさ》い女の方が好きなんて言われたら、仕方ないだろ？」

それに、あの寂しげなエレーヌの顔を見たら、もう自分の気持ちとエレーヌがどんな素晴らしい女性なのかを伝えずにいられないって。

「うん。俺は悪くない。いや、エレーヌも悪いってことでいいかな？」

「私の何が悪いって？」

「うわあ!!」

急にエレーヌの声が飛んできたから慌ててベッドから飛び降りると、顔が真っ赤なエレーヌがベッドのすぐ近くまで来ていた。

「……いつからいたの？」

「今さっきよ。具体的に言うと、胡散臭い女がどうたらこうたら言っている時からいたわ」

「そ、そう……」

大体のことは聞かれていたと……。

「「……」」

ほら、やっぱり気まずい。

「……えっと……色々と言いたいことがあるけど、まずはこれを言っておくわ。あなた、何か勘違いしているわよ？」

「え？　勘違い？」

「そう。私、いつあなたに好きな人がいるなんて言ったかしら？」

「で、でも、男を惚れさせるためにはどうすれば良いのかって聞いてきたでしょ？　あれって、誰か惚れさせたい人がいるから聞いたんじゃないの？」

その為の質問でしょ？

「ああ……それが原因だったのね。はあ、本当は恥ずかしいからこんなことは言いたくないけど……仕方ないわね。あれはね……あなたを惚れさせるための質問だったのよ」

「え？　俺を惚れさせるため？」

エレーヌの言葉に、俺は思考が全く働いてくれなかった。

「そうよ。それで、あなたに優しくされたら惚れるって言われたから、アーロンと相談して聖魔法で傷を癒やしてあげるって作戦になったのよ！　悪い？」

「わ、悪くないです」

「なら良いわ」

いや、悪くないいんだけど……悪くはないいんだけどね？

「マ、マジか……どうして俺なんかを惚れさせたいんだ？　あんなに無能、無能言っていたのに」

「それは……」

「何か訳があるんじゃないの？」

「そ、そんな訳ないでしょ？　ちゃんとあなたがす、好きよ」

「ふ～ん」

エレーヌの慌てた反応からして、純粋に俺のことが好きって訳ではない気がする。

たぶん、エレーヌには俺を惚れさせないといけない他の理由があるはず。

「な、何？　私を疑っているの？」

「いや、別に～」

まあ、俺はエレーヌになら騙されても良いかな。

嘘でも好きって言われたのは嬉しいし。

「そう。それじゃあ、私は自分の部屋に戻るわ」

「あ、ちょっと待って……行っちまった」

どうせなら、もうちょっとお話したかったのに。

はあ、心も体も疲れたし寝るか。

バタン!!

「お前が勇者か⁉」

「そうだけど……あなたは？」

ベッドに横になって、さあ寝るぞ！　という時に、男二人組が俺の部屋に入ってきた。

片方は俺より二歳くらい年下で、『ぼんぼん』という言葉がめっちゃ似合うずんぐりと太った男の子と、それに仕えているそれと同い年くらいの騎士らしき人だ。

「俺か？　俺は次期国王、マティウスだ」

「マティウスね……。この国って次期国王が何人もいるのか？」

エレーヌも次期女王とか自分で言っていたけど？

「いるわけないだろ！　王は一人だ。エレーヌ姉さんやリーズなんかより、俺の方がずっと王にふさわしい！　だから、俺が王になるべきなんだよ」

その言葉を聞くに、今はお前よりもエレーヌかリーズの方が王になれる可能性が高いってことだね。

「そうなんだ。で、俺に何のよう？」

「お前！　さっきから黙っていたらペラペラ……殿下に不敬だぞ！」

俺が偉そうにしているのがよっぽど気に入らなかったのか、騎士らしき男が剣に手をかけて怒った。

まあ、見た目がこんなんでも一応王子様だし、敬語を使わないといけないか。

そう思ったのだが、マティウスがその必要は無いことを教えてくれた。

「ホルスト、落ち着け。一応、こいつは法の上では父上と同じ位だ。おまえこそ、不敬罪になってしまうぞ」

へえ、それは初耳。まあ、法の上では、という言葉をつけている辺り、精々王子に敬語を使わなくても怒られない程度だな。

「そ、そうでした……」

「てことで、単刀直入に言わせて貰おう。お前、勇者を辞退しないか？」

「はあ？」

いや、単刀直入すぎて、お前が何を言っているのかさっぱりわからないんだけど？

「今なら、痛い思いをしなくて済む。何なら、お前に仕事も与えてやろう。異世界の飯はどれも美味いんだろ？　俺専用の料理人にさせてやろう。どうだ？」

「うん、イヤだね」

俺、料理出来ないし。それに、エレーヌから離れて誰がお前みたいなデブの下で働くかよ。

「なあに、勇者の代わりにはホルストがいる。前回は剣聖がいなくても魔王を倒せたんだろう？　なら、勇者がいなくても次期剣聖のホルストがいれば、帝国くらい倒せるだろ」

「はい。私の力を持ってさえすれば、帝国など楽勝です」

この人が次期剣聖か。てことは、ノーロンさんの孫かな？

それにしても、勝手なことを言って。

お前だけで勝てるなら、そもそも俺をこの世界に呼ぶなよな。

まあ、エレーヌに会えたから、この世界に連れてこられたことに関してはそこまで怒っていないんだけどね。

「よく言ったホルスト。お前には期待しているぞ。ニシシシ……帝国の最東に位置するオオクラ。あそこにある美味な食べ物が全て俺の物になるんだ」

うわあ……こいつ、言っている言葉が序盤にやられてしまいそうな悪役そのものだ。

こいつの味方になるのは絶対にやめておいた方がいいな。

「何言っているかわかんないけど、とりあえず俺は勇者を辞退するつもりも、お前の料理人をやるつもりも無いから、さっさと帰ってくんない？」

俺は稽古で疲れているんだ。さっさと寝かしてくれ。

「はあ……こんなに丁寧にお願いしているというのに」

これが丁寧？　お前、丁寧って言葉を勉強してから出直してこい！　いや、また来られても困るんだけど。

「もしかして、エレーヌ姉さんのことを気にしているのか？　なら、気にする必要は無いぜ？」

「ん？　どういう意味？」

「姉さんは、お前のことなど一ミリも好きじゃないんだよ。姉さんが興味あるのは宝石だけ。宝石狂いの姫なんて言われるくらいだからな。お前と結婚しないと次期女王になれないから、仕方なくお前に媚びを売っているんだよ。リーズにお前を取られても困るしな」

リーズといい、お前らエレーヌに対して宝石のイメージしかないのか？

俺の知っているエレーヌは、そこまで宝石馬鹿でもないぞ？

まあ、それは良いとして……。

「俺が結婚しないと女王になれないってどういうこと？」

それは初耳なんだけど？

「簡単だよ。お前は勇者、本当に強いのかは知らないが、王国にとっては強さの象徴。王国にいて貰わないと困る。だが、前回は帝国に奪われてしまった。で、今回はその対策として、お前とエレーヌを結婚させることで、この国に縛り付けようとしているわけだ。さすがに、国王になってしまえば、お前も他国には逃げられないだろ？」

「へぇ……」

なるほどね。それで、エレーヌは俺のことを惚れさせようとしているわけか。

「でだ。姉さんは、お前に嫌われでもしたら、国王からの期待に応えられなかったってことになる。しかも、そこでリーズなんかがお前と結ばれちまったら、確実に姉さんは用なしになってしまうだろうな」

ああ、リーズがあそこまで俺に積極的だったのも、俺を利用して女王になるためか。

やっぱり、あいつのことは疑っていて正解だったな。

「そういうこと。で、お前はどうやって国王になるつもりなんだ？」

「それは最初に言っただろ。お前が勇者を辞退すればいいだけだ。自分が使えない勇者だってことを国王に伝えれば、姉さんの召喚魔法が失敗だったことが父上に知って貰える。そうすれば、これまた姉さんの信用が皆無《かいむ》になり、リーズのお前を使って国王になる作戦も邪魔出来るから、晴れて俺が国王になれるってわけだ」

「ふ～ん。そうなんだ」

ベラベラと自分の作戦を教えてくれるなんて、本当にありがたいな。

これから敵になる奴の作戦がたくさん知れて良かったよ。

「おお、わかってくれたか」

「いいや。俺は勇者を辞めるつもりは無いよ」

本当、情報提供ありがとう。有効活用させて貰うよ。

「な、何だと？　お前は姉さんの性格の酷さを知らないからそんなことを言えるんだ！　あんなのと結婚するなら、俺がもっといい女を紹介してやる」

「いらない。それと、エレーヌの悪口を言ったらぶん殴るよ？」

エレーヌのことを馬鹿にされて怒った俺は目の前のデブのことを睨みつけた。

「くそ……ダメだ。こいつ既に、姉さんに洗脳されているぞ」

洗脳なんて失礼な。俺はエレーヌと会話する以前からエレーヌのことが大好きだったんだぞ！

「殿下。これも想定内ではありませんか。予備の作戦に切り替えましょう」

「ああ！　そうだ。そうだった！　でかしたホルスト！」

予備の作戦？

「今度は何？」

ホルストのニヤけ顔からして、めっちゃ面倒なことを考えていそうだな……。

「お前、父上の前でホルストと決闘をしろ」

「はあ？　そんなのことわ」

「おっと。お前に拒否権は無いぞ。これは、お前に勇者の力が本当にあるのかを確かめる為の試験なんだからな」

「くそ……そういうことか」

そこで俺が負けたら、エレーヌの評価が落ちる。かと言って、断ったら俺の強さが疑われる。

よく考えたな……。

「どうだ？　今なら遅くないぞ？　勇者を辞退するか？」

「それは絶対しないよ」

だから、エレーヌから離れてお前の所に行くなんて死んでも嫌だっての。

「それじゃあ、決闘でいいんだな？」

「一年……一年後だ」

「一年後？」

「ああ、俺がこの世界に慣れるまでに一年欲しい。お前らだって、勝ったとしても俺に言い訳をされたら困るだろ？」

俺が絞り出せた条件はそれだけだった。

元々エレーヌが待っていてくれるのも一年だったし、そこが限界だよな。

「それもそうだな……ホルスト、大丈夫か？」

「はい。私はいつでも大丈夫です。それに、もし勇者が大したことなかったら、一年程度で私を超えることなど出来ませんから」

デブに対して、ホルストは俺のことをニヤニヤと笑いながら答えた。

本当、こいつらむかつくな。

「そうか。なら、一年後だな。ククク。来年、盛大に負けても、泣かないようにしっかりと心の準備をしておくんだぞ！」

「精々今を楽しんでおくんだな。来年、泣くのはお前らだ」

二人が出ていくのを見ながら、俺は闘志を燃やした。

エレーヌの為にも、あいつらには負けられない。

これから、死ぬ気で強くなるぞ。


カンカン！

乾いた木同士がぶつかり合う音が静かな訓練場に響く。

「いいですよ。その調子です！　あと十回です」

アーロンさんの喜んでいる声が聞こえるが、俺は反応せずアーロンさんの攻撃を冷静に対処していく。

ここで気を抜くな。そう自分に言い聞かせ、俺はアーロンさんの攻撃を必死に防いでいった。

「お見事。私の攻撃百回を、危なげなく凌《しの》ぎ切ることが出来ましたね」

気がついたら終わっていた。

アーロンさんが剣を下ろしたのを見て、俺も遅れて構えを解いた。

「いえ、途中何度か危ないところがありました」

中盤、一回タイミングをミスった時は本当に焦った。

よくあそこから体勢を持ち直せたよ。

「そんなことはないと思いますが……その向上心は良いですね」

「いえ、自分が弱いことを理解しているだけですよ。現に、まだ無属性魔法を使われたら、俺は手も足も出ないんですから」

一度、アーロンさんに本気で動いて貰った時は、本当にビックリしたな。

気がついたら、首に剣が当てられていたんだもん。

「それは仕方ないです。カイト殿も魔法を使えるようになれば変わってくると思うのですが……」

「それが、全くと言って良いほど使えないんですよね。雷魔法使いの人に教わったりしたんですが根本的な使い方が違うみたいで、小さな静電気を飛ばすことくらいしか出来ないんです」

今のところ、静電気魔法なんだよね……。

何かやり方が間違っているのかな？　それとも、俺の魔力が少ないとか？

魔力はアーロンさんに鍛えてもらっているから、少ないってことはないと思うんだけどな……。

「そうですか……色々と試していくしかありませんね」

「はい。あと半年……なんとか間に合わせてみせます」

と言いつつも、不安だな～～。

あと半年で、魔法を使えるようになる気がしないんだけど？

「期待していますよ。私に似て、傲慢に育ってしまった孫をカイト殿に打ちのめして貰えることを願っています」

「はい。任せてください」

前代の勇者の様に、剣聖の卵の心を入れ替えてみせるさ。

そして、どうにか戦争の時までには仲良くなっておきたいな。

「カイト！　見て見て！」

俺が勝った後のことを考えていると、一冊の古びた本を持ったエレーヌが入ってきた。

「あ、まだ稽古中だった？」

「いえ、ちょうど終わったところです」

「そう。それは良かったわ。カイト！　これ読める？」

何故か上機嫌なエレーヌは、そう言って俺に持っていた本を差し出した。

「これからの君へ……桐島祐介《きりしまゆうすけ》」

受け取った本の表紙を読むと、そう書かれていた。

「良かった〜〜。これ、あなたと同じ魔法が使えた二代目勇者ユウスケ・キリシマが書いた本よ」

「二代目って凄い前じゃん。よく見つけたね」

俺が十八代目だから、十六代も前だよ？

「ふふん。国中を探したら、王国で一番古い教会にあったの。けど、何て書いてあるかわかんなくて。で、もしかしたら同じ勇者のカイトなら読めるかな？　と思ってね」

ああ、言われてみたらこの文字、日本語だな。

「それは正解だったね。これは俺の故郷の文字だから、世界で読めるのは俺だけだよ」

「ふ〜ん。これが異世界の文字ね。複雑で、何だか記号みたいだわ」

「それは、俺が見たこっちの文字も同じだよ」

魔方陣に書かれている言葉とか、未だに理解出来ないんだよね。

「そういうものなのかな？　まあいいわ。早く読んで内容を教えなさいよ」

「はいはい」

エレーヌに急かされ、俺は本を開いて一ページ目を読んだ。


これを読む前に……。

この本は、余程信用出来る人なら良いが、そうじゃない人と読むのはお勧めしない。なるべく一人で読むことをお勧めする。

この本は勇者の強みと同時に、勇者の弱みも書いてある。そのことを念頭に、信用出来るかを考えろ。

それと、この情報は私が生きている時代の物だ。何年経っているのか知らないが、古い情報だということは忘れてはいけない。

それでは、読み始めるがいい。


「えっと……この本には勇者の強みと同時に弱みも書いてあるから、信用出来る人以外とは読むなって書いてあるよ」

「そう……。自分の部屋で読む？」

「いや、いいよ。エレーヌもアーロンさんも信用出来るからね」

むしろ、信用出来る人はこの世界でエレーヌとアーロンさんの二人しかいないんだから、一緒にいてくれよ。

わかんないことがあった時、誰に質問すればいいんだよ。

「姫様はわかりますが……私もご一緒して大丈夫なのですか？」

「はい。アーロンさんにはこの半年間本当にお世話になりましたから。一緒に、勇者の秘密を暴きましょうよ」

この半年、まだ攻撃を避けることくらいしか出来ないけど、アーロンさんのおかげでまともに剣を握れるようになったんだから。

「それは同時に、カイト殿の弱点にもなってしまうと思うのですが？」

「何を今更、この世界で俺の弱点というか、戦い方を一番知っているのはアーロンさんじゃないですか」

「ハハハ。確かにそうですな。これは失礼しました。いやはや、長生きしてみるものですね。勇者の謎を知ることが出来るとは」

俺の言葉に、アーロンさんは嬉しそうに笑った。

やっぱり、アーロンさんも勇者について知りたいよね。

「それにしても、私が半年も探してようやく見つかったってことは、もう何代も勇者はこの本を読んでいなかったってことよね」

「そうですな。逆に姫様、よく見つけられましたな」

「ふふん。優秀な部下がいるからね」

うん。エレーヌの下で働いている騎士の方々、本当に申し訳ございません。

今はゆっくりとお休みください。

「それじゃあ、読むよ」

そう言って、俺は音読を始めた。

まず始めに、私の体験談を書いておこう。

私は二代目勇者として、魔族に滅ぼされた国に召喚された。

二行ごとに考察していたら、この分厚い本は読み終わんないぞ。

さっそく反応したエレーヌを手で制した。

「まあまあ、続きを読んでからにしようよ」

「え？　魔族に滅ぼされた⁉」

私を召喚したのは創造士と名乗る男と、召喚士と名乗る少女だった。

男は、名前を絶対に教えてくれなかった。あとは歳も、見た目がどう見ても三十代半《なか》ばなのに、百歳を超えているとはぐらかされた。言動に貫禄があったから、もしかしたら本当に百歳を超えていたのかもしれないな。

で、少女の方はしばらくしてから俺に名前を教えてくれた。名前は、エマ。なんと、創造士の娘だった。全然似てないんだけどな……。

それはさて置き、エマは俺の一つ歳上で、見た目はとても可愛い。めっちゃくちゃ私のタイプな顔と言い、容姿だった。まあ、私の妻なんだがな。

「なんだ。のろけかよ」

さっきエレーヌを注意したのに、妻と聞いて思わず突っ込んでしまった。

「ねえ、エマって。確か、王国の初代女王よ。城に肖像が飾られているけど、凄く綺麗な人よ」

それなら、エマさんが綺麗なのも納得かな。

だって、エレーヌの先祖が美人じゃないはずがないもん。

おっと、また話が脱線した。

このペースだといつになっても読み終わらないぞ。


私が召喚された目的は、人間界の復興の為だと言われた。

魔族が我が物顔で支配する現状に終止符を打ち、人同士が争わない世界を作ることを目指すのが創造士の目標らしい。

まあ、あのおっさんは有言実行してしまったんだけどな。

今後何年あの山が保たれるかはわからないが、魔界と人間界を隔てる山脈がまだ残っていることを願っている。それと、森の魔物や山のドラゴンがたまに暴走することがあるから、その時は頼んだぞ。


「え？　ドラゴンって、誰にも倒せないんじゃないの？　てか、暴走するの？」

「ほんの数十年前までは、酷かったですよ。前代の勇者が防衛拠点を建てるまで、帝国の東側は荒れ果てていましたからね」

「前代、人類に貢献し過ぎだろ……」

魔王を倒しただけで十分じゃない？

勇者のハードルを上げすぎだよ。

まあ、いいや。続きを読まないと。


私が創造士に任された仕事は、魔族を魔界まで追い返すこと、エマと一緒に滅んだ国の再建だった。

思い返すと、本当に大変だった。

本気で死んだと思ったことは一度や二度じゃない。

特に魔王と名乗る男と破壊士と名乗る女は、もう二度と顔を合わせたくない。

あの二人には、何年修行を積んでも勝てないだろう。

まあ、それでも俺は世界で五本の指には入れるくらい強かったと思うぞ。

俺だけが使える電気魔法。これが、強かった。

創造士に教わらなかったら、一生使えないで終わっていた気もするくらい扱いが難しいが、使えたらとんでもなく強い。

創造士が言うには、電気魔法は最速の魔法らしい。

神速や転移のスキルを持っていない限り、そのスピードを上回ることは出来ないんだって。

ちなみに、神速のスキルを持っていた男は、焼却士《しょうきゃく》に燃やされてしまった。

半径十メートル以内に入ると燃えてしまう攻撃には、どんなに速くても意味が無かったみたいだ。

俺はどっちにも勝てる気がしなかったからすぐに逃げたんだけど。

おっと、話が脱線してしまったな。

電気魔法に話を戻すぞ。

電気魔法は雷魔法と似ているようで、全く違う物だ。

雷魔法は、高威力の電気を飛ばして相手を感電させる魔法だな。

それに対して電気魔法は、威力が低い分汎用《はんよう》性が高いことが特徴だ。

基本的な使い方は、体全体に纏《まと》わせるのをお勧めする。

これをすると、無属性魔法と同じ要領で体にスピードのバフがかかる。

それと、威力の低い魔法だったり、矢とかは鎧《よろい》の代わりに弾いてくれるから防御としても使えるぞ。

あとは……剣に纏わせて、剣を触った相手を感電させる技とかを使うといいぞ。

まあ、魔法はそれぞれの感覚だから、自分なりの使い方を見つけてみろ。

それでも、俺の技を知りたい奴は、百ページから最後のページまで書いた技一覧を見るといい。

別に読むことは強制しないからな？

ただ、見ないのはもったいないと思ってしまう……俺のずば抜けたネーミングセンスと完璧な技
……見ないのはもったいない。

何度も言うが、別に強制しているわけではないからな？


「つまり、後半もちゃんと読めよってことだな？」

ちょろっと見てみたらスペシャルローリングサンダーとか、書いてあってとても読むのが辛い気がするんだが？

しかもこの本、三百ページあるんだが……。

二百ページもこの恥ずかしい技名たちを読まないといけないの？

でも、強くなるためだ。仕方ない。毎日少しずつ読んでいくとするか。

「まあ、良かったじゃない。これで、ずっと探していた電気魔法の使い方を知ることが出来るんだから」

「そうですな。これで、一年後の決闘までには間に合いそうですな」

間に合うかな？　これ、半年で読み切れるかな？

めっちゃ不安なんだけど。

「本当、あなたが勝手に約束して、私がここまでしてあげたんだから勝ってよね？」

「勝手に約束しちゃった件についてはもう何度も謝ったんだから許してよ。もちろん、勝つから心配しないで大丈夫だよ」

「勝つまでは許さないわよ。まあ、あなたが勝つってことは信じているけどね」

「ほう。姫様が人を信じるですか。どうやら成長しているのは、カイト殿だけではないようですな」

エレーヌの言葉を聞いて、アーロンさんが驚いた顔をした。

「それってどういう意味？」

「いえいえ、年老いた老人の独り言です」

確かに、エレーヌもこの半年で変わったな。

前よりも優しくなったよね。それに、俺に対しては心を開いてくれたみたいだし。

俺以外と仲良く話している人を見たことも無いし、エレーヌは人に気持ちを伝えるのが下手なだけだったのかな？

はぐらかすアーロンさんと怒っているエレーヌを見ながら、そんなことを思った。

現在、俺は歴史の教科書に載っていたコロッセオのような場所に来ていた。

つまり、今俺は闘技場にいる。

これから、遂に運命の時だ。

「準備はいいか？　何か装備し忘れていたりしないか？」

そう言って、俺の装備を入念にチェックしているのはゲルトさん。

悪いことをして帝国から逃げてきたと言う割にはこの人、面倒見が良くて全然悪人に見えないんだよな……。

「大丈夫ですよ。ゲルトさんに作って貰った剣と鎧もしっかりと装備してますから」

「はい、大丈夫ですよ。今のカイト殿なら、余裕です。緊張せず、リラックスして挑んでください」

俺以上にソワソワしているゲルトさんと対極的に、アーロンさんは俺を落ち着かせるように最後の激励《げきれい》をくれた。

いや～本当、この人には頭が上がらない。

「はい。これまでの練習を信じて、冷静に挑みます」

そして、

「カイト……」

残るエレーヌは、誰よりも元気が無かった。

「大丈夫。頑張ってくるよ。勝ったら褒めてね？」

そう言って、俺は優しく抱きしめてあげた。

半分はエレーヌを元気づける為だけど、半分は戦いを前にエレーヌパワーを分けて貰おうと思ってね。

「もちろんよ。勝ったら何でもしてあげるわ！　で、でも……無理はしないでよ？　あれだけ勝て勝て言っておいておかしな話だけど……別に勝たなくてもいい。私はあなたが強いことを知っているから。だから、無理して私に治せない怪我とかはしないで」

ああ、エレーヌが可愛すぎる……。

「もちろん無傷で勝つつもりさ。それじゃあ、帰った後のご褒美楽しみにしておくよ」

最後にギュッと抱きしめて、俺は戦いに向かった。

「相変わらず主人公みたいだな。それにしても、本当に宝石姫はカイトにだけはツンが無いよな」

「カイト殿と同じくらい、姫様も成長しましたからね」

闘技場に入場すると、先にホルストが待っていた。

「お前が一年後と啖呵《たんか》を切ってから一年二ヶ月と七日。当初の一年よりも長い期間があったわけだから、言い訳は認めないぞ？」

そんな細かい日付まで覚えているのか……意外に細かい男だな。

「うん。そうだね」

「その格好……本気で戦うつもりなのか？」

ホルストは俺を上から下まで見ると、そんな質問をしてきた。

なんだその質問。俺のやる気を削《そ》ぐ作戦か？

「そうだけど？　逆に、ホルストは戦うつもりはないの？」

「いや、俺は逃げも隠れもしない。俺が言いたいのは、棄権《きけん》するなら今の内だぞと言っているんだ。この国王や国民が見ている中で、お前が無能だということを晒《さら》す。大怪我では済まないぞ？」

何だよ。結局俺は強いって言いたいだけじゃん。

「はあ……お前は口喧嘩がしたいの？　国王も待っているし、さっさと始めようよ」

俺は特等席で眺めている王に目配せしながら、ホルストにそう言った。

「言ったな⁉　どうなっても知らないぞ！」

「ハイハイ」

もう面倒だから、俺から攻撃しよっと。

俺は電気魔法を使って、高速移動でホルストに突撃した。

「クッ！」

「うん……アーロンさんより反応が遅いとは言え、やっぱりまだまだ練度が低いな。予定なら、この一撃で倒す予定だったんだけど」

吹っ飛ばすことには成功したが、ギリギリで防御されたせいでほとんどダメージは与えられなかった。

長引けば長引くほど、魔力も少なくて基礎も出来ていない俺の方が不利になっちゃうから困ったな……。

「殺す！　お前を殺す！」

なんだ……お前はそんなに弱かったのか。

「そんな怒りを露わにしちゃって……剣が単調になってるよ？」

剣聖になるような人なら、絶対この程度で感情を爆発させたりしない。

少なくとも、アーロンさんなら怖いくらい無表情のままだぞ！

「殺す。お前は俺よりも弱い。絶対に弱いんだ！」

「一回頭を冷やせ」

俺はホルストの攻撃をわざと剣で受け、剣を伝ってホルストに電流を流した。

金属の鎧を着ているから、全身ビリビリしただろ？

「うん。これで終わりかな？」

倒れたホルストを見ながら俺は構えを解いた。

ホルストが思っていたよりも未熟で良かった。

ちゃんとした剣聖候補だったら、勝てなかっただろうからね。

そう思っていたのだが……、

「……ろす」

ホルストが立ち上がった。と思ったら……既に目の前にいた。

「うお！」

俺は慌てて距離を取ろうとした。

けど……間に合わなかった。

「殺す」

集中したホルストによる斬撃が俺の胸に直撃した。

「カイト!!」

「だい……じょうぶ。俺は殺されたりしないさ」

どこからか聞こえてくるエレーヌの叫び声に、俺は地面に剣を突き刺して倒れないよう踏みとどまりながらそう答えた。

ゲルトさんの鎧のおかげで致命傷は免《まぬか》れた。

これで本来の性能は出せていないとか、本当ゲルトさんは凄《すげ》えな。

「うん。出血はヤバそうだけど……まだ戦える」

「死ね！」

俺が構え直すと、すぐにホルストの攻撃が飛んできた。

うん。やっぱり腐っても剣聖候補だな……俺の限界以上の速さだ。

「チッ！」

「でも、俺なら限界を超えられる」

ホルストの剣を受け止めながら、俺はまた電気魔法を発動した。

今の俺では、限界突破を使えるのは一分も無い。

この一瞬で決めないと俺は負ける。

それから、俺は全速力での攻撃を始めた。

攻めて、攻めて、攻めまくる。

ホルストに反撃の隙を与えない。

俺の剣がホルストの剣、鎧に当たった瞬間に俺の勝ちが決定する。

逆に、一分避け切れればホルストの勝ち。

そんな戦いが始まった。

俺の全身全霊の攻撃を、研ぎ澄まされたホルストがミリ単位で全て避けていく。

クソ！　あと少しだ。どうする？　このままだと負けてしまう！

そんな焦りからだったのか……けたまた攻撃を当てたいという気持ちが先行したからなのか……俺

は無意識に電気の塊をホルストに向けて飛ばしていた。

当たっても静電気程度の威力、そんなちっぽけな魔法がホルストに当たった。

「!?」

当たった瞬間、ホルストの動きが止まってしまった。

小さくとも、思わぬ衝撃に体が反応してしまったんだ。

そして、ホルストの首に俺の剣が当てられた。

「殺せ！　お前に負けるなど恥だ！」

「嫌だね。これから戦争だって言うのに、仲間を減らしてどうするんだよ。それに……俺も限界だし」

限界突破の効果が切れ、俺は意識を失った。


「うん……ここは？」

起きると、この一年でもう見慣れた天井があった。

あれ？　俺は闘技場にいったんじゃないの？

「ここはあなたの寝室よ。限界突破の副作用で丸一日寝ていたわ」

「あ、エレーヌ。限界突破の副作用……てことは、俺は勝ったってことで良いんだよね？」

良かった。勝てたのは夢じゃなかったみたいだ。

「ええ。ギリギリだったけどちゃんと勝ったわよ。マティウスが圧倒的な差じゃなかったとか言ってケチをつけてきたけど、私が軽くあしらっておいたわ」

「流石エレーヌ。ありがとう」

「どういたしまして」

「はあ……」

「何？　何か溜息つくことなんてあったかしら？」

「ひとまずエレーヌとの約束を守れて良かったな～と思ってね」

一年で強くなるって約束、ちゃんと守れて良かった。

「あの時は……ごめんなさいね。連れてこられたばかりで混乱していただろうに、あんなに勝手なことを言ってしまって」

「まあ、あの時は傷ついたよ。でも同時に、エレーヌに認められたいとも思ったね。ここまで頑張ってこられたのは、エレーヌのおかげだよ。だから、そんなに悲しい顔をしないで」

ここまで強くなろうと思えたのは全てエレーヌのおかげ、俺が弱気になれば発破をかけてくれて、体が傷ついたら優しく癒やしてくれる。

そんなエレーヌだったからこそ、俺は強くなってエレーヌに王様になって貰おうと思えたんだ。

「カイトって……本当に優しいよね。普通なら、こんな性格の悪い私なんかよりもリーズの方が楽だった筈なのに……」

「そうかな？　俺はリーズのことは信用出来ないし、エレーヌの方が遠慮無く話せるから一緒にいて楽だけどな？」

「そんなはずないわ……。だって、あなたが来るまで私はいつも一人だったもの。宝石を集め始めたのも、一人でいる寂しさを紛《まぎ》らわせるためだ」

「そうだったんだ……」

なんか、エレーヌは寂しがり屋だな……と思ってはいたけど、本当にひとりぼっちだったのか。

「べ、別に慰めてなんて言ってないわよ。今は、寂しくなんてないんだからね！」

そ、それって……？

「あなたが来てから楽しかった。毎日、あなたと話すのが楽しみだった。この一年間、私の頭の中はあなたのことばかりだったわ。宝石なんて、このペンダント以外全く触りもしなかったわ」

そう言いながらエレーヌが胸元からペンダントを取り出して、俺に見せた。

確かに、そのペンダントには綺麗な宝石がついていた。

でも、これ以上に綺麗な宝石はエレーヌの部屋にいっぱいあったけどな……。

「これはね……お母さんの形見なの」

ああ、そういうこと……。

「お母さんはね、元々王妃になる予定じゃなかったの。ちゃんと王妃候補がいて、お母さんにも婚約者がいたらしいわ。でも、王国一綺麗だと言われていたお母様を、オークの化身《けしん》みたいなお父様が見逃す筈がなかったわ」

とんでもない豚野郎だな。今からでも、俺の電気魔法で豚の丸焼きにしてやろうかな？

「無理矢理結婚させられ、覚悟もせず王妃になってしまったお母様は日々ストレスで体が弱って……私が十歳になる前に病気で死んでしまったわ」

そんなに早く……。

「この城にはね。私とお母さんの味方はいなかったの。常に冷たい目を向けられ、邪魔者扱いをされていたわ。酷いよね。お母様は、別になりたくて王妃になったわけではないのに」

それで、次期女王なのにいつも一人だったのか……。

アーロンさんが言っていた通り、この国は腐り切っているな。

「お母様、いつもこのペンダントを眺めていたの。口には出さなかったけど、たぶん本来結婚する人から貰った物。これを見ている時は、何だかお母さんの顔が明るかった。だから、お母様が死んだ後私もこれを眺めていれば、元気になれると思った。……でも、お母様のことを思い出して、更に寂しくなるだけだったわ。他の宝石で試してもダメ。どれだけ珍しい宝石を眺めても、私の心は満たされなかったわ。でもね……今なら、その理由もわかるの」

そう言うと、エレーヌが俺のベッドに這い上がってきた。

「お母様がこのペンダントを見て心を癒やせていたのは、最愛の人に貰った物だったから。だから、私には何の意味も無かったのよ」

「……」

「ねえ、お願いがあるの」

しばらくの沈黙の後、エレーヌがそう切り出した。

「何？　何でも言って」

俺はエレーヌにならの命だって捧《ささ》げられる。

「このペンダント……着けていてくれない？」

え？　このペンダントを？

「いいけど……逆にいいの？　お母さんの形見なんだろ？」

さっきまでの話で精神的に意味が無いことはわかっても、大事な物には変わりないだろ？

「いいの。普段はあなたが着けていて。それで、戦争に行く時に返してちょうだい。あなたがいない間、それを心の支えにするわ」

え？　それって……。

「このペンダントが縁起悪いことはわかっているわ。でも、だからこそなのよ。お母様の代わりに、私が最愛の人と結ばれるの。お母様の無念を晴らしたい。だから、このペンダントを使うわ」

なるほどね。

「それならわかったよ。エレーヌのお母さんたちの分まで、俺たちは幸せになるぞ！　俺はこのペンダントをエレーヌだと思って大切にするよ」

「待って！　私が着けてあげる。目を瞑って」

俺がエレーヌからペンダントを受け取ろうとすると、エレーヌが慌てて手を引っ込めた。

「え？　目を瞑るの？」

首にかけるだけだよね？

「いいから瞑りなさい！」

「わ、わかったよ……」

何かサプライズでもあるのかな？

そんなことを思っていると、肩と首に重さを感じた。

「まだ目を開けたらダメよ……」

「はい。今日の報酬」

チュ。

# 第十三話　戦争の兆《きざ》し

SIDE：レオンス

姉ちゃんが来てから三ヶ月が経った。

ドラゴン料理は……サムさんに待って欲しいと頼み込まれ、姉ちゃんが学校に戻る時にお披露目ってことになった。

まあ、姉ちゃんがいつ帰るのかは知らないけどね。

この三ヶ月姉ちゃんは、自由にしていた。

自由にしていたと言っても、その日の気分で俺やエルシーの仕事を手伝ったり、シェリーたちと孤児院で子供たちに魔法を教えてあげたり……騎士団に混じって剣を握ったりしていた。

いや……姉ちゃん、成績が良いのは知っていたけどあそこまで万能だったとは。

書類仕事から剣術まで、完璧に熟《こな》しちゃうんだ。

剣術は俺と同じで、帝都の家で暮らしている時にじいちゃんに教わったんだって。

まさか、お転婆だとしても女の姉ちゃんにあの地獄の特訓をやらせたとは……。

それにしても、姉ちゃん強かったな。

筋力を魔法で上手くカバーする戦い方で、ヘルマンを含む騎士団のほとんどがやられてしまったのは驚いた。

俺やシェリー、ルーみたいな大量の魔力、特別なスキルを使ったゴリ押しじゃなくて、技術を使った強さだ。

剣を振るタイミング、魔法を使うタイミング、使い方、全てにおいて無駄が無く綺麗だった。

とても、無属性魔法を持っていないとは思えない。

そんな動きをしていた。

本当、いつどうやって練習していたんだ？

公爵令嬢は忙しいはずでしょ？

そんな超人な姉さんの話はさておき俺は今、地下市街の入り口に立っていた。

大勢の領民の前で。

今日から地下市街の半分が一般公開される。

入口側の商業区とオークション会場だ。

オークション会場は、元々闇オークション会場だった場所を改装しただけだったからすぐに使えた。

あとの俺が考えている施設は、どれも大きくて特殊だから作るのに時間がかかるだろうから、地下市街の完成はまだまだ先になりそうだ。

それでも、商業区だけでも三ヶ月で一般公開出来たのは凄いよな。

エルシーの頑張りには感謝だ。

さて、演説を始めるとするか……。

それにしても、父さん母さん……だけでなく皇帝まで来てしまうとは……。

父さんと母さんは、息子の領地を一目見たいという気持ちで来たらしい。

皇帝は、新しい街の始まりを見届ける公務らしい。

父さんたちはわかるけど、皇帝の口実は無理矢理過ぎない？

はあ、母さんたちに見られながら演説とか嫌だな……。

「この度、約一年前から開発を進めていた地下市街の一部が公開されることになりました。当初は、早くてもあと半年くらい公開に時間がかかる見込みでした。ここまで計画が前倒しに進んだのは、魔法具の革命的な生産速度を実現したエルシー会長を始めとするホラント商会の方々、そしてその工場造り、街灯設置に携わってくれた領民の方々、そして成功するのかわからないような地下市街計画に快く力を貸してくださった商人の皆様のおかげございます。本当にありがとうございました。そして、これからもよろしくお願いします。一緒にこの街を、地上のどの街にも負けない豊かな街にしてみせましょう！」

パチパチパチ。

演説が終わり、頭を下げると盛大な拍手が鳴り響いた。

拍手に安堵《あんど》しながら、俺は壇上《だんじょう》から降りた。

今日一番の仕事は終わりだ。

これが終わり、いよいよ地下市街が一般に開放された。

そして、これから俺の今日二番目の仕事が始まる。

皇帝たちをシェリーとエルシー、俺の三人で案内する仕事だ。

「ほうほう。帝国一の商会を束《たば》ねる噂の会長は、噂以上に可愛らしいな」

初対面のエルシーに、皇帝がそんなことを言った。

ちょっと威圧気味……エルシーを試しているのかな？

「ありがとうございます。私も、皇帝陛下が絵画で拝見させて貰った時より凜々しく、とても驚かされました。流石、帝国を統《す》べる御方ですね」

エルシーは顔色を一切変えず、スフスラと答えた。

よくそんな言葉が思いつくよ。流石、毎日接客をしていただけあるな。

「そうかそうか。そんなに堅い話し方じゃなくて大丈夫だぞ。公務と言っても単なる口実だから、もう少し気楽に話してくれ」

皇帝は嬉しそうだった。合格ってことでいいのかな？

「それじゃあレオ、案内を頼むぞ」

「は、はい」

油断していた俺は、慌てて案内を始めた。

「まずは商業区からです。こちらは、地上では売らない訳ありの商品を店頭に並べることをルールにしております」

「ほう、訳あり商品とは何だ？」

「例えば、その商品自体は使えるけど、傷が出来てしまって正規品として売れない魔法具とか、見た目が悪いけどまだ食べることが出来る野菜とかですね。それを、ここで定価よりも安く売って貰います」

流石に、闇市街の時みたいに地上で法律上売ることが出来ない物を売ることは出来ないからね。

「なるほど。それは安い物が好きな冒険者たちが集まりそうだな。エルシーちゃんが考えたのか？」

「いえ、レオくんの案です」

いやいや、一緒に考えたんだから俺の案ってわけじゃないよね？

「あら、レオくんって呼ばれているの？」

俺がエルシーに突っ込みを入れようとすると、ニヤニヤと笑いながら母さんがこっちを見てきた。

「あ、ごめんなさい」

「あー違う違う。ごめんなさいね。そういう意味で言ったわけじゃないの。レオを茶化そうとしただけだから気にしないでじゃんじゃんレオくんって呼んでちょうだい」

「は、はい……」

さっきまでキリッとしていたエルシーの顔が少し崩れて赤くなっていた。

母さんたちの前で俺のことをレオくんって呼んじゃったのが、よっぽど恥ずかしかったんだろうな。

「そうだな。皇帝としても、エルシーにはレオ君と結婚して貰わないと困るぞ」

「け、結婚……」

やめてあげて！　もう、エルシーの顔が真っ赤だから！

てか、俺まで恥ずかしくなってきたし！

「もう。お父さんまで茶化さないの」

「すまんすまん。それじゃあ、未来の夫人に案内を頼むとするか」

シェリーに怒られた皇帝はそう言ってシェリーの肩に手を回し、俺たちを置いて先に歩いていってしまった。

「ふ、夫人？　し、仕方ないわね」

おい待て！　気を良くして皇帝の案内を引き受けてくれるのはありがたいけど、周りを見るんだ！

「ちょっと！」

「いいの。ちょっと二人だけにしてあげなさい。普段、親子二人だけでいられることなんて少ないんだから」

俺が止めようとすると、母さんに制された。

「それなら……でも、危なくない？」

皇帝と皇女だと二人だけの時間が少ないのはわかるけど、絶対危ないって！

「大丈夫だ。ちゃんとダミアンたちが隠れて護衛している」

「そ、そうなんだ。それなら、大丈夫かな？」

特殊部隊が護衛しているなら大丈夫か。

「と言うわけでエルシーちゃん、私と一緒に街を回りましょう？」

「え？」

俺が皇帝とシェリーの二人だけで街を歩くことに納得していると、今度は母さんがエルシーの手を掴んで行ってしまった。

「で、俺と二人になって何がしたいの？」

これって、父さんと俺を二人きりにするためってことでいいんだよね？

「別に何も無いさ。少し俺たちも親子の仲を深めようじゃないか。そうだ！　大きなオークション会場があるんだろ？　そこに連れていってくれよ」

「本当？　まあ、いいや。オークションね」

うん……俺の考え過ぎだったかな？

父さんの豪快な笑顔にそんなことを思ってしまった。

「おお！　たくさんの人がいるな。今日は初日だから何か凄い物が出てくるのか？」

ＶＩＰ席である最上階にある個室から下を眺めながら、父さんが子供みたいにはしゃいでいた。

「今日の目玉はドラゴン丸々一体だよ」

「は？」

「だから、レッドドラゴン丸々一体だって」

「ほ、本気か？　まさかお前、また……」

「母さんには内緒ね？」

男同士のお約束だぞ？

「たく、仕方ないな。まあ、これも父親と息子の会話みたいでいいか」

父親と息子か。確かに、母さんへの秘密ごとの共有は親子みたいだね。

まあ、親子なんですけども。

「にしても、レオにこうして父親らしいことが出来るのは初めてかもな」

「そう？」

赤ん坊の時に抱っこして貰ったりしていたけどな？

「ああ。レオが生まれた時に本格的に俺だけで領地経営することになって忙しかったから、お前と遊んでやることも出来なかったからな。気がついたらここまで立派になってしまった」

「まあ、忙しかったんだから仕方ないよ」

自分で領主になってみてわかったけど、領主はやることが多くて大変だからな。

子供に構えなくなるのも仕方ないさ。

「そうか？　でも、俺としては何か寂しくてな。俺の知らない間にレオはどんどん一人で強くなって、俺が父親らしいことをする間もなく自立してしまったからさ」

「そんなことないよ。決して俺は一人だけで強くなったわけじゃない。じいちゃんに鍛えて貰ったからこそドラゴンが相手でも臆《おく》することなく挑めるし、エルシーやホラントさんがいたからこそ街をこんなにも大きくすることが出来た。そして、何よりシェリー、リーナ、ベルがずっと傍で支えていてくれたからこそ、俺はここまでやってこられた」

もちろん、ヘルマンやフランクとか他にも名前を挙げ切れないくらいたくさんいるよ。

「そうか。父さんが知らない所で、息子はたくさんの人に支えられていたみたいだな」

「どうしたの？　いつもの父さんはもっと明るかったはずなんだけど？」

俺の知らない内に息子が成長しちゃったって話をしているとは言え、さっきからしんみりとし過ぎじゃない？

「はあ……本当はもっと後に話そうと思っていたんだけどな……。カーラによく言われるが、やっぱり俺に隠し事は向いていないみたいだ」

「隠し事？　やっぱり、俺に何か話したくて俺と二人きりになったの？」

「ああ……そうだ。お前に話さないといけないことがある」

「何？」

父さんがこんな真面目な顔をして言わないといけないってことって何だ？

実は、もうすぐフィオナさんとアレックス兄さんの間に初孫が出来るんだ。とかじゃないよね？　もうそろそろ、デキていてもいい頃だと思うんだよな〜。

「まだ確定ではないが……あと三年から四年後、お前が成人するかしないかの頃に、四十年ぶりの三国会議が行われる」

あ、ちゃんと真面目な話だった。

俺は慌てて気持ちを切り替えた。

「三国会議？」

「そうだ。皇帝、国王、教皇が一つの場所に集まって行う会議だ。魔王が倒される前までは二年おきに行われていたらしいんだ。ただ、魔王がいなくなってからは王国と帝国の仲が悪くなっていき……四十年前にやらなくなってしまったんだ」

そんな会議があったんだ。

四十年前ね……その会議がまだちゃんと続いていたら戦争は起きなくて済んだんじゃない？

「そうなんだ……。で、どうしてこのタイミングでやることになったの？」

「いや、まだやると決まったわけじゃない。王国が四十年ぶりに三国会議をやらないか？　と言い始めたんだ」

「王国が……もしかして？」

王国が四年後……俺が成人するタイミングに開催を呼びかけるとしたら、理由は一つしかないだろう。

「ああ。お前の想像通り、宣戦布告がしたいんだろうよ。教皇の前でな」

教皇に対しての牽制《けんせい》と、お互い引くに引けなくすることが目的かな？

でも、今代の教皇も強欲だったはずだよね？　戦争でお互いが疲弊したところを攻め込まれるとか考えないのかな？

「そうなんだ……やっぱり、戦争は避けられないんだね」

「まだわからない。ただ……覚悟はしておいた方がいいだろうな」

「はあ……覚悟は出来ているつもりなんだけどね。それで、三国会議の開催地とかは決まっているの？」

その会議に向けて偵察したり、俺も何か出来ることはやっておかないといけないからね。

「ああ……それについてなんだが……」

「え？　何？　何か問題があるの？」

「三国会議の開催地は、毎回ここでやっていたらしい」

そう言って、父さんが指を下に向けた。

「ここ⁉　ミュルディーン領でやるの？」

おいおい。マジかよ！

ああ、そうか。だから、父さんは申し訳なさそうにしていたのか。

「ちょうど三国の中間に位置しているってことで毎回ミュルディーン領で開催していたらしいんだ」

「なるほどね……」

確かに、集まりやすいのはここだな。

寧ろ、皇帝が他の国に行く方が危なかっしいから、俺の領地で良かったって考えるべきかな？

「本当にすまない！」

「え？　どうして父さんが謝るの？」

「お前ばかりに大変な役目を押しつけてしまっているのを、帝国の貴族を代表して謝りたい。父親なのに、お前を何も助けてあげられていなかったことに謝りたい」

「……」

え？　何て返せばいいの？

そんな、父さんが謝らないといけなかった？

「これを伝えたくて、オルトンの代わりに俺がレオに三国会議のことを伝えることにしたんだ。半年とちょっと前……お前、王国の攻撃で死にそうになったんだってな？　それを辺境にいる俺が知ったのはそれから二週間も後だったが……本当にあの時は心配した」

ああ、父さんがこんなに落ち込んでいるのは、爆発事件が原因か。

確かに、あれは悲惨だったからな……。

これからの帝国を支える貴族子女がたくさん殺されてしまった。

「それと同時に、自分の愚かさに気がついた」

父さんが愚か？　寧ろ、優しくてしっかりした父親って感じがしたんだけど？

「レオは昔から、一人で上級貴族に上り詰めてしまうくらい優秀で、ドラゴンを倒しても誇らないくらい強かった。だから、俺はレオなら大丈夫。あいつならやってくれる。俺もオルトンもそう思っていた。でも、実際は違った。強いから、優秀だからという言葉を盾《たて》に、大変な仕事をレオ一人に押しつけていただけなんだ」

「……そうかな？　その分、良い暮らしはさせて貰っている訳だし、父さんはもちろん、俺は皇帝も悪いとは思わないよ？」

確かに、仕事が増えて面倒と感じることはたくさんあったよ。

でも、面倒な仕事を工夫しながら熟していくのは楽しかったし、その分たくさんの出会いや経験があったから……感謝はしているけど、他に何か恨みとかは全く無い。

「お前は本当……俺の子供だとは思えないくらいしっかりしていて優しいな。だがな、これに関してはしっかりと反省しないといけないんだ。これからは、レオだけには押しつけない。王国との戦争に向けて、俺もオルトンも出来る限りのことをするつもりだ」

「あ、ありがとう……」

これに関してはこれ以上否定していても仕方ないし、ありがたく支援して貰うとしよう。

正直、俺だけの力だけではどうにも出来そうにないことがあったから良かった。

「よし、言いたいことは言い終わったぞ。細かい話はまた後だ！　とりあえず、オークションを楽しもうぜ！」

ちょっと待って。やっとしんみりした雰囲気に俺の心が慣れてきたのに、急にテンションを上げないでくれよ。

「お、あの宝石いいと思わないか？　よし、来月にあるカーラの誕生日プレゼントはあれにするぞ！　とりあえず十万だ！」

まあ、こっちの父さんの方が好きだけどね。

子供みたいにはしゃぐ父さんを見ながら、そんなことを思った。

# 閑話9　守られないお姫様に

SIDE：シェリー

私はいつも助けて貰う側。

もう、何度次こそは守られるだけじゃないって誓ったことか……。

初めてレオに守って貰ったのは、八歳の誕生日。

たくさんの黒い集団がこっちに向かってきていたあのシーンが、今もしっかりと頭の中に焼き付いているわ。

でも、怖い思い出かと言われるとそうでもない。

レオが格好良かった。という記憶として、私の頭ではあの時の景色が記録されている。

たくさんの人たちに向かって剣を振るうレオの背中……本当に格好良かった。

けど……そう思ったと同時に守られているだけの自分によく腹が立った。

普通、物語に出てくるようなお姫様なら、勇者に守られているだけで満足するものなのかな？

常に勇者が助けてくれるのを健気に待つだけの……。

無駄な抵抗を続けるよりも、そんなお姫様の方がいいのかな？

だって、どんなに頑張って魔法の練習をしても、どんな時も私にはどうにも出来ないんだもん！

誘拐された時だって、地下市街で魔物に囲まれた時、学校を爆発された時も結局私は守られちゃったじゃない！

どんなに頑張っても、私は守られる側にしかなれないの？

レオが私のために傷つくのを見ていないといけない運命なの？

そんなの嫌！　嫌なの！

「……リー、シェリー！」

「う、うん……」

「何か悪い夢でも見たんですか？　うなされていましたよ」

「……リーナ」

夢か……。

私のことを心配そうに見るリーナの顔と、右手に握られたルーの手の温もりに安心してしまった。

「どうしたんですか？　何かあったら相談に乗りますよ？」

「うんん。大丈夫」

ずっと前からのことだから。

それに、この悪夢は相談したところで変わらないからね。

「本当ですか？　辛そうでしたよ？」

「心配してくれてありがとう。でも大丈夫よ」

「そうですか……わかりました。それじゃあ、もう一眠りしましょうか」

そう言って、リーナが右手で私の左手を優しく握ってくれた。

「うん。おやすみ」

両手に温もりを感じながら、私はまた夢の世界に戻った。


すっかり日も昇り、私たちはレオにダンジョン入り口まで送って貰っていた。

「それじゃあ、今日は夕方くらいに迎えに来れば良いんだね？」

「はい。よろしくお願いします。終わったら連絡しますので」

「わかった。連絡が来たらすぐに迎えに来るよ」

「お願い！　それじゃあ、行ってくるね！」

「無理するなよ～」

ダンジョンに入ると、すぐに私は指示を出した。

「それじゃあ、いつも通り行くわよ！」

「「はい（はーい）」」

いつも通りとは、ベルとルーが前衛で私とリーナが後衛という編成。

ルーが前衛なのは、破壊魔法にベルが巻き込まれないようにするため……ではなくて、ルーに破壊魔法を使うのを禁止しているから。

レオは勘違いしているけど、最初の一回こそ頼ったけど私たちは別にルーの破壊魔法を頼りに迷宮を攻略しているわけじゃない。

私たちは強くなるためにダンジョンに潜っているんだもん、そんな楽なことをするわけないじゃない！

まあ、強くなった時に驚いて貰いたいから、本人には教えてあげないけど。

そんな感じで、ルーにはナイフを持って戦って貰っているわ。

最初は、ルーがナイフに慣れるのに一階層で様子を見る必要があるかな？　とか思っていたんだけど……やっぱり奴隷になっても魔族、ナイフを持たせても強かったわ。

種族の違いって私たちが思っていたよりも大きいみたい。

戦闘種族（ベルとルー）の二人だけでどんどん魔物たちを斬り倒していっちゃうから、後衛の仕事が少ないのよね。

ルーに破壊魔法を使わせていたら、もっと暇だっただろうから良しとしているんだけど。

大体、私は魔法攻撃と指示係、リーナは回復と地図を記録する係を担当していて、ベルは罠の警戒、ルーは魔物をとりあえず斬り倒す係。

そんな役割分担でダンジョン攻略を進めているわ。

「それじゃあ、今日は最短ルートで二階までクリアして、四階層のボス部屋を見つけるわよ。リーナ、道案内よろしく！」

「はーい」

まず、一階層のボス……大量のゴブリンは、私の魔法で即氷結してしまう。ここでベルたちの体力を消耗するわけにもいかないからね。凍ったゴブリンたちを放って私たちは次の二階に進む。

二階層のボスは、家と並べても大差ないくらい巨大なオークが二体。

一回でも、オークの攻撃が当たってしまえば一溜まりもない。

そんな相手を私が魔法で一体、ベルとルーで一体ずつ相手に攻撃させずにすぐ倒してしまう。

そして、三階層のボスはとても動きの速いコボルド。

これには私の魔法は当てられないから、ベルとルーに任せてしまう。

本当あの二人……特にベルの動きは異常だわ。

いつも大人しくしているのに、戦闘中に笑顔になっているのはちょっと怖いのよね。

たぶん、本人は気がついていないんだろうな……。

そして、問題の四階層。

四階層は、物理攻撃が効かないスライムがウヨウヨしている。

だから、いつもみたいにベルとルー頼みの攻略は出来ないのよね……。

魔法を使えば簡単に倒せるけど攻撃魔法を使えるのは私だけ、ルーの破壊魔法は使わないままで進みたい。

というわけで昨日は攻略を早めに諦め、家に帰ってエル姉さんを交えつつ五人で一晩攻略方法を皆で考えていた。

そして思いついたのが、魔銃と魔剣を使ってスライムたちを倒していく方法。

リーナとベルが魔銃を、ルーがナイフ型の魔剣を使って進むことにした。

「それじゃあ、まずはスライムに魔銃が効くかを調べないとね。リーナ、あのスライムに撃ってみてくれる？」

「はい。あ、効きましたね」

リーナが撃つと、スライムに魔法が貫通した。

そして、スライムは光になって消えてしまった。

うん。予想通りね。

「良かった。それじゃあ、次はルーが倒してみて」

「わかった！　えい！」

私が頼むと、ルーがシュッと素早く炎を纏ったナイフでスライムを真っ二つにした。

良かった。魔法を使っていれば、物理攻撃も効果があるみたい。

「良かった……これで、攻略が進められそうね」

まだまだ四階層なんだから、なるべく効率よく進まないといけないんだから。

「でも、次のボスはシェリーさん頼りになってしまう気がしますね」

私がほっとしていると、ベルがスライムに魔銃を撃ちながらそんなことをポロッと呟いた。

確かに、今まで通りなら強いボスだから……そういうのもあり得るのかな……？

「そうならないと良いんだけど……」

《数日後》

などと言っていたら、本当にそうなってしまった。

「やっぱり、こんなに大きくなってしまうと銃は効きませんね」

四階層のボスであるとんでもなく大きなスライム、それに向けてベルが魔銃を撃っても傷一つつけられていなかった。

「ナイフも効かな～い」

ルーも炎を纏ったナイフを突き刺しながらお手上げのポーズをしていた。

そして、

「私の魔法も威力が足りないわね」

私以外で唯一攻撃魔法が使えるお義姉さんの水魔法でも、そこまで巨大スライムには効いていなかった。

あ、そういえばここ最近、お義姉さんも一緒にダンジョンの攻略をするようになったんだ。

魔法を使っても良し、剣を持っても良し、レオやダミアンさんの戦い方とそっくりで、改めてフォースター家の凄さを感じさせられちゃったわ。

普段から、冒険者のようなことはしていたらしくて、経験豊富でここ数日お義姉さんがいてくれて本当に助かっちゃった。

「うん……これは、高火力な魔法で一気に核にまで穴を開けるに限るわね。てことでシェリーちゃん！　やっておしまい！」

「はい！」

私はとりあえず、得意の雷魔法を最大火力でスライムに向けて放った。

「うん……あと一回ってところね……。シェリーちゃん、あと一回撃て……あ、スライムが動き始めた！　皆、構えて」

私の攻撃で体積が約半分になってしまったスライムが怒ったように形を変え、全身からトゲが突き出した。

「何か……嫌な予感がする」

お義姉さんがそう言うと、スライムのトゲが全方位に向かって放たれた。

トゲ一つ一つが人一人分の大きさ、刺さったら即死……。

「危ない！」

そう叫んだ私は、無意識に全員のことを凍り魔法で包んでいた。

そして、氷魔法はしっかりとトゲから皆を守ってくれた。

ふう、何とか誰も死なずに助かったわね……。

死んでも大丈夫と言われても、一度たりとも目の前でリーナたちが死ぬところを見たくないわ。

そんなことを思いながら、私は氷を溶かした。

「シェリーちゃんありがとう！　流石ね！」

「い、いえ……」

「シェリー守ってくれてありがとうございます」

「き、気にしなくていいわ」

「よ〜し。次から盾役は私が引き受けるわ！　シェリーちゃん、時間がかかっても良いからでっかい魔法をあのスライムに当ててぶっ放して差し上げなさい！」

「はい！」

「ベルちゃん、ルーちゃん、私たちでスライムの注意を引くわよ！」

「「はい（は〜い）！」」

それから、皆がスライムの注意を引いて貰っている間に、私はもう一度魔法を展開した。

今度こそ決める。そんな気持ちで、私はさっきよりも強力な魔法をスライムにお見舞いするために、時間を長めにかけて頭上に大きな雷の塊を作った。

「皆避けて!!」

そう叫び、皆が避けたのを確認してから、私は巨大スライムに向けて特大魔法を放った。

「ふう、何とか倒せたわね。流石シェリーちゃん」

「やっぱりシェリーの魔法凄いね！　ドカン！　てダンジョンの壁が凹《へこ》んだんだから！」

「あ、ありがとう……」

ふう、少しは守られているだけのお姫様から成長出来たかな……？

皆に褒められながら、私はそんなことを思った。

# 閑話10　対面、そして協力

ＳＩＤＥ：カイト
二代目勇者の残した本を読んだ次の日、俺はさっそく電気魔法を試してみた。

電気を外に向かって放つんじゃなくて、電気を鎧のように纏う意識……。

そんなことを頭の中で繰り返し唱え、魔法を発動させるイメージをすると、ビリビリっと電気が走る音がした。

自分の体を見渡すと、可視化した電気が鎧のように纏われていた。

「やった！　成功だ!!　見てエレーヌ！　成功したよ!!」

成功してすぐ、俺は振り返って見守っていてくれたエレーヌに成功した自分の姿を見せた。

「良かったわね。それで、速く動けそう？」

「うん……やってみる」

「どう？」

「……‼　もう、驚かさないでよ！」

俺が瞬間移動したみたいにエレーヌの目の前に移動すると、エレーヌは驚いた顔をして、すぐに怒った顔になった。

うん、可愛いな。

「ごめんごめん」

「まあ、いいわ。それより、良かったじゃない！　これで、無属性魔法に対抗出来るわね！」

「そうだね。でも、このスピードに慣れるには相当時間が必要な気がするよ」

単純な移動程度ならいいけど……剣を持って人と戦うとなると、相当な時間が必要な気がするね。

「それは練習あるのみね。頑張りなさい」

「うん。頑張るよ」

「失礼します！　エレメナーヌ様はいらっしゃいますでしょうか？」

俺がエレーヌに力こぶを作って頑張るアピールをしていると、一人の騎士が大きな声で入ってきた。

「何？　どうしたの？」

「エドモンド将軍がご帰還なされました」

エドモンド将軍？　誰だそれは？

「あら、思っていたよりも早かったわね。派手にやられちゃったのかしら？」

「いえ。何かしらの成果があって帰ってきたようです」

「そう。わかったわ。謁見の間に私も向かえば良いんでしょ？」

「はい。よろしくお願いします」

はあ、もうバイバイか。

もう少し、一緒にいたかったんだけどな……エレーヌにも仕事があるし仕方ないか。

「と言うわけで行くわよ」

俺がガッカリしていると、エレーメが当然のように俺の腕を掴んで部屋の外に向かって歩き始めた。

「え？　俺も行くの？」

「そうよ。エドモンド将軍は戦争での指揮官を任されている人だから、会っておいた方が良いと思うわ」

へえ、てことは将来俺の上司になる人ってわけか。

確かに、それなら会っておいた方がいいかも。

「エドモンド将軍ね……どんな人なの？」

「とても優秀な人よ。まあ、会ってみればわかるわ」

「ふ〜ん」

一体、どんな人なんだろうな？

頼むから、アーロンさんみたいな真面《まとも》な人であってくれ！

無能な上司のせいで死ぬとか、そんな話になるのは嫌だからな!!

「あれ？　もう謁見は終わっちゃったの？」

謁見の間までの廊下を歩いていると、エレーヌが急に立ち止まって一人の男の人に話しかけた。

見た感じ……剣を持っているから騎士？　いや、服装が鎧じゃなくて高そうな服を着ているから貴族か？

「あ、姫様。はい。先ほど、終わったところです」

「てことは、本当に何かしらの成果を持って帰ってこられたってことなの？」

「はい。戦争を仕掛ける絶好の機会を作ることに成功しました」

うん……何の話をしているのか良くわからないけど、とりあえずこの人がエドモンド将軍だってことはわかった。

「戦争を仕掛ける機会ね……それはどのくらい先になりそうなの？」

「そうですね……早くて四年後と言ったところでしょうか？　レオンス・ミュルディーンが成人するタイミングを狙って帝国に攻め込みます」

レオンス？　どこかで聞いた名前だな……。

あ、前勇者の子孫だ！　確か、俺が一番警戒しないといけない人だったよね？

「その理由を聞いても良い？」

「もちろん大丈夫ですよ。帝国は、レオンスを成人するタイミングで皇女と結婚させ、公爵にしてしまおうと考えているのですよ。いなくなってしまったフィリベール家の穴を早急に埋める為にですね」

「え？　フィリベール家がいなくなった？　あなた、フィリベール家と協力して帝国を攻め落とす計画だったんじゃないの？」

また知らない単語が出てきた……フィリベール家って何？

後でエレーヌに教えて貰わないといけないな。

「それが、フィリベール家が全く協力的じゃなかったんですよ。まあ、レオンスがあそこまで優秀じゃなければあと数ヶ月は待っていても良かったのですが」

「やっぱり、神童《しんどう》の噂は本当だったの？」

「もう、彼は神童ってレベルじゃないですよ。ほんの数日でダンジョンを二つも踏破《とうは》してしまったんですからね？　フィリベール家の税収を的確に減らす為とは言え、普通はあんな無茶をしてくるとは思いませんよ」

ダンジョンを二つも⁉　それがどんなに馬鹿げたことなのかは、俺でもわかるぞ。

本当、レオンスは何者なんだ？

下手したら、魔王の化身だったとかもあり得るよね？

「あなたがそこまで言うなんて、本当に心配になってきたわ。カイトに頑張って貰わないと王国は負けてしまうわね」

「お、俺？」

急に話を振られても困るし、俺に頼られても困るんだけど？

「そうよ。王国の切り札であるあなたが勝てなかったら誰が勝てるのよ？」

そうかもしれないけど……話を聞く限り、俺に勝てる要素が全く見つからないんだけど？

「姫様……もしかして彼は……？」

俺が心の中で文句を言っていると、将軍が俺のことをジッと見つめてきた。

「ああ、紹介してなかったわね。私が召喚した勇者、カイトよ！」

「なるほど彼が勇者ですか……」

将軍が不自然に語尾を伸ばしたな……と思った瞬間、将軍から剣が飛んできた。

キン！

危なかった……アーロンさんに鍛えられてなかったら、今ので真っ二つだった。

「ちょ！　何をしているのよ！」

俺が剣を止めたのを見て、遅れてエレーヌの怒った声が聞こえてきた。

そりゃあ怒るよ。いや、俺も怒りたいんだけどさ。

何分、この国の文化をまだ完全には理解出来ていないから、こういう挨拶なのかな？　なんて思ってしまったんだ。

「うん……正直、今のままだと彼には到底及びそうにありませんね」

将軍はエレーヌの声を聞き流しながら、そう言って剣をしまった。

うん……なんか、どうやらこの国には変人しかいないらしい。

「そりゃあそうよ。カイトはまだ強くなっている途中だもの。あと半年後、見ておきなさいよ？　カイトは絶対に強くなれるから！」

エレーヌ……信じてくれてありがとう。

俺、絶対に強くなるから。

「まあ、そうですね。勇者は、私たちが思っている以上に成長速度が速いらしいですからね。それに、私としても勇者には強くなって貰わないと困ります。というわけで、私も少し手を貸しましょう」

「え？　何かしてくれるの？」

え？　この人の力を借りるの？　急に斬りつけてくる人だよ？

逆に何か怖くない？

「はい。実はですね。今回の遠征で少なからず戦利品を得ることに成功しましてね」

戦利品？　なんか、帝国から奪ってきたってこと？

この世界に来てから何度も帝国が強い国だってことを聞かされたから……素直に凄いなと思ってしまう。

「それが今回の成果ってわけね。で、何を持って帰ってきたの？」

「あのレオンスを瀕死に追いやった男ですよ」

レオンスが瀕死⁉

「え？　どうやって⁉」

「それは本人に聞いてみてください。ゲルト・フェルマーというのですが、なかなか面白い男ですよ」

それだけ言うと、将軍は俺たちに背中を向けて歩き始めてしまった。

「フェルマーって有名な魔法具商人じゃない……」

将軍がいなくなってから、エレーヌがポツリと呟いた。

「魔法具？　ああ、電灯とかに使われているやつか」

元の世界の電化製品みたいな道具のことだよね。

「そうよ。フェルマー商会は、その魔法具を売って一代だけで世界で一番大きな商会になってしまったのよ」

世界一の商会か……その一族の　人がこの国に来ていると。

「へぇ……そのフェルマー商会の人がどうして王国に来たんだろうね？」

「さあ？」

しばらくして、俺たちのところに一人の男の人がやってきた。

「はじめまして。ゲルト・フェルマーと申します」

ゲルトさんは毛むくじゃらで、背は俺よりも低くて大体百六十センチくらいかな？

見た目からして、この人は職人だと俺は確信した。

「どうも。で、どうやってあの神童を瀕死に追いやったのか教えなさいよ」

「ああ、それは簡単ですよ。私だけが使える付加魔法で『即死』を付加した爆弾をレオンスのすぐ傍で爆発させただけですから」

付与魔法？　また初めて聞く単語だな……今日はエレーヌに教えて貰わないといけないことがたくさんだ。

「付与魔法ね……でも、即死ならレオンスは死んでいておかしくないいんじゃないの？」

「それが、何かレオンスには即死を防ぐ術があるらしく……殺すまでに至りませんでした」

「そう。まあ、あと一歩まで行っただけでも凄いんじゃない？」

そうだね。ダンジョンを二つも踏破出来る人をそこまでの重傷に出来たのは、本当に凄いと思う。

「あ、ありがとうございます」

「それで、本題に移るわね」

「本題？」

「ええ、あなたがやらないといけない明日からの仕事についてよ」

「ああ、仕事の話ですか。わかりました」

「明日から、あなたにはカイトが強くなるのに協力して貰うわ」

「カイト？　そちらの黒髪の男のことですか？」

俺に目配せしながら、ゲルトさんがエレーヌに聞き返した。

まあ、俺の見た目は決して強そうに見えないからな。

厄介ごとを押しつけられたなどと思っているんだろう。

「そうよ。王国の切り札。帝国の勇者の血を引いた一族を倒すには、同じ勇者じゃないと無理でしょ？」

「確かに……それで、私は具体的に何をすれば良いのでしょうか？」

「それはあなたに任せるわ。二人で話し合って決めなさい」

え？　もうちょっと何か指示を出してあげなよ。

思い浮かばなかったとしても、一緒に考えるとかさ？

「は、はあ……。わかりました」

「というわけでカイト、頑張りなさいよ」

「う、うん」

マジか。一緒に考えようよ！

そう目で訴えかけてみるがエレーヌには伝わらず、エレーヌは部屋から出ていってしまった。

はあ、仕方ない。

「はじめまして。改めて自己紹介させて貰います。この国に勇者として召喚されたカイトです」

「俺はゲルトだ。帝国では魔法具の研究をしていた」

あら、職人だと思ったんだけどな～。研究者だったか。

「研究者だったんですか。聞きましたよ。フェルマー商会は魔法具で有名だって」

「まあ、そうだな。魔法具の質も生産量も他のどの商会よりも優れているからな」

「そんな凄いんだ～。ちなみに、ゲルトさんはどんな魔法具を作るんですか？　俺、まだこの世界に来てから半年くらいしか経ってなくて、魔法具について日常で使っている物以外はあまり知らないんですよね」

「おお、そうか。なら仕方ない。俺の作品たちを見せてあげるしかないな。よし、俺についてこい」

なんか、ゲルトさんの目が急にキラキラし始めたんだが……。

こう……自分の作品を見て貰いたくて仕方ないって感じだな。

うん。この人も変人だけど、仲良くなれそうな気がする。

それからゲルトさんの部屋に案内された。

「ここがゲルトさんの部屋ですか？」

「そうだな。研究室も兼ねているから少しは広いぞ」

「お邪魔しまーす。あ、はじめまして」

中に入ると男の人が一人、魔石の山に魔力を注いでいた。

スゲー。こんな数の魔石に魔力を注いでいても、顔色一つ変えていないとかこの人、どんな魔力しているんだ？

「ああ、そいつのことは気にしなくて大丈夫だぞ」

「え？」

「そいつは奴隷だからな。俺の魔力供給源の道具でしかない」

え？　奴隷？　あ、言われてみれば、首に首輪が巻かれている。

奴隷がいることは聞いていたけど、本当にこの世界にはいるんだ……。

「おい！　まだ俺を奴隷扱いするのか⁉　ここまで来る道中にどれだけ俺が魔物を倒してやったのか忘れたのかよ⁉」

「はて？　何のことやら？」

「何だと⁉」

いや、なんか奴隷と主人の関係より……仲の良い友達の方が、二人のやりとりを見ていて似合う気がするんだけどな？

「まあいい。うるさいのはほっといて、俺の作品たちを見て貰おうじゃないか！　と言っても、逃げるのに必死で、そこまで持ってくることは出来なかったんだけどな」

そう言って、ゲルトさんがバッグから色々と取り出し始めた。

その中から、俺は二つ気になった物を取ってゲルトさんに質問した。

「これは？」

「それか？　それは魔銃と魔剣だよ。どっちも一年以上使って完成させたんだ」

「へえ……これ、引き金を引けば使えるんですか？」

「そうだ。ほら」

俺が魔銃の使い方を質問すると、ゲルトさんが俺から魔銃を取り上げて奴隷の男に向けて撃った。

え⁉

「おい！　俺じゃなかったら死んでいたぞ！」

俺が何か反応するよりも早く、そんな怒鳴り声が部屋に響いた。

「お前だから撃ったんだよ。みたいな感じで、引き金を引くと魔法が飛び出す」

「凄い！　全く仕組みとかはわからないけど、凄いのはわかりますよ！」

どっちかというと、奴隷の男が凄いと思うけど。

どうやって銃を避けたんだ？　てか、銃を撃っても大丈夫と思える二人の信頼関係も凄いな。

「そうだろ？」

「何を照れているんだが、それは元々お前の親父が発明した物だろう？　親父に負けたくないとか言いながら、必死こいて魔方陣を描いていた頃が懐かしいな」

なるほど、ゲルトさんのお父さんが発明した物を、負けたくなくて自分も一人で発明したってことか。

「うるさい！」

「うおい！　だから、人に向けて撃つなよ！」

「という感じだ」

「へえ、ゲルトさんの親父さんも魔法具職人なんですか？」

「あ、ああ……」

「ククク、魔法具職人ってもんじゃないさ。魔法具作りで世界中の誰にも負けないと言われている人なんだからな」

「へえ……そんな凄い人なんですか……」

だから、ゲルトさんは親父さんに勝ちたくて仕方ないと。

「こいつ、親父と上手くいっていなかったみたいでな。親父の話をすると不機嫌になるんだわ」

「それはお前もだろ？　昔から親父に褒めて貰うことしか考えてなかったくせに」

「う、うるさい！」

「二人は仲が良いんですね」

話を聞く限り、色んなところが似ていて、もう親友なんじゃないか？　と疑うレベルだ。

「「どこが（だ）!?」」

いや、もう仲が良すぎるでしょ。

息がピッタリな二人に俺は思わず笑ってしまった。

「あ、それと、お前の首輪もどうにかしないとな」

「え？　僕の首輪？」

ゲルトさんに首を指され、首輪を触って確認した。

「これって、僕がこの世界に生きていくのに必要な物だって教わったんですけど？」

国王たちが、生きるために必要な物だから絶対に外そうとするなって言っていたぞ？

「はあ？　んなわけあるかよ。お前、少しは人を疑うことを覚えた方が良いと思うぞ。そっちの方が、この世界で生きていくのにその首輪の百倍は必要だな。いや、むしろその首輪の必要性はゼロ……よりもマイナスだから、かけ算は意味ないな。とにかく、その首輪は着けているだけ損だぞ」

「え？　損なんですか!?」

生きるために必要な物が？

「ああ、よくこいつの首輪と自分の首輪を比べてみろ」

ゲルトさんがそう言って、奴隷の男の首輪を指さし、俺に鏡を差し出した。

俺は言われたとおり、鏡の自分と奴隷の男を見比べ……思わず息を呑《の》んだ。

「う、嘘だろ？　同じだ……」

色、形ともに全くと言って良いほど同じだった。

「なあ？　これは奴隷が着ける首輪なんだよ。主人の命令には絶対逆らえなくなる首輪だ」

「そ、そんな……」

「でだ。唯一信用出来るお前にそんな物が着いているのが、俺としては非常に良くない。だから、お前の首輪を壊そうと思う」

「え？　壊しても大丈夫なんですか？　バレちゃうと思うんですけど？」

流石に、俺が首輪を着けていなかったら国王たちも気づいちゃうでしょ？

「いや。見た目はそのままだ。隷属《れいぞく》の機能だけを『破壊』するんだよ」

「ゲルトさんはそんなことが出来るんですか？」

「ああ、こういうのは俺の得意分野だ。ほら、首を出してみろ」

「は、はい……」

言われるがままに首を差し出すと、ゲルトさんが俺の首輪に触れた。

そして「ほれ」というかけ声と共に、手が光った。

たぶん、何か魔法を使ったんだと思う。

どんな内容の魔法かは、もちろん俺にはわからないけど。

「おお……お？　これ、本当に変わったのかわかりませんね」

光ったことに驚いてみたが、光り終わった後も首輪は何一つ変わっておらず、成功したのかわからなかった。

「まあな。でも、絶対にお前の首輪けただの首輪になった。いつか、変わったことがわかる時が来るさ」

「そうですか……わかりました」

その時は、国王に命令される時なのかな？　あの人、土壇場《どたんば》で俺が言うことを聞かなかったら、どんな反応をするんだろうな？

今からちょっと楽しみだ。

「まったく……そんな力があるなら、俺の首輪もどうにかしろよ！」

俺の首輪を壊したのを見て、奴隷の男が肩を掴みながらゲルトさんに文句を言い始めた。

まあ、目の前でやっていたら、自分もやって欲しくなっちゃうよね。

「はあ？　せっかくの魔力供給源を手放す馬鹿がどこにいるんだよ？　お前には、まだまだ働いて貰うぞ！」

「そんなこと知るか！　さっさと俺を解放しろ！　もう、十分働いただろ！」

「うるせえ！　黙ってろ！」

「黙らないぞ！　ずっと騒いでやる！」

「また始まったよ……」

あんたら二人とも凄いけど、結局やることは子供の口喧嘩かよ。

二人の喧嘩がなかなか終わりそうになかったから、俺は静かにゲルトさんの部屋を後にした。

これから、長くお世話になるだろう人たちだけど、二人とも悪い人じゃなそうで良かったな～。

そんなことを思いながら、俺はエレーヌに報告しに向かった。

# 番外編九　ブラコン少女とヘタレな真面目くん

continuity is the father
of magical power

私、ヘレナ・フォースターが溺愛《できあい》しているものと言えば、三つ年下の弟であるレオンスだ。

本人は昔からマイペースで、自分のやりたいことにしか興味を持たないから、私のことなんて気にも留めてなかっただろうけどね。

私が学校に通うようになって、お互い離れて暮らすようになってからは余計にね。

私はお母さんやお婆ちゃんとの手紙でレオのことは聞いていたのに、レオは一切私のことをお母さんたちに聞かなかったみたいよ。

小さい時はあんなに可愛がってあげたのに、薄情な奴よね。

「ねえ？　バートもそう思わない？」

「え？　あ、うん。そうかな？　僕としては、君の弟好きが少しでも収まってくれればいいと思っているんだけどね」

「え～それは難しいわ」

「難しいことは、君と過ごしたこの数年間で嫌というほど理解しているさ」

「ふふん。私はレオ一筋で生きているからね」

「レオ君と一緒に生活したのって、レオ君が生まれてから君が八歳になって学校に入るまでの四年間と数ヶ月くらいなんだろう？　どうして、そのちょっとの時間だけでそこまで溺愛しているんだ？　僕の方が長い時間一緒にいただろう？」

「うん～～。可愛かったからかな？　あとは……何でも私の言うことを聞いてくれるし、凄く頭が良かったし、魔力の操作技術が凄かったからね」

《十二年前》

「ほら、ヘレナ。レオよ。今日から、あなたはお姉ちゃんなんだから、我が儘言ってないでレオに優しくしてあげないとダメだからね？」

「うん！」

まだ生まれたばかりのレオを前に、お母さんにそんなことを言われた時、私はお姉ちゃんという響きがとにかく嬉しかったことを覚えている。

それまで、私はいつも家族の中で一番小さくて、子供だった。

当時は自分の感情を表現できなかったけど、今ならわかる。単純に、一番下ってことが嫌だったんだと思う。

今考えてみたら馬鹿な話だけど……当時の私は、家族で自分が一番幼いことが本気で嫌だったみたい。

だからあの時、お母さんにレオを見せて貰った時は凄く嬉しかった。やっと、私が一番下じゃなくなったってね。

それと同時に、お母さんの言葉もあるんだろうけど、自分より下の存在であるレオを面倒みてあげないといけないと思うようになった。

待ちに待った自分よりも下の存在であるレオが可愛くて可愛くて仕方がなかった。

レオと初めて会ってから、私は暇さえあれば寝ているレオを見て、一人でニヤニヤしていた。

それから……レオが一歳になりハイハイを始めた頃……私は五歳になり、本格的に社交界デビューに向けて作法とか、文字の読み書きなどのお稽古が始まった。

昔から、お転婆と言われるだけあって、もちろん稽古から逃げ出すことなんてしょっちゅうあった。

だって、あんな堅苦しくて息の詰まるようなことを、何時間も我慢出来るはずがないじゃない。

座り方から一々怒られていたら、誰だって嫌になるでしょ？

あ、でも、文字の読み書きはレオの影響で頑張ったわ。

大きくなって、一人で歩けるようになったレオは、私に目もくれずにいつも本にかじりついていたんだもん。

相手して欲しくて、本を読んでいるレオを邪魔したりもしたんだけど、本気で嫌な顔をしてきたから、その一回きりで邪魔するのは止めてしまったわ。

それでも、レオと一緒にいたかった私はどうしたと思う？

一緒に本を読むことにしたんだ。

不思議なことに、本を読んでいる間は誰も私のことを怒らなかった。

レオといると、自然と大人たちが近寄ってこなくなるよね。

どうしてだったんだろう？　などと今考えてみると、当時レオが大人たちに本を片手に質問攻めにしていることを思い出した。

レオのところに逃げれば、レオが大人たちを撃退してくれる。

それで私、余計にレオのことが好きになっちゃったのかな……？

あとは……あ、あれがあったわね。

レオ、昔から本を読むのが飽きると、床に座って目を瞑ったと思ったらそのまま動かなくなることがあるの。

最初の方は、変わった昼寝だな〜程度にしか思っていなかったんだけど、段々レオが寝ていないことに気がついて、ある日レオに何をしているのか聞いたの。

そしたら、目を開けて私のことを見たレオが「魔力を動かしているんだ。魔力は、お腹の辺りにあってね。最初は動かしにくいんだけど、毎日続けてると自由に動かせるようになるんだ」なんて言って、また目を閉じてしまったの。

レオの冷たい態度に『姉ちゃんは知らないんだ？』って言われているみたいでカチンときた私は、なんとしてもレオにやり方を聞かないで、一人だけで同じことを出来るようになってみせる！　ってその時心に決めた。

それから、私の本を読む時間は魔力操作の練習時間になった。

レオが本を読んでいようと関係無く、私は自分のお腹の中にあるはずの魔力を探した。

体の中に魔力があることは、本に書いてあったから間違いないはず。で、レオはお腹の辺りにあるって言っていた。魔法にはイメージすることが大切って本に描いてあったから……それじゃあ、お腹の辺りで動かすイメージをし続ければ、そのうち成功するんじゃない？

そんなことを考えた私はお腹に手を当て、ひたすらお腹の中にある物が動くイメージをし続けた。

まあ人生、そんな簡単に出来るはずもなく……それから一週間は魔力を見つけることは出来ず、一人で勝手にイライラしていた。

周りからは、姉弟《きょうだい》喧嘩でもしたのかと心配された。それに「そんなことない！」って怒りながら言ったら余計にお母さんたちを困らせちゃったなんてこともあったわ。

それでも、レオに負けたくなかった私は、必死にお腹の中にあるはずの魔力を動かし続けた。

そして、一週間が経とうとした頃、いつも通りお腹に手を当てて魔力を動かすイメージをしていると、お腹の中で丸い何かが動いていることに気がついた。

思わず「ヤッター!!」って叫んで、レオをビックリさせちゃった時のことは、今も忘れられないわ。

あの時、出来たことを自慢しようかな……とも一瞬思ったんだけど、この程度じゃあレオにはまだ自慢出来ないわ。という考えに至り、またしばらく一人で黙々と魔力を動かし続けることにした。

と言っても、それからは苦も無くむしろ楽しく魔力操作の練習を続けた。

少しずつ動かせる範囲がどんどん広くなっていくのが、凄く嬉しかったんだと思う。

それから……一ヶ月くらいかかったかな？　ようやく全身に魔力が動かせるようになったの。

それで、早くレオに自慢しに行こうってなったんだけど……お母さんに捕まってしまった。

あと一年と少しで帝都に行かないといけない私は、何が何でも礼儀作法の稽古をマスターしないといけないんだって怒られちゃった。

そして、今までサボった分、これから休みは無いからね！　と言い渡されてしまった。

もちろん泣いた。泣いてお母さんにレオといさせてってお願いした。でも、お母さんの許しを貰うことは出来ず、それからお母さんの監視が追加され、更に厳しくなったお稽古の日々が続いた。

もう、何度廊下ですれ違ったレオに泣きついたことか……。

最初こそレオは驚いていた。けど、それが一年と続けば段々慣れちゃって、最後の方は黙って私の頭を撫でながらお母さんが来るのを待つぐらいまで、レオに余裕が出来てしまった。

まあ、レオに頭を撫でて貰うのは嬉しかったから全然良かったんだけどね。

そしてレオに頭を撫でられる喜びを知った私は七歳になり、稽古以外の時間はレオにずっとくっついているようになってしまった。

稽古が終わると走ってレオを探し、見つけたらぎゅっと抱きつく。

それから寝る時も、お風呂に行く時も、ずっと離れなかったわ。

流石に、トイレに行く時はお母さんに怒られたけど、それ以外の時は稽古を頑張るならと許してもらっていた。

——という感じかな。


「なるほどね……作法の稽古が嫌いだったというのは、実に君らしいね」

私がどうしてレオが大好きになったのかという話が終わると、バートは難しい顔をしながらそう言った。

何か、気に障るようなことを言ったかな？

「そうでしょ？　本当に嫌だったんだから」

「それにしても、そこまでレオ君を溺愛していたとなると、帝都に向かう時は大変だったんじゃないの？」

「それはもうね。本気で怒ったわ」

「怒った？　泣いたんじゃなくて？」

そう……あの時の私は泣かなかったわ。

だって……。

《八年前》

もうすぐ八歳になる私はいつ帝都に向かうことになるのか、心配で心配で仕方がなかった。

そんな不安を抱えながら、あの日の私はいつも通りレオのベッドで眠ってしまった。

そして目が覚めたら、馬車にいた。もちろん、馬車にはレオはいない。

お母さんとお父さんは、本気で帝都に行かない気である私をどうにか連れ出すために、私が寝た夜を狙ったのだ。

もう、本気で怒ったわ。レオのいる家に帰りたくて、馬車から飛び降りようとすらしたっけ。

そんな抵抗も虚しく、がっちりとお母さんに捕まえられていた私は、じいちゃんとおばあちゃんのいる帝都の屋敷に着いてしまった。

「おお、よく来たな。ヘレナも久しぶり……って、不機嫌そうだな。どうした？」

久しぶりに会ったじいちゃんが心配するけど、私は気にせず誰とも口を聞かなかった。

「レオと会えなくなるがショックみたいで、馬車の中でもずっとこの調子なんですよ」

「あら、レオとそんなに仲良くなれたのね。私たちも、レオと会うのが楽しみだわ」

「ええ、来年には適正魔法を調べるのに連れてきますので、それまでお楽しみに」

「そうか。本を読むのが好きで、好奇心旺盛なんだろう？」

「そうなんだよ。レオの部屋は読み終わった本が天井まで積み上がっているし、大人でも答えるのが難しい質問をして、大人を困らせるんだ」

「そうかそうか。我が孫ながら、将来が楽しみだな」

「ふん。レオは私のだもん」

ボソッと私は、レオの話をしているお母さんたちに呟いた。

本当は、レオの話に加わりたかったけど、自分から無視した手前話に参加出来なくて、拗《す》ねちゃったのよね。

「ヘレナは本当にレオのことが大好きなのね」

「もう、大好きってもんじゃないよ。溺愛って言葉がピッタシだね。ヘレナを探したかったらレオを探せばいいくらいだからね。今回だって、どうやってヘレナに抵抗されずに屋敷を出るのか、悩みに悩んだんだから」

「それは大変だったな。まあ、一ヶ月もすればレオのいない生活に慣れるだろうよ」

「そうだといいんですけどね……」

じいちゃんの言葉に、不安そうな目を私に向けながらお母さんが答えた。

その時、私も絶対に慣れないもんね！　と心の中で呟いたくらいだから、お母さんの心配は正しかったんだと思う。

何が言いたいのかというと、一ヶ月くらいではレオがいない暮らしに慣れるわけがなかった。

帝都に到着して一ヶ月、私が八歳になるまで二ヶ月を切った頃……私は、来年から始まる貴族学校での予習として、魔法をおばあちゃんから教わっていた。

「ほら、もうこっちに一ヶ月になるんだから、気持ちを切り替えなさい」

「……」

私は相変わらず、誰とも口を聞かなかった。

本当なら、喜んで教わる魔法も、レオのことを考えるとやる気にならなかった。

自分で言うのもアレだけど、とんでもないブラコンよね。

「もう……教えなくても魔力操作が出来て、魔法の才能は絶対あるんだから。少しは頑張ろうと思いなさいよ」

「イイ!」

「もう……」

「まあまあ、やりたくないことを無理強いしても良くないだろう。ヘレナ、少し剣を握ってみないか?」

私の記憶に残っているじいちゃんは、いつもニッコリと笑っていた。

私がどんなに不機嫌でも、ニッコリと笑って何かしてくれる。

この時だって、ニッコリと笑っておばあちゃんの反対を押し切って私に剣を教えてくれた。

「ちょ? 爺さん! まさか、ヘレナに剣をやらせるつもりなのかい?」

「別に貴族学校で女子が剣を教わらないってだけで、俺がヘレナに剣を教えてはいけないってことにはならないだろう?」

「そうだけど……これ以上お転婆にしてどうするのよ?」

「まあ、大丈夫だろう。案外、お転婆好きな男はいると思うぞ? なあ、ヘレナ?」

「別に、私はレオがいればイイ」

「そういうわけにもいかないだろうよ。レオだっていつか好きな女の子が出来て、結婚する。それが誰になるのかは知らんが、それがヘレナではないことは確かだ」

ああ、そういえば、こうして現実を突きつけてくるのもじいちゃんだったっけ。

この時も、ずーと考えてこなかったことを、考えたくもなかったことを言われてしまった。

「そ、そんな……」

「ただ……お前はこれから何年経とうとも、お前がレオの姉であることは変わりがないわけだ」

「レオの姉……」

「でだ。レオにとって大好きなお姉ちゃんのままでいるのか、だらしのないダメなお姉ちゃんになってしまうのか、ヘレナはどっちがいい？」

「大好きなお姉ちゃん……」

「そうだろう？　なら、これから頑張って生きていかないとな？　レオが俺のお姉ちゃんは凄いんだぞ！　って自慢出来るくらいに」

「うん！　頑張る！」

「そうかそうか。それこそ、俺の孫だ！」

「本当、爺さんは人のやる気を引き出すのが上手いわね」

「そうか？　よし、ヘレナ！　剣を持て！　鍛錬を始めるぞ！」

私が単純な性格だったのもあるけど、それ以上にじいちゃんは私のやる気を引き出すのが本当に上手かった。

剣や魔法の練習がどんなに乗り気にならない時も、じいちゃんと一緒にいると自然にやる気が出てしまった。

じいちゃんは決して怒らない。優しく、間違ったことをした私のことを独特な会話で叱ってくれる。

じいちゃんは、本当に凄い人だったわ。

「……へえ。なるほどね。別に、最初から勇者様はヘレナに剣を教える気は無かったんだね」

「おばあちゃんはそうだったみたいよ。でも、じいちゃんはおばあちゃんに隠れてでも私に剣を教えたかったみたい」

じいちゃんは結構子供みたいなところがあって、おばあちゃんに何か隠れてやろうとして怒られていたりもしたわね。

「そうだったんだ。そういえば、勇者の鍛錬は厳しいって聞いたんだけど、あれは本当なの？　もちろん、ヘレナの強さからして、楽ってことは決してないと思うんだけど」

「うん……どうだったろう？　じいちゃんとの特訓は楽しかったから、そこまで辛くなかったかな……むしろ、おばあちゃんの方が怖かったかも」

走ったり、ずっと素振りだけだった時は流石に嫌だと思ったはずなんだけど、気がついたらじいちゃんにやる気にさせられちゃったんだっけ。

ああ、だからそこまで嫌だとか、大変だったって記憶は無いんだ。

「へえ、あの優しそうな魔導師様が勇者様よりも厳しいの？」

「うん。おばあちゃん、怒った時と訓練の時は人格が変わるから。バートも気をつけた方がいいわよ？」

もう、おばあちゃんは私に対しても容赦ないからね。

「いや。気をつけるも何も、そんな会う機会も無いでしょ。それより、魔導師様と勇者様にどんなことを教わったのか教えてよ」

「え？　それ、前にも教えなかった？」

私がどうして強いの？　みたいな質問から、教えた気がするんだけど？

「いや、貴族学校にいた頃だろ？　もうどんな内容だったか忘れてしまったよ」

「そうなの？　まあいいわ。教えてあげる」


あの頃の鍛錬は午前中がじいちゃんの時間、午後がおばあちゃんの時間って決まっていたわ。

まず朝早くから屋敷の周りを走って、持久力をつける訓練から始まるの。

で、それが終わったら剣を握ってひたすら素振り。最初の頃は、手が血豆とそれが潰れた傷だらけで大変だったわ。

でも、お母さんとの作法のお稽古に比べたら楽しかったから、辛いとかそういう気にはならなかったわ。

そして、素振りが一段落したらお昼ご飯までじいちゃんに相手して貰うの。

結局、寮生活が始まるまでじいちゃんに剣を当てることは出来なかったな……。

じいちゃん、私が孫だろうと、女であろうと手加減は一切しなかったからね。

もう、何度ボコボコされたことか。

その度に、じいちゃんがおばあちゃんに怒られていたんだけどね。

そういえば、お昼ご飯の時に申し訳なさそうに怒られているじいちゃんを見ながら、ご飯と一緒にポーションを飲むのが日課だったな～。

そんな感じで、お昼が過ぎて午後になると恐怖のおばあちゃんとのお稽古が始まる。

そう、あれは特訓とか鍛錬とかじゃない。私が大っ嫌いなお稽古だ。

「ヘレナ！　そうじゃないわ！　魔法はイメージが大切なの。魔法にどれだけ意識を向けられるかが大切なの。あなた、全く集中出来てないわね？」

「集中とかよくわからないわ！」

とにかく、私はおばあちゃんに対して反抗的だったと思う。

お母さんに似ていて、どうしても素直になれなかったのよ。

今では、手紙のやり取りを欠かさずするくらい仲が良いんだけどね。

「仕方ないわね……。少し、爺さんの真似事をやってみるしかないかしら？　ヘレナ。レオがよく興味を持っていたことって何？」

ある時、あまりにも反抗的な私に困りながら、おばあちゃんはそんなことを聞いてきた。

「レオが興味を持っていたこと？　うん……魔法かな？」

本をたくさん読むレオは、その中でも魔法に関する本はよく読んでいたわ。

何度も何度もそんなに面白くもない魔法の本を読んでいたのよね。

「そう。なら、ヘレナが魔法を使えたら、レオがどんな反応をすると思う？」

「私が魔法を使えたら……お姉ちゃん凄いって言ってくれる……？」

「でしょ？　ヘレナ、レオに凄いって言って欲しくないの？」

「言って欲しい……」

「なら、魔法の練習も頑張らないとね？」

「うん！　頑張る！　絶対、レオにお姉ちゃんの魔法は凄いね！　って言って貰えるようになるんだ！」

「その調子よ」

そして、その日から私は魔法を頑張るようになった。

レオに凄いって言って貰う為だけにね。


「なるほど……流石ヘレナ。単純だね」

「べ、別に単純なんかじゃないもん！　私、そんな簡単に意見を変えるような人じゃないから！」

「いや、その主張には無理があると思うけど……それで、レオ君に魔法を見せることは出来たの？」

「それが、その後レオが適正魔法を調べに帝都に来たんだけど、久しぶりに会えた嬉しさに魔法のことなんて頭の片隅にも残ってなかったわ」

嬉しすぎて、それどころじゃなかったのよね。

久しぶりにレオを抱きしめたら、離したくなくなっちゃって、他のことなんてどうでも良くなってしまったわ。

「ははは。それはヘレナらしいな。まさか、レオ君もヘレナのやる気を引き出すために自分の名前を出されているとは思いもしなかっただろうね」

「そうだろうね。悲しいことに、レオは私のレオに対する思いほど、私に興味が無いのよね……」

レオって一つのことに興味の的を絞れないの。

気になったことは片っ端から挑戦していかないといけない性格。それは女の子に対してもで……レオの周りにはもう五人もの彼女がいる。

あんな真面目なレオが、実は大の女誑しだったとはね。

「それは前からよく嘆いているよね。まあ、仕方ないんじゃない？　意外と、気持ちは一方通行になってしまったりするよ？　僕のようにね……」

「僕のように？」

バートも誰かに片思いしている相手がいるの？　誰かしら？

「ああ、気にしなくていいよ。それよりも、ヘレナの話に戻ろうよ」

「いいけど……私の話ってどんな話をしていたっけ？」

レオの話をしていたら、忘れてしまったわ。

「勇者様よりも魔導師様の方が厳しかったって話だよ」

「ああ、そうそう。そうだったわね」

「でもヘレナの話を聞いて、ヘレナがあそこまで強いのも納得だな。あの無駄の無い動きはヘレナにしか出来ないよ」

「あら、よく言うじゃない。十回に一回くらい私との手合わせで勝つくせに」

「イヤイヤ。よく考えてみなよ十回中九回は負けているんだよ？　普通に考えて僕の方が弱いでしょ？」

「弱いは弱いけど、それでも私が絶対に勝てるわけじゃないのがイラッとするのよね」

あの……油断した頃にしれっと負けるのが本当に許せないのよね。

バートも、それを狙っているところがあって、それが凄くむかつくのよ。

「相変わらず負けず嫌いだな……。まあ、今に始まったことじゃないけど……ねえ、次の時間って授業なかったの？」

「次の時間？　あ、もうこんな時間⁉　魔法構造学の授業まであと一分しかないわ！」

どうしよう、遅刻だわ。

「確かあの授業って……大ホールだったよね？　まだ間に合うんじゃない？」

「わかった！　その言葉信じるからね！」

「うん。いってらっしゃい」

私は授業に間に合うよう、全力で部屋を飛び出した。

本当、時間は見ておかないといけないわね。

SIDE：バート
「はあ。前から知っていたけど、改めてヘレナのレオ君好きには困ったものだな」

ヘレナが授業に向かった後、僕は溜息をついた。

「確かに……僕なんかよりも格好良くて活躍しているからな……本当、僕なんかがヘレナのことを好きになって良かったのかな？」

こんな何の取り柄も無い僕が好きになっても、ヘレナは迷惑だよな……。

そういえば、僕っていつから彼女のことが好きだった？

僕がヘレナと初めて会ったのは僕が九歳、ヘレナが八歳の誕生日の日だ。

その日は、同じ公爵家のフォースターで、勇者様のお孫さんの誕生日パーティーがあるからと親に連れられ、フォースター家の屋敷に向かったのを覚えている。

「いいか？　わかっていると思うが、お前はルフェーブル家の長男だ」

「うん」

「でだ。そんなお前は、成人するまでにしっかりとした家の嫁が必要なわけだ？」

「う、うん……」

あの時、馬車の中での父さんが凄く怖かったのを覚えている。

拒否は許さない。私の言うことを聞けって感じだった。

「本来なら、良さげな相手を見繕《みつくろ》ってやっても良かったんだが……お前と同い年で良い相手となると……これまた面倒でな。フォースター家のことは覚えているだろう？」

「うん。勇者様の家系でしょ？」

「そうだ。勇者と私の叔母である魔導師の血を受け継ぐ一族だ。そのフォースター家の勇者の血をどうしてもルフェーブル家に入れたいと思っている」

「う、うん」

「これまで、勇者の子供、孫を含めて一人として女は生まれてこなかった。だから、これまでどの家も、フォースター家に自分の娘を嫁として、どうにか送り込もうと頑張っていた。それが、なんと遂にフォースター家に娘が生まれた。名前はヘレナ。歳はお前の一つ下だ」

「つ、つまり……僕はその子と結婚すればいいってこと？」

そう、この時から始まった。僕の叶わぬ片思いが。

最初は父さんから下された義務だったんだ。

「ああそうだ。しかし！　フォースター家には非常に面倒な決まりがある」

「面倒な決まり？」

「そうだ。フォースター家には自分の伴侶《はんりょ》は自分で決めろ。という決まりがある」

「え？　それじゃあ、どうやって結婚相手を見つけるの？」

「自由恋愛らしい。好きな人が出来たら、自分で口説けということらしい。実際、フォースター家の現当主とその弟であるダミアンは、自分の好きな相手と結婚したぞ。ダミアンなど、平民と結婚したな。普通なら、公爵家が結婚出来る身分ではない」

フォースター家は、自由恋愛。親が結婚相手を用意するなんてことはない。

その理由は、勇者様が貴族の派閥争いを嫌った為だと考えられている。

あとは、自分たちは他の家と協力しなくても平気という自信があるんだと思う。

まあ、実際には勇者はルフェーブル家、現当主はボードレル家と公爵家の嫁を貰っているし、次期当主は侯爵家のメルクリーン家と結婚している。

つまり、自由恋愛と言いながらも、普通の貴族と変わらない結婚相手になっている。

これはフォースター家ではなく、帝国貴族が勇者様と関わりを持ちたいという考えでこうなっている。

「なるほどね……つまり、僕はそのヘレナさんを自分の力で好きになって貰わないといけないってこと？」

「そうなるな。勇者からすると、自分の子供や孫を口説き落とせるくらい優秀な奴なら、結婚させてやっても構わないってことだ。身分にこだわらない勇者らしいと思わないか？」

「優秀な人に好きになって貰うって、確かに相当優秀じゃないといけないもんね。そうか……勇者様は身分なんかよりもより優秀な血を自分の家に入れていきたいってことなんだね？」

だから、結果的に優秀な子女を育てられる上級貴族が結婚相手に選ばれやすいってことなんだよね。

「よくわかったな。てことで、お前にはフォースター家に娘が生まれたと聞いた時から、教育に力を入れた。読み書きはもちろん……剣術、魔術から楽器まで……まだ完璧ではないがフォースター家の子供たちにも負けないくらいお前は優秀だろう」

「あ、ありがとう……。僕、頑張るよ！　頑張ってヘレナさんに惚れて貰うんだ！」

「そうだ。頑張れ」

まあ、結果から言っちゃうと、そんなことを思っていた僕を全力で殴ってやりたい。

彼女はそんな簡単な女性ではない。お前、これから長い長い苦労が始まるぞって言葉を贈りながらね。

そんな感じで当初の僕のヘレナに対しての気持ちは、打算的なものが大半だった。

父さんに褒められたい。自分が優秀でありたい。そんな気持ちでヘレナを見ていた。

「はじめまして。誕生日おめでとう。私はディオルクの従兄弟のアルベルト・ルフェーブルで、この子はもうすぐ君の一つ上のバートだ。歳も近いし、これから仲良くしてやって欲しい」

「バ、バートです。た、誕生日おめでとうございます！」

「……ありがとう」

不機嫌そうなヘレナの一言で僕の初めての……あまりにも短いチャンスは終わってしまった。

後から知ったことだけど、あの時のヘレナは誕生日パーティーにレオ君が来なかったことに凄く怒っていたらしく、僕たちのお祝いの言葉なんて彼女の耳に届いていなかったみたい。

本当、あの時無駄に緊張した時間を返して欲しいよ。

相手にされないのがわかっていたら、適当に挨拶して終わりにしていたのに。

僕とヘレナの初対面は、そんな感じで何とも僕としては不満が残る形で終わってしまった。

あ、そういえばあの誕生日パーティー、主役のヘレナよりもヘレナのお兄さんの方が目立っていたな。あの誕生日パーティーでのアレックスさんとメルクリーン家の長女、フィオナさんの話は貴族で知らない人はいないんじゃない？　ってくらい有名だけど、僕はヘレナに冷たい態度を取られたことがショックすぎて、そんなこと気にもならなかったな。

あれから、僕の終わりの見えない長い戦いが始まったのだ。


ヘレナの誕生日パーティーから少し時が経ち、ヘレナが貴族学校に入学した。

したのはいいけど……なかなか接触する機会すら無かった。

貴族学校で生活していて、他学年とは新入生歓迎パーティー以外ではまず関わることが無い。

だから、ヘレナと学年の違う僕は、案の定ヘレナと関わることは無かった。僕が五年生になるまでは……。

それまで、何度かヘレナに話しかけようと試みたことがあった。

けど、初対面のあの時のヘレナにされた冷たい対応が頭から離れず、僕はヘレナに話しかけるまでの勇気を持てずに終わってしまった。

また、冷たくあしらわれてしまうんじゃないか？

そんなことを思って三年間も話しかけることは出来ず、五年生になってしまった。

その頃になると、生徒会の仕事を仕されるようになり、僕は忙しかった。

それでも、優秀であり続けるため、僕は日々の勉強、鍛錬は怠らなかった、
勉強は寝る前、体力作りや素振りなどの鍛錬は早朝にやるようにし、時間を有効活用していた。

そんな努力を神様が認めてくれたのか、神様は僕に人生最大のチャンスを僕にくれた。

なんと、四年生になって寮生活が始まった彼女も早朝に鍛錬をしていたのだ。

僕が行っている早朝鍛錬は、寮の外を走り、剣を握って朝食の時間まで素振りをするというメニューだった。

それに対して、ヘレナも似たようなことをしていた。

そんなわけで、学園の敷地内を走っていて、僕は同じように走っている彼女を見つけてしまった。

あの時、本気で話しかけるか悩んだなー。

でも、この機会を逃したらもう一生機会は無いだろうと思った僕は、前を走るヘレナに話しかけた。

「おはよう。朝から鍛錬だなんて感心だね」

「え？　あ、おはようございます。い、いえ、それはあなたも同じではないでしょうか？」

「ああ、言われてみれば確かにね」

あの時、ヘレナからの最初の反応が冷たくなくて、心の中でガッツポーズをしたのを覚えている。

「私、実は四年生でして……」

「うん」

「先週から寮生活が始まったんです」

「うん。知っているよ。僕の寮にも新入生がたくさん入ってきたから」

「そうですか。私、三度のご飯よりも剣を握って体を動かすことが好きだったんです。それで、寮生

活が始まったら自由に鍛錬が出来ないから、寮生活が始まるのが憂鬱で仕方ありませんでした」

「そ、そうなんだ……」

この時、三度の飯よりも剣の鍛錬とは……流石、勇者様の孫だなと思ってしまったのを覚えている。

それを聞いてお転婆とは思わず、どちらかというとヘレナに負けないように僕も剣の鍛錬を頑張らないといけないなって思っていた。

「でも昨日の朝、あなたが一人で剣を振っているのを見て、私も朝に鍛錬をすれば良いことに気がつきました。魔法は暇な時間に練習して、剣の練習は人の目を気にしない朝にすることにしたんです」

「なるほどね……。ねえ、良かったらこの後剣の相手をしてくれない？」

「え？　逆にいいんですか？」

「うん。やっぱり、剣を振っているだけだと勘が鈍っちゃうからね」

「ああ、わかります！」

「そうか。それじゃあ、走り終わったらよろしくね！」

そうして、僕はコテンパンにされてしまったわけだ。

「つ、強い……」

あの時の僕は、上級生と戦っているような感覚だった。

とにかく、ヘレナが僕よりも年下とは思えなかった。

「いえ、先輩も十分強かったですよ。学校で戦った中で一番手応えがありましたから」

「後輩たちと比べられてもね……」

「なんかごめんなさい……やっぱり、女なんかの私なんかが……」

ヘレナはこの時既に、自分が女であることを気にしていた。

女である自分が男に勝ってもいいのか？　と悩んでいたんだ。

「そ、そんなことないよ。女だからとかは関係ないと思うよ」

「そうでしょうか……。女の私が強くても誰も……特に男の人たちには喜ばれませんし、剣を持っているところを見られればお転婆娘、公爵令嬢に相応しくない……そう言われてしまうんです。やっぱり、私は剣を握ってはいけないのでしょうか？」

「……そんなことないよ。少なくとも、僕はこれからも君に剣を握っていて欲しいもん」

これは、僕の本心だった。

「……え？」

「確かに、僕だって女である君に負けて悔しかったさ。でも、それ以上に君の戦い方はとても美しくて、また君の剣捌《さば》きを見てみたい、君とまた戦いたいと思ってしまったよ」

ヘレナの剣捌きは、長い鍛錬によって無駄な動きがほとんど省かれている。それが凄く綺麗なんだ。

「悪く言う人のことなんて気にする必要ないさ。皆、君のことが凄いって認めているんだから。皆、凄いと思うから羨ましいと嫉妬してしまう。羨ましいと思うから、君の邪魔をしたくなってしまう。ただそれだけなんだよ。君には、剣を握り続けて欲しい。だって、君を邪魔する人たちに負けて欲しくないから。君は凄いんだから」

「う、うう……」

あの時、ヘレナが泣いちゃって本気で焦ったな。

結局、泣き止むまで背中を擦《さす》ることしか出来なかったけどね。

ヘレナは相当ストレスをため込んでいたんだと思う。

そりゃあ、男は女に負けたら悔しいだろうし、大半は自分が努力して勝とうとは思わず、ヘレナを悪く言って自分の負けたこととバランスを取ろうとしてしまう。

そんな繰り返しに、ヘレナの心はとても傷ついていたんだと思う。

「すみません……先輩の貴重な時間を無駄にしてしまって」

「気にしなくていいさ」

「あの……すみません。先輩のお名前を聞いても良いでしょうか？」

「いいよ。僕の名前はバート・ルフェーブルだ。バートって呼んでくれ。僕はヘレナでいい？」

「え、ええ……え？　ルフェーブル？　それに、どうして私の名前を？」

あの時の驚いた顔は忘れられないな。

それまで泣いていて元気が無い顔から、急に驚いた顔になったのが、凄く印象的だった。

「君の誕生日パーティーだよ。僕、最初に挨拶したんだけどやっぱり覚えていなかったかな？」

「あ……ごめんなさい」

「別にいいさ。こうして仲良くなれたわけだし。それじゃあ、もうそろそろ帰らないとメイドに怒られてしまうから、今日はこの辺にしよう。また明日、お手合わせを頼むよ」

「わ、わかりました……あの！」

「うん？」

「今日はありがとうございました！　私、頑張ってみます」

「うん。頑張ってみな」

アドバイスをヘレナに送りながら、自分も頑張らないといけないと考えていた。

このまま、ヘレナに負け続けるのはやっぱりかっこ悪いからね。


「ふう……」

自分の部屋に帰ってきた僕は、ソファーに座り込んだ。

「どうしたんですか？　いつも以上に疲れた顔をしていますよ？　やはり、バート様の体調が心配です。当分、朝の鍛錬を休んで、しっかりと睡眠を取るべきです」

僕がよっぽど疲れて見えたのか、よくメイドのエナに心配されていた。

休みなく活動している僕のことを心配してくれているんだろう。

「だ、大丈夫だよ。今日は全然動いていないから」

「本当ですか？　過労で倒れてしまったら、私に責任が問われるんですからね？」

「ご、ごめん。気をつけるよ」

「本当……気をつけてくださいよ？」


そして、その日から朝の練習が始まった。

各々自分のペースで走った後、頃合いを見て二人で打ち合いを始める。

大体、二回くらい決着がついたら終わりって感じでやっていた。

僕の勝率は当時、四割くらいかな？

負けたくないから必死に工夫して努力しても、彼女には負けた回数の方が多くなってしまった。

それでも、彼女は僕に一回でも負けるのが嫌らしく、負ける度に凄く悔しがって次の日は絶対により強くなっていた。

そして、五年生が終わる頃には勝率が二割にまで落ちてしまった。

それだけじゃなく……僕の体が限界に達してしまった。

あれは……もうすぐ先輩たちが卒業するってことで、卒業式の準備で非常に忙しい頃だったな。

「ック！　負けたよ」

「フフフ。とりあえず、一勝目は獲得ね」

もう一年近く朝の鍛錬を一緒に続けたこともあって、ヘレナは二人だけの時は敬語を使わず、友達のように話してくれるようになった。

僕的には、順調に彼女と仲良くなれていたと思う。

「そうだね。でも、二戦目は勝たせて貰うよ。今日勝たないと今週の勝率が過去最低になってしまうからね。何としても二割は維持しておかないと」

「そうはさせないわよ。今週こそ、私が完勝してみせるわ」

「ハハハ。それはまだまだ早いぞ」

「そう？　なんなら、無属性魔法を使っても良いのよ？」

「それは嫌だね。無属性魔法はまだ習得途中ってのもあるけど、僕が無属性魔法を使うなら、ヘレナには魔法を使って戦って貰わないと公平な戦いにはならないから」

当時、ヘレナに教わって無属性魔法を使えるようになってきていた。

使い方が難しくて、なかなか実戦では使えなかったんだよね。

「そうね……ごめんなさい。調子に乗りすぎたわ」

「ああ、別にそんな意味で言ったわけじゃないよ。ほら、気持ちを切り替えて、そんな顔をしていると負けちゃうよ？」

「私が負けるだって？　そんなのあり得ないわ！」

「うん。いい顔になったじゃないか。それじゃあ、今日のラストを始めようか……あれ？」

「…………!!」

もう一戦戦うために構えようとすると、急に地面が傾き、ヘレナの声が聞こえなくなった。

そう、僕は倒れたんだ。


「あれ？　ここは？」

「あ、起きましたね。もう、丸一日寝ていましたよ」

起きると、エナがいた。濡れたタオルで僕の体を拭《ふ》いているところだったようだ。

「え⁉　丸一日⁉」

「はい。昨日の朝、バート様が倒れて、大変な騒ぎになったんですよ？」

「ああ、ヘレナと二戦目を始める前に倒れたのか」

「倒れたのは疲れが原因だそうです。つまり……過労です」

「そうだったのか……」

あの頃は、自分の睡眠時間の少なさに納得していた気がする。

放課後は、夜遅くまで卒業式の準備をして、その後に成績を維持するために勉強する。

そして、朝早くから剣の練習。

僕の睡眠時間は、三時間くらいだった気がする。

それが何日、何週間も続いて、体が耐えられなくなってしまったんだろう。

「だから言ったんですよ？　ちゃんと寝るように」

「ごめん……」

僕は謝ることしか出来なかった。前から注意されてはいたわけだし、エナに迷惑をかけてしまったわけだからね。

「まあ、好きな人と一緒にいたくて無理をしたくなってしまったのもわかります」

「う、うん……」

「でも、もう倒れたのですから、諦めて貰いますよ？」

エナにそう言われた時、僕は本当にショックだったな。

「う、うん……」

「二日に一回、二日に一回はしっかり寝てくださいよ？」

自分が悪いのはわかっていたから、それに従うしかないし。

「え？　二日に一回？」

「何かご不満ですか？」

「いや、違う！　全く不満じゃない！　ただ……朝の練習を禁止するんじゃないのか？」

「そんなことしたらバート様、今度は心の方が疲れてしまうじゃないですか」

「そ、そうだけど……」

「やっぱり、禁止して欲しいんですか？」

僕はエナの問いかけに全力で首を横に振った。

もう、二度とヘレナと会えないと思った僕は、会って良いという言葉がなかなか頭で処理出来なかったんだ。

でも、嬉しかったな。まだ会えることが。

「なら良いじゃないですか。もう、私の昨日の苦労を考えて、二日に一回で良いとしましょうよ」

「え？　昨日、何があったの？」

「別に大したことじゃないですよ。ちょっとお屋敷に呼ばれて、事情を説明しにいっただけです。そこで、旦那様にバート様の朝訓練を少なくてもいいから認めて貰えるよう長い時間かけて交渉しましたが、別に大したことじゃないですよ」

「え、えっと……ありがとう」

エナには本当に頭が上がらない。いつも、僕のためにこうやって影ながら支えてくれる。

本当に感謝しかない。

「どういたしまして。まあ、前にも言いましたが責任は全て私にあるので、本当は私が全て悪いんですけどね」

「そんなことない。エナはちゃんと僕に忠告していた。ただ、僕がそれを聞いていなかっただけだ。悪いのは全て僕だ。本当にすまなかった」

「頭をあげてください……とりあえず、今日一日は寝ていないとダメですよ？　いくら元気に感じたとしてもです」

「うん。わかったよ」

「それと、元気になったらヘレナ様のところに会いに行ってあげてください。とても心配していたので」

「そうだね……わかった」

ヘレナにも迷惑、心配をかけてしまったからね。早く元気になって謝りたかった。

「それでは、おやすみなさい」

「おやすみ」


それから一週間休み、完全に体が回復した僕は、さっそくヘレナのところに向かった。

朝、いつも僕とヘレナが剣の打ち合いをしている時間に行くと、ヘレナは黙々と剣を振っていた。

「やあ、久しぶり」

「……!! 生きてた! 本当に心配したんだからね!?」

僕が声をかけると、ヘレナは僕が元気なことを凄く喜んでくれた。

僕が想像している以上に、ヘレナは僕のことを心配していてくれたみたいだった。

「心配させちゃってごめん。卒業式の準備とかで疲れを溜め込み過ぎてしまったみたいなんだ」

「違うでしょ? 私のせいなんでしょ?」

急にヘレナの顔が涙目になりながらそう聞いてきたのを、僕は今でも覚えている。

たぶん、ヘレナは周りの人たちに何か言われたのだろう。

ヘレナは僕が倒れたのを自分のせいだと考えていた。

「え? どうしてヘレナのせいになるのさ?」

「だって、私が無理をさせちゃったからなんでしょ？」

「いやいや。僕はヘレナに付き合わされて朝の練習をしていたわけではないでしょ？　元々、ヘレナと練習している前から僕は一人で練習していたんだから」

「本当？　でも皆、私のせいだって……」

案外、ヘレナって強くて自分の意見がしっかりしている性格に見えて、周りの目を気にして、それに流されてしまったりする。

普段はそこまでじゃないんだけど、不安な時は余計に流されやすかったりする。

「ヘレナ。前にも言ったでしょ？　君を悪く言う人たちのことなんて気にしなくていいんだよって」

「でも……」

「でもじゃないよ。倒れた本人が君のせいじゃないって言っているんだから」

そう言って、頭をポンポンとしてやるとヘレナは不満そうに頷いた。

「……わかった」

「あ、でも、明日から朝は二日に一回しか来られないことになっちゃったんだった」

「え？　あ、そうだよね……」

「ああ、そんなにガッカリしないで。生徒会の仕事が一段落すれば元のペースに戻せるかもしれないから」

「生徒会の仕事……ねえ、生徒会の仕事って私も参加出来るの？」

「え？　ヘレナが？　あ、うん……難しくはないかな？　どうせ、卒業式が終わったらヘレナを生徒会に勧誘しようと思っていたし、僕の次はヘレナに生徒会長をしてもらうつもりだったからね。生徒会見習いという口実で生徒会に参加する？」

元々、後輩に知り合いはいないし、ヘレナが成績優秀なのは知っていたから生徒会に誘うつもりだったんだ。

慣例なら、卒業式が終わってからなんだけど、この忙しい時に文句を言う奴はいないだろうってことで、僕はヘレナを早めに生徒会に入れることを決めた。

「私が生徒会長⁉　生徒会の仕事を手伝えるのは嬉しいけど、なんか微妙な気持ち……」

「まあ、僕としては人手が増えて大助かりってところだね」

こうして、ヘレナの生徒会入りが決まった。

あの時は本当に助かったな～。ヘレナ、お転婆とか言われているけど、普通に成績優秀だから事務仕事も難なく熟なせるし、当時はヘレナに感謝し続けていたな。

そうして、先輩たちが卒業し、ようやく生徒会の仕事が一段落したと思ったら今度は、入学式の準備だった。

まあ、入学式は卒業式に比べたら、新入生歓迎パーティーの準備が大変なだけで、そこまで大変じゃないからね。

生徒会室でヘレナと無駄話が出来るくらいには、暇が出来た。

朝の練習が始まって約一年。僕とヘレナは非常に仲が良くなった。

ただ、どうにもヘレナからは親友、先輩後輩の関係以上には発展出来ていないような気が、当時の僕はしていた。

どうにも、ヘレナは僕のことを異性ということは認識しているけど、異性として好きとまでは思っていないのが薄々感じられた。

当時の僕は、本気で悩んだな。

あんなにも一緒にいる時間が長いのに、どうしてダメなんだろう？　ってね。

まあ、ヘレナに僕のことを異性として好きになって貰えない理由は、入学式が近づくにしたがって段々とわかってきたんだけどね。

生徒会の仕事が一段落して、僕とヘレナが世間話をするようになると、それまでお互いに早朝に語る機会が無かった家族のこととか、お互いの身近なことを話すようになった。

そして、僕は段々と知ることになる……ヘレナが極度の弟好きなことを。

当時、ヘレナにレオ君がどんなに優秀かを教えられたことか。

ダンジョンを攻略したことや姫様を守ってみせたことなどの有名なレオ君の業績から、あまり知られていないレオ君が世界で唯一創造魔法を使いこなせるなど、誰も知らない情報まで教えてくれた。

そのおかげで、レオ君に凄い親近感が沸いてしまったんだけどね。

新入生歓迎パーティーの時もそうだった。

初対面のレオ君に思わず普通に話しかけてしまって、ちょっと困らせちゃった。

それでも、その後僕がヘレナのことが好きなことがバレて、レオ君に散々からかわれたからお相子《あいこ》
……いや、あれはレオ君の方が悪いと思う。うん。

それにしても、初めてレオ君と会った時のことは印象的だったな。

周りに無能と言われていても、全く気にする素振りを見せなかった。

逆に僕の方が気にしてしまって、僕よりもずっと年下のはずのレオ君が僕よりもずっと大人に見え

てしまったね。

まあ、からかわれた時に、やっぱり子供だとその考えは改めたんだけど。

それでも、ヘレナがレオ君のことを溺愛してしまうのも納得してしまうくらい、彼からは魅力が感じられた。

こうして、レオ君不在による僕とレオ君の戦いが始まった。


そして、当時の僕は焦っていた。

貴族学校卒業まであと一年。卒業したら、一年はヘレナと会う機会が無くなってしまう。

それまでに、どうにかヘレナの気持ちをレオ君から僕に移したかった。

まあ、卒業までに告白しようとか、行動に移そうとすら思えないところが僕のヘタレな良くないところなのだろう……。

勇気を出していれば、もっと違う道があったのかもしれないのにね。

まあ、そんなことを今言っていても仕方ないんだけど。

そんなこんなで一年間頑張ってみたはものの、ヘタレの僕は中々行動に移すことは出来ず自分の思いも告げられずに卒業することになってしまった。

卒業式の日も、多少は寂しい顔をされたけど、ヘレナは僕の卒業に泣きはしなかった。

まあ、一年後会えるからそこまで寂しくないのはわかるけど、なんか悲しかった。

そうして、僕は魔法学校に貴族学校の推薦で入学した。

あの一年は『寂しかった』の一言だけで表せるな。

一応、孤立はしていなかったけど、そこまで特定の人と仲良くなるとかはなく、寂しい生活を送っていた。

そんな中、僕の唯一の楽しみと言えば、ヘレナとの手紙のやり取りだった。

先に手紙を送ったのは僕だったかな？　あまりの寂しさに、ヘレナが恋しくて「元気にしているかい？」程度の手紙を送ったんだ。

そしたら、すぐにヘレナが返事をくれた。

どんな内容だったかは忘れた。確か、生徒会で困っていることを聞かれたんだったかな？

それよりも、手紙が返ってきたことが嬉しくて内容なんてどうでも良かった。

もう、ヘレナが僕のことなんてどうでも良いと思っているのではないか？　僕なんて忘れ去れてしまっているんじゃないか？　などと不安になっていた。

だから、返事が届いただけでも嬉しかったんだ。

もちろん、すぐに僕は返事を書いた。そして、またヘレナから返事が届いた。

それに、僕がまた返事を書く。ヘレナから返事が届く……。

こうして、文通が一年間続いた。


それからヘレナが魔法学校に入学し、久しぶりに会うことになった。

僕は入学式が終わってすぐ、ヘレナを探した。

「あ、バート！　久しぶり！」

「ヘレナ！　あ……」

ヘレナを見つけて喜ぼうとすると、ヘレナのお母さんがヘレナの隣にいるのを見てすぐにその気持ちを抑えた。

単純に、なんか気まずくなってしまったからだ。

「あら、もしかして彼がバートくん？」

「そうよ。貴族学校の頼れる先輩。バート」

「そう。お転婆娘だけど、これからもよろしく頼むわ」

「は、はい……」

緊張してしまった僕は気の利いたことも言えず、愛想笑いしか出来なかった。

「もう、お転婆は余計よ！」

「よく言うわよ。魔法学校が始まるまで、家でずっと素振りをしていたじゃない。帝国のどこに剣を振る令嬢がいるのかしら？」

「ここにいるじゃない。それに、他は関係無いわ。私は私。そうでしょう？　バート？」

「え？　あ、うん」

「ふ〜ん。まあいいわ。今回はバートくんに免じて許してあげるわ」

「別に許してくれなくてもいいわよ。私は怒られようと変わらず生きるから」

「そう。それにしても本当あなた、変わったわね。昔は、二言目にはレオのことだったのに、ここのところレオの話はそこまでしないし、お転婆と言われても気にする素振りも見せないし、見ない間に娘の成長を感じたわ」

お母さんの言葉に、なんだか僕も嬉しくなってしまった。

少しずつ、気持ちがレオ君から離れていってくれていることと、ヘレナが周りからの声を気にしなくなったのは、僕がきっかけだからだ。

「私だって成長するんです！」

「そう。それじゃあ、ここまで成長させてくれたのは誰かしら？」

「え、えっと……バートです」

「ええ、聞いたわ。あなたがヘレナに自信を持たせてくれたのでしょう？」

そう直接言われると、嬉しさよりも恥ずかしさが勝っちゃうよね。

「い、いえ……僕は大したことはしていませんよ」

「あら……あなた、ヘレナを嫁に貰いたかったらもうちょっと自己主張強くないと一緒に生活するのは厳しいと思うわよ？」

たぶん、この時の僕は恥ずかしさを隠しきれなくて顔が真っ赤になってしまっていたと思う。まさか、ヘレナのお母さんにそんなことを言われるとは思わなかったからね。

「ちょっと！　お母さん！　別に、私とバートはそんな関係じゃないわ！　もう何度も言っているでしょ？」

「もう、そんなこと言って！　バートくんを逃したら、あなた一生結婚出来ないわよ？」

「うるさい！　結婚出来なくても、冒険者として一人で生きていけるからいいもん！　むしろ、私は冒険者として生きていきたいの！」

「またそんなことを言って！　あなた、冒険者の大変さを知らないからそんなことを言えるのよ！」

「別に、大変でもいいもん！　貴族として暮らすよりも絶対楽しいんだから！」

このヘレナとヘレナのお母さんのやり取りを聞いて、僕はヘレナと結婚することを諦めることにした。

確かに、ヘレナは貴族に向いていないだろう、彼女は冒険者の方が向いている。

そんなヘレナが僕と結婚して貴族になったとして、果たして幸せになれるだろうか？

動くことが好きなヘレナが、窮屈《きゅうくつ》な貴族社会で生きていくのは辛いんじゃないか？　僕はそう思ってしまった。

そう思っていたんだけど……。

「はあ……それじゃあ、体験してみなさい。これから、魔法学校に通いながらバート君と冒険者をやってみなさい」

ヘレナのお母さんによるまさかの提案に、僕は思考が停止してしまった。

「いいの⁉」

「別に、魔法学校生になったんなら冒険者になるくらい許可するわ。私とお父さんだって、魔法学校に通っている間は、冒険者をしてお小遣い稼ぎをしていたのよ？」

「そうなの？　やったー!!　バート、明日にでも一緒に冒険者登録に行きましょう？」

「う、うん……」

もう、断れる空気でもなかったし、僕は素直に頷くことにした。

「もう。バートくんに迷惑をかけないのよ？」

「わかってるわよ！」

魔法学校は貴族学校ほど忙しくもなく、授業が無い時間があったりする。

そんなわけで、僕とヘレナは思っていたよりもすぐに冒険者ギルドに行くことが出来た。

そして、受付で簡単な説明を受け、依頼掲示板を二人で眺めていた。

「ええ、最初ってこんなにもショボい依頼しか受けられないの？」

「いや、よく考えてよ。確かに僕たちは強いかもしれない。特にヘレナは剣に自信があるね？」

「うん」

「でも、それを今までヘレナと会ったこともないギルドの職員も依頼主も知らないわけでしょ？」

「そうだね」

「それなのに、僕たちが自分のことを強いって言って、難易度の高い依頼を受けさせてくれと頼んでも、本当に強いかどうか信用出来ないし、依頼を達成できるとは思えないでしょ？」

「思えない……か？」

「だって。ヘレナだって、初対面の人に自分はヘレナよりも強いって言われても、信じないでしょ？」

「あ、確かに」

「だから、最初は簡単な依頼を熟して、実績を積んでいくしかないんだよ。遠回りのようで、これが一番の近道だと僕は思うよ」

下手に変なことをして、ギルドに目をつけられるよりはこっちの方が確実だからね。

別に遊び感覚で冒険者になったわけだから、急ぐ必要も無いからね。

「うん……わかったよ。実績を積めばいいんでしょ？」

「そうそう。ねえ？　ヘレナのお母さんが言っていた通り、冒険者は大変でしょ？　見てよ。最初に受けられる依頼はどう頑張っても冒険者だけで暮らせるような報酬じゃないから」

「……」

僕の言葉に、現実を見たヘレナは黙り込んでしまった。

「そんな落ち込まないでよ。二人で頑張って、来月には討伐依頼が受けられるくらいまでになろうよ。それまでは我慢だ」

「わかった。我慢する」

「偉い偉い」

なかなか、ヘレナを注意したり励ましたりするのも大変だったな。

まあ、一緒にいられるだけで嬉しかったからいいんだけど。


そして目標通り一ヶ月が過ぎて、授業の合間を縫って依頼を達成していった成果が実り、ようやくCランクになることが出来た。

「これで、討伐依頼が出来るわね……って、雑魚の依頼しかないじゃないの」

ゴブリンの討伐依頼を見ながら、ヘレナは文句を言っていた。

初めての討伐依頼だから、もっと強くて派手なものを倒したかったみたいだ。

「だから、実績が必要だって言っているでしょ？　今の僕たちが強い魔物を倒せる力があることなんて、誰も信用するはずがないでしょ⁉」

「そうだけど……」

「それに、初めての実戦なんだから、もう少し緊張しなよ。ヘレナは小さくても魔物と戦ったことはないんでしょ？」

なんせ、貴族学校では魔物を倒してレベルを上げることが禁止されているからね。

魔法学校に入ると、授業で魔物を倒したりするんだけどね。

「うん」

「なら、尚更もっと気を引き締めた方が良い。魔物はそんな甘くない」

僕が真面目な顔をすると、ヘレナの顔も引き締まった。

「わ、わかった。ごめん」

「いいさ。ほら、好きな依頼を取って」

「うん」

こうして、最初の討伐依頼を受けたわけだが、特にトラブルもなくヘレナがゴブリンを斬り倒して終わった。

あれだけヘレナに気を引き締めろとか言っておいて、僕は初めての討伐が思っていたよりも簡単だったことで、完全に油断してしまった。

二回目……同じ依頼をもう一度受けた時、ヘレナだけではなく僕も完全に油断していた。

警戒して挑んだからこそ、前回は何事もなく依頼を達成できたということがわからなくなるほどに……。

初討伐から一週間くらいして、僕たちはまたゴブリンの討伐依頼を受けていた。

そして、ゴブリンを探すべく学校から少し離れた大きな森を探索していた。

「ねえ、なかなかゴブリンも見つからないし、今日はもう少し奥に行ってみない？」

「奥に？　うん……まだ僕たちには危なくないか？」

「大丈夫よ。この前だって、余裕だったじゃない。それに、このままゴブリンが見つからないのも良くないでしょ？」

「うん……そうだね。少しだけ、少しだけ奥に行ってみるか」

依頼失敗という言葉が頭を過った僕は、思わずヘレナに許可を出してしまった。

「やったー。それじゃあ、行くわよ！」

僕は、この決断を後に凄く後悔することになる。


「ねえ、本当にこの方向であってるの？」

夜になり、真っ暗な森の中、僕とヘレナは森の中で迷子になっていた。

土地勘もなく、素人が森の奥に入るのは良くなかったのだ。

「たぶん……」

僕は、ヘレナの質問に自信無くそう答えた。

もう僕も、どの方向に向かえばいいのかわからなくなっていた。

「たぶんって。もしこれが奥に向かっていたとしたらどうするのよ⁉」

「そんな言い方はないだろ。君だって、来た方角を忘れてしまったんだから」

「そ、それは……」

「それに、君が奥に進もうって言わなければこんなことにはならなかった」

「何？　私が悪いって言いたいの？」

「さあね」

そういえば、これが僕とヘレナの初めての喧嘩だな。

普段、僕はもちろん、ヘレナも僕に対してはそこまで強く言うことはなかったが、この時ばかりはお互いに心の余裕が無かった。

「ふん！　それじゃあ、私はこっちに向かうから！」

「おい！　こんな暗い森の中で別々に行動なんてしたら危ないだろう！」

急に違う方向に走っていってしまったヘレナを、僕は慌てて追いかけた。

そして……しばらく追いかけ続けていると、ヘレナが急に止まった。

「急に止まって、どうしたの？　謝る気に……」

謝る気になった？　と言おうとすると、ヘレナに口を押さえられた。

ヘレナの視線の先には、大蛇《だいじゃ》が眠っていた。

「ゆっくりと後退するぞ」

「う、うん」

バキン。

僕かヘレナかはもう覚えていないけど、あの時どちらかが落ちていた枝を踏んでしまった時の音は、今でも忘れられない。

慌てて大蛇を確認したのを覚えている。その時、こっちに向いていた大蛇の顔が印象的だった。

「あ……」

「逃げろ！」

それからは全力で逃げ続け、逃げ切れないと思った僕は、二人で木に登って身を隠すことにした。

「危なかった……。夜で良かったよ。蛇が活発な昼だったら、今頃僕たちはあの蛇に丸呑みされていたと思う」

「う、うん……」

「とりあえず、晴れるまで木の上で身を隠していよう。たぶん、この辺りの魔物は今の僕たちには荷が重すぎる。戦うよりも隠れていた方が生き残れる気がする。晴れれば方角もわかるだろうし……雨だ」

あの時、ちょうど雨が降り始めた。

経験を積んだ今の僕が考えれば……僕たちの匂いが薄れ、魔物たちから隠れるには恵みの雨だったと思う。まあ、当時の僕は体力が奪われるから運が悪いと思ってしまったけどね。

「ごめんなさい……ごめんなさい……私が勝手なことをしたせいで」

急な雨で不安になってしまったのか、ヘレナは急に弱気になり、何度も謝り始めた。

僕は慌ててそれを止めた。

「謝らなくていいよ。僕も悪かったんだ。森の奥に進むのかは、僕とヘレナの二人で決めたことだ。だから、ヘレナだけが謝らなくていい」

「でも……」

「反省会は生きて帰ってからにしない？　とりあえず、今は生きて帰る為に全力を尽くそうよ」

「う、うん」

「よし、とりあえず朝まで頑張るぞ」

それから、お互いに一睡もせずに魔物が近づいてこないことを祈っていた。

「お、ヘレナ見てみなよ。太陽が見えたよ」

すっかり雨が止み、登ってくるお日様を僕は指さした。

「本当だ。それじゃあ、方角的にはあっちに帰ればいいのよね？」

「うん。あっちが南だね。あとは、帰りに魔物に会わないことだけを願うしかないね。体力が限界な今の僕たちなら、どんな魔物が相手でも危ないから」

「わかった」

そんなことを言っていると、大概嫌なことは起こってしまうもので……あと少しで森から出られるって時に、魔物の影を見つけてしまった。

「あれは……オーガ？」

「そうだね。迂回《うかい》して進む……いや、急いで戦う準備をするんだ！」

迂回して進むことを考えたその時、僕たちに気がついてしまったオーガがこっちに向かってきた。

「なるべく近づかないで戦うぞ！　逃げることも考えて、魔法で足を狙うんだ！」

そう指示を出して、僕とヘレナは逃げながら魔法を撃ち続けた。

「くそ……効いているのか？」

いくら足に当てても、オーガのスピードは変わらない。

このままだと、確実に追いつかれてしまう。

「バート！　このままだと、私たちの魔力が先に尽きちゃうわ！」

「仕方ない。ヘレナ！　ぶっつけ本番だ！　二人で近づくぞ！」

「え？　近づいてどうするの？」

「連携して剣で攻撃するぞ。僕たちの魔法だと、あいつに致命傷を与えられないから。それに、この先魔物がいないとは限らない。魔力はなるべく温存しておかないと」

本当は、こんな格上にぶっつけ本番でやってはいけないことはわかっている。

でも、もう連携して倒すくらいしか生きて帰れる道は無かった。

「わかった。それじゃあ、どっちかが必ずオーガの背中側にいるようにして戦うわよ。オーガの意識を分散させるの」

「了解。それじゃあ、頑張るぞ」

そう言って僕たちは振り返り、オーガに向かって走った。

そして、オーガへの攻撃を始めた。

「おい！　こっちだぞ！」

「この！　死になさい！」

ヘレナの指示通り、僕たちは交互に背中を攻撃した。

オーガは、僕たちの作戦に惑わされ、攻撃の的を絞れずにいた。

けど、倒すまでのダメージを与えることは出来なかった。

「チッ。流石にそんな簡単には倒せないか。でも、流れはこっちになったね。ほら、足！」

そう言って、ヘレナが足に剣を突き刺した。

これで、もうオーガは走れないだろう。

そう思っていたんだけど……。

「グアアア!!」

足に剣を刺されて、完全にキレたオーガが攻撃対象をヘレナだけに向けてしまった。

僕がどんなに攻撃しても気にせず、ヘレナに向けて金棒を振り下ろした。

「危ない!!」

咄嗟に僕はヘレナの盾になった。

「うう……」

「え？　バート？」

「……僕は大丈夫だから、それよりも早く止《とど》めを刺してきて、ヘレナならもう倒せるでしょ？」

「わ、わかったわ……倒してくる」

正直、全身が信じられないくらい痛くて悲鳴をあげたかったけど、ヘレナを安心させる為に頑張って我慢した。

「うん。やっぱり、君の動きは綺麗だ」

切り傷だらけのオーガの首に綺麗に剣を刺すヘレナを見ながら、僕は意識を失った。


目が覚めると、痛いはずの体がどこも痛くなかった。

それに戸惑っていると、聞き慣れた声が聞こえてきた。

「バート!!　生きてた～～」

僕に抱きついたヘレナは、もう涙で目が凄い腫《は》れていた。

僕が気を失っている間、ずっと泣いていたんだろう。

「へ、ヘレナ？　えっと……僕が倒れてからどのくらい経ったの？」

「一時間くらい？　本当、焦ったんだから！」

「ご、ごめん……そういえば……僕、怪我したんだよね？」

「そうよ。これを使ったのよ。これ」

そう言って、ヘレナが掌サイズの空き瓶を僕に渡した。

「それは……ポーション？　どうしてそんな物を？」

「お母さんが必要になる時が絶対に来るからって、持たせてくれたの。この一ヶ月、怪我なんてしなかったから、バッグに入れていたことすら忘れていたわ」

「ヘレナのお母さんか……。今度、会った時にちゃんとお礼を言わないといけないな」

「その時は、私も一緒に言うわ。本当、もう二度とバートと会えないのかと思って泣いたんだから」

「そんなに目が腫れていればわかるさ」

「う、嘘？」

僕に指摘されたヘレナは、慌てて目を擦った。

「ハハハ。それじゃあ、帰るか。街も近いし、もう強い魔物は出てこないかな？」

「そうだといいわね。って、もう少し休んでからじゃなくて大丈夫なの？　怪我が治ったとは言っても、体力を凄く消耗しているんだからね？」

「わかっているさ。でも、夜になっても嫌だし、歩けるくらいには回復しているから大丈夫さ」

ポーションの力で、体力は全回復しているからね。

「もう……本当に大丈夫？　無理しないで、大変だったらすぐに言うんだからね？」

「そんなに心配しなくても大丈夫さ。ほら、行くよ」

僕は立ち上がって、ヘレナの手を引いた。

「あ、怪我人が先に行くな！」

「ハハハ。置いてくぞ～」

結局、その後は何事もなく魔物にも会わずに帰ることが出来た。


「本当、懐かしいな……」

僕は今もお守りとして大切に持っているポーション瓶を眺めながら、そう呟いた。

あれから一年経った。冒険者の依頼を受ける頻度《ひんど》はあれから減ってしまったけど、気が向いたらヘレナと挑戦していた。

あの教訓を活かして、絶対に油断と無理はしないように二人で心がけている。

だから、あんなことはもう起こっていない。

「何を見ているの？　って、空《から》のポーション瓶？」

ビクッとして振り返ると、ヘレナがいた。

どうやら、もう授業が終わる時間になってしまったみたいだ。

「そうだよ。僕が死にそうになった時に君が持っていたポーションだ」

「ああ。あの時の。もうあれから一年経ったのか……時間が経つのは早いわね。バートはもうすぐ成人して、あと一年で卒業だし……」

「そうだね。一年後、僕はルフェーブル領に帰らないといけないんだ」

三年生になった僕は、もう卒業が近い。

「そしたら、バートとも会えなくなっちゃうのか……バートと一緒にいるのが当たり前だったから、なんかバートがいなくなるのが怖いわね」

「そんなことないって。僕が領地に帰っても、たまにくらいなら会えるでしょ？」

そうだよね？　絶対に会えないってことはないでしょ？

僕はちょっと不安になってしまった。

「うんん。たぶん、当分会えないと思う。私のお兄ちゃん……上から二番目の方のね。今、お父さんの手伝いをしているけど、凄く大変そうにしているもん。奥さんのフィオナさんが全然相手してくれないって嘆いていたし」

「え？　そ、そんなに大変なの？　あ、でも、そうか……領地が広いとやること多いもんね」

同じくらい広いルフェーブル家もたぶん、同じくらい大変だろう。

「でしょ？　だから、バートが卒業したら、私たちはもう会う機会が無くなると思うのよね……」

その言葉に、僕は寂しさ、悲しさ、不安と、無意識に焦りを感じていた。

ヘレナと会えなくなることなんて、今まで考えていなかった。

一週間後、僕は成人パーティーの為に帝都の屋敷に帰ってきていた。

父さん、母さんとも会うのは久しぶりだ。元気にしていたのかな？

そんなことを思っていると、屋敷に到着するなり僕は父さんと母さんに呼び出された。

「長旅お疲れ様。とりあえず、座って」

「う、うん……」

とても、長旅を労う気などない二人に僕は、何を言われるのか不安になった。

何か問題を起こしたか？　まさか、今更になって去年の森で迷子になったことを怒ったりなんてしないよね？

「成人おめでとう……本来なら、この場でそう言いたかった」

「……僕、何かした？」

話の内容が全く検討もつかなかったから、僕は諦めて素直に聞いた。

すると、さっそく母さんに怒られた。

「そうじゃないでしょ。あなた、何もしていないから怒っているんじゃない。公爵家の次期当主が成人前に婚約者がいないなんて、前代未聞《ぜんだいみもん》よ！」

「あ、ああ……」

言われてみれば僕、結婚相手がいないな……。

「母さん、怒るのが早いって。まだ期限まで五日ある」

五日……僕の成人パーティーがある日まで？

それまでに婚約者を見つけろってこと？

「バート。ヘレナ嬢とはどうなんだ？　魔法学校では一緒にいるんだろ？」

「う、うん……」

ヘレナの名前が出てきて、僕は何とも言えない表情になった。

「どうして交際しようとしない？　私と母さんは、聡明なお前ならわかっていると思って今日まで口出してこなかったが……流石に、もう時間が無い。本来なら、もっと早くお前を叱っておくべきだったな」

「……」

僕は何も言えなかった。自覚が足りなかったのは確かだ。

「お前……自分の立場を理解しているのか？」

「う、うん……」

「いいや。理解出来ていない。お前は、ルフェーブル家の未来、帝国の未来を背負っているんだぞ？　お前が仕事をしなければ、ルフェーブル家が破綻《はたん》する。ルフェーブル家がいなくなれば、帝国は破綻する。わかっているのか？　お前は、ルフェーブル家のことを第一に考えていないといけない立場なんだぞ？」

「……」

「お前にもし嫁が出来なかったらどうなる？　お前の後継者は誰がやるんだ？　そんなことは考えなかったのか？」

「……ごめんなさい」

そこまで言われてしまったら、謝ることしか出来ないよね。

まあ、今までヘレナのことしか考えていなかったつけが回ってきたんだろう。

ヘレナと結婚出来ないのをわかっていながらも、諦めきれずに他の女の子とはほとんど話さなかった僕が悪い。

「はあ、全く……三日後、フォースター家の屋敷に行ってこい。三日後、ヘレナ嬢もこっちにやってくるらしいからな。もう、フォースター家にはお前が顔を出すことは伝えておいた」

え？　何それ？　何勝手に決めているの？

「いい？　もう覚悟を決めて、ヘレナちゃんに思いを伝えるのよ？」

「嫌なら、こっちで相手を決める。もちろん、ヘレナ嬢に断られた時もこっちで決める。これは、自覚が足りなかったお前の罰だ。拒否は許さないぞ」

「わ、わかったよ……」

断れる立場でもなく、僕は頷くしかなかった。

「そうか。なら、自分の部屋に戻っていいぞ」


「はあ……」

自分の部屋に戻った僕は、思わず溜息をついてしまった。

「旦那様になんて怒られたんですか？　あ、わかりました。早くヘレナ様に思いを伝えるように言われたんですね？」

僕を心配したエナが僕にそんなことを言ってきた。

「まあ、そんなところだよ。成人までにヘレナと交際できなかったら、父さんたちが用意した相手と結婚しないといけないことになった」

「それは……もう、期限がありませんね。それで、今から思いを伝えに行くのですか？」

「いいや。ヘレナが帝都に来るのは三日後だって」

「あら、本当にギリギリですね」

「そうだね。はあ……」

なんせ、二日前だ。もう先延ばしは出来ないだろう。

「不安ですか？」

「不安？　まあ、そうかな。いや、三日後ヘレナのところに行くべきなのか悩んでいるんだ」

「え？　どうしてですか？」

「ヘレナは、貴族なんかよりも冒険者の方が向いていると思うし、本人もそれを望んでいる気がするんだ。それを僕は邪魔したくない。僕は自分の都合でヘレナの未来を邪魔したくないんだ」

「はあ……そんなの、ご本人が決めることだと思いますよ」

「でも、ヘレナは冒険者になりたいって言っていたんだ」

入学式の時に、ヘレナがヘレナのお母さんに言っていたのを聞いたんだ。

「それはいつの話ですか？　今もなりたいと本気で思っているんですか？」

そ、それは……確かに、冒険者を体験して、僕が大怪我をしてから……特に最近はヘレナが冒険者になりたいとは言っていなかった気がする……。

「わかりませんよね？　わからないのにそうやって決めつけて、逃げる理由にするのは違うと思います」

「逃げてる？　僕が？」

「はい。逃げていると思います。ヘレナ様に振られるのが怖くて、ずっと逃げてきたじゃないですか。バート様はヘレナ様のことが好きだけど、ヘレナ様がバート様のことを好きなのか不安だから、告白出来なかったんですよね？」

「……」

僕は何も言い返せなかった。

それが正しいのかどうか自分でもわからなかったし、どちらかと言うとエナの言うことの方が当たっている気がしたからだ。

「ただ、もう逃げられなくなりましたよ？　もう、覚悟を決めてください」

「そうだね……わかったよ。覚悟を決める」

エナの言葉に、僕はそう答えた。

少なくとも、今のヘレナが冒険者になりたいのかどうかわからないのは事実だ。だから、それを確認しないで諦めるのは違う気がしたから、僕はエナの言うとおり、覚悟を決めることにした。

ＳＩＤＥ：ヘレナ
今回の主役のバートから二日遅れて、私も帝都に到着した。

「ただいまー。おばあちゃん久しぶり！　あ、セリーナさんもお久しぶりです」

「おかえりなさい。お久しぶり」

「おかえり。元気そうで良かったわ。ディオルクたちは、明後日には到着するらしいわ」

「明後日？　ふ～ん、わかった」

ギリギリだけど、忙しいだろうから仕方ないわね。

仲が良いバートの成人パーティーなんだから、くれぐれも遅れないで欲しいわ。

「あ、それと、明日ルフェーブル家の長男があなたに会いにくるらしいわよ」

「え？　バートが？　どうしたんだろう？」

何か、学校で言っていたかな？　う～ん、思い出せないや。

「さあね。まあ、素直な気持ちで答えてやることね」

「あ～あ。若いって良いわね。あなたとケントの時を思い出すわ。私がどれほど苦労したことか」

「もう、何年前のことよ？　あなただって……」

「退散、退散っと」

二人の喧嘩に巻き込まれたらめんどくさいから、私は自分の部屋に逃げることにした。

「それにしても、バートは何をしに来るんだろう？」

ＳＩＤＥ：バート
「よし、準備は整った。それじゃあ、行ってくるよ」

あっという間に二日過ぎ、ついにヘレナの家に行く日になってしまった。

「はい。行ってらっしゃいませ。緊張しなくても大丈夫ですよ。もし振られたとしても、旦那様が素敵な方を用意してくれると思うので」

「おいおい。出る前にそんなことを言わないでくれよ」

「冗談ですよ。大丈夫です。自信を持ってください。バート様ならきっと大丈夫ですから」

「ありがとう。じゃあ、行ってくるよ」

「行ってらっしゃいませ」

エナの冗談に和《なご》まされながら、僕は家を出た。

「着いちゃった……」

「いらっしゃい」

馬車から降りると、おばあさんがそう言って出迎えてくれた。

この人……もしかして魔導師様？

「あ、はじめまして……」

「あら、真面目そうで良いじゃない」

遅れて屋敷から出てきたのは……聖女様？

「真面目？　うん、バートは真面目だよ！」

そして、最後にヘレナが出てきた。

「ああ、これは中々……バートくんの苦労もわかったわ」

「この子は、昔からレオのことしか興味が無かったからね……」

「え？　何？　私、何か悪いことした？」

魔導師さまと聖女様の呆れた目に動じず、ヘレナは首を傾げた。

「さあ？　それよりヘレナ、バート君を庭にでも案内してあげなさい」

「え〜何その反応？　もう、わかったわ。バート、行きましょう？」

そう言って、僕はヘレナに手を引かれてどこかに連れていかれた。

「弟のことが好きになり過ぎて、好きって感情がわからなくなってしまったヘレナ。それに惑わされ、好きなのにその感情を押し殺して、ヘレナの友達でいようとしたバート君がやっと覚悟を決めた。さて、どうなるかしらね？」

別れ際、魔導師様からそんな声が聞こえた。

僕にだけ聞こえるように言っていたような気がしたんだけど、流石に気のせいかな？

「それで、今日は何しに来たの？　おばあちゃんたちに聞いても教えてくれなかったんだけど？」

「ちょっと。僕が成人する前に二人で話がしたくてね」

しっかりと手入れされた庭のベンチに座りながら、僕はヘレナにそう答えた。

まさか、いきなり君に結婚して欲しくて来たんだとは言えない。

「ふ〜ん。いつも一緒にいるのに？」

「ま、まあ、今日はちょっとね。改めて、話したいことがあったんだ」

確かに、言われてみれば怪しいけどさ……そんなにぐいぐい聞いてこないでよ。

冷や汗が止まらないんだけど。

「そうなの？　まあ、いいわ。それで、何を話したいの？」

だから、そんな急かさないでよ……。

「もう、君と初めて会ってから七、八年くらい、君と剣の練習を始めたのが五年前。その間、一年間会えなかった期間があったけど、それ以外はほぼ毎日僕たちは顔を合わせていたよね？」

「う、うん。ねえ……何が言いたいの？　この前の、昔話の続き？」

「いや、そういうつもりはないけど、長いようで今日まで短かったな、と思ってね」

「え？　何？　何が言いたいの？　絶対何か言いに来たんでしょ？　早く言ってよ！　この緊張感、何か嫌だわ！」

僕の緊張感が伝わっているのか、ヘレナが本気で嫌がっていた。

仕方ない……さっそくだけど、白状するか。

「ご、ごめん……わかったよ。今日、伝えに来たのは、僕の気持ちさ」

「気持ち？」

「そう。ヘレナ、僕は君が好きだ。ずっと、ずっと好きだったんだ」

僕はなるべく平然を保ち、そう伝えた。

内心、今すぐここから逃げ出したくて仕方ない。

「え？　ええ⁉　バートが私のことを好き⁉」

「ああ。僕は君のことが大好きだ」

「……」

僕が真面目な顔をして答えると、ヘレナは黙ってしまった。

「僕の気持ちは嫌だった？」

「……正直、わからないわ。自分の気持ちも、バートが私のことを好きな理由も」

「僕が君を好きな理由？」

「そう。だって、こんなお転婆娘が嫁いだって、迷惑でしかないでしょ？　私は、いつだってバートに迷惑かけてばかりだもの。絶対、これからも迷惑をかけてしまうわ」

ヘレナは悲しそうな顔をして、僕の質問にそう答えた。

その凄く悲しそうな顔に、僕の気持ちがグルッと回ったような気がした。

「うん。今、ようやく正解がわかった。わかったよ。君は僕と結婚するべきだ！」

「え？　結婚？　待って。今の話聞いてた？」

「ああ、聞いていたさ。だからこそ、僕は君とずっと一緒にいたいと思えたんだ」

さっきまでと一転して、僕は遠慮無くヘレナに自分の気持ちをぶつけていく。

「はあ？　もう、どういうこと？」

「僕、今まで君のことを少し勘違いしていたんだと思う。ヘレナは僕よりも強いし、冒険者として生きていけるし、君はそれを望んでいると思ってた。でも、実際はそうじゃないんだ。君は、意外とネガティブで自分のことはダメだと思いがちで、僕が助けられることよりも僕がヘレナを助けることの方が多い。それに、よく泣く。ヘレナは僕が思っているよりも弱くて冒険者に向いていないんだ！」

ヘレナは、体は強いけど心が弱い。だから、誰かの支えが無いとやっていけない。

それで、ヘレナを支えることが出来るのは、僕だけだ。

他の誰にも出来ない。

「え？　どうして私は貶《けな》されているの？」

「別に、貶しているわけじゃないよ。ヘレナは案外助け甲斐があって、僕が遠慮する理由はそんなに無かったってことが言いたいんだ」

「もう、何を言っているかわからないわ。もう一度、私にもわかるように簡潔に教えなさいよ」

「僕と結婚してくれ」

「え？　あ、そっち？」

「僕は君とずっと一緒にいたい。君をずっと支え続けていきたいし、君に僕を支え続けて欲しいんだ」

そう言って、僕はエナに用意するように言われて買った指輪をヘレナに差し出した。

フォースター家では求婚の際に、指輪を女性に差し出すのが慣例らしい。

そう教わって買ったんだけど、まさか本当に使ってしまうとは。

「君の答えを聞かせてくれないか？」

心の中でエナに感謝しつつ、僕は言葉をそう続けた。

「もう……あなただけ喋《しゃべ》り過ぎよ。正直、混乱しているわ。まさか、バートが私のことを好きだったとは思いもしてなかったし、急に冒険者に向いていないって言われたし、仕舞いには求婚されたし……もう、わけがわからないわ」

「ご、ごめん……」

「私、子供の頃から自由な冒険者を夢見たんだからね？　それこそ、堅苦しい貴族社会から抜け出したくて」

「そ、そうだよね……」

これは……断られたってことでいいんだよね？

僕はヘレナの返事を聞いて、肩を落とした。

「でも！　でもね。最近、私が冒険者に向いていないなって、自分で思うようになったの。冒険者を一年間続けてみて……強くもなったし、たくさん経験も積めた。たぶん、卒業してから一人で活動しても、冒険者として生活出来ると思う。でも、どうしても学校を卒業してからも冒険者を続けたいとは思えないの。どうしてだと思う？」

「え？」

まさかの発言に、僕は言葉が出てこなかった。

「実は、私も先週までその答えがわからなかったの。この前、バートがもうすぐ卒業だって話をしたでしょ？」

「うん」

「あの時、凄く嫌だと思ったの。あなたと会えなくなるのが」

そ、そんなことを……ヘレナが思ってくれていたのか……。

「そして、気がついたのよ。バートがいない中、冒険者を続けていていても楽しくないし、たぶん私は長生き出来ないって。たぶん、一人だけだとどこかで致命的なミスをするはず。そう思ったの」

そう言い切ると僕の顔を一度見てから、ヘレナは一息ついてまた話し始めた。

「それでね。さっきの答えね……うん、決めた。私は将来、バートのお嫁さんになるわ」

ニッコリと笑って、ヘレナが僕の指輪を受け取ってくれた。

「あ、ありがとう……う、うう……」

「ちょっと！　何でバートが泣いているのよ！　いつも泣くのは私でしょ！」

「ご、ごめん。うれしくて」

思いを伝えて良かった。本当に良かった。

「もう。それじゃあ、今日は私が慰めてあげる」

そう言って、僕をヘレナがギュッと抱きしめてくれた。

それに思わず、余計に僕の涙が止まらなくなってしまった。

「うん。私、バートのお嫁さんになることにして良かったわ。もし、断っていたらこうして慰めることは出来なかったんだもんね……ありがとう。ありがとう、勇気を振り絞って私に想いを伝えてくれて」

「何を言っているんだよ……こっちこそありがとうだよ」

それからしばらく、僕は泣いて、泣き止んでもヘレナと抱きしめ合っていた。
これから、僕が絶対にヘレナを幸せにするんだ。そう心に誓いながら。

書き下ろし短編

# 若き頃の挫《ざ》折《せつ》

continuity is the father
of magical power

ＳＩＤＥ：アーロン

カイト殿が召喚されてから一年と少し、今日もいつも通りカイト殿との稽古が終わった。

「今日は以上です。今日は少し疲労がたまっているように見受けられましたので、しっかりと睡眠を取るようにしてください」

終わりの号令と共に、私はそうカイト殿に注意した。

まだ目立って顔や動きに疲れが出ているわけではありませんが、手合わせして何度か違和感がありましたので、カイト殿に疲労が溜まっているのは確実でしょう。

決闘に勝ってからも、変わらず努力し続けることは素晴らしいことですが、体を壊してしまったら元も子もありませんからね。

今日くらいは休んで貰いましょう。

「え？　疲れているように見えましたか？　うん……わかりました」

本当に、カイト殿は素直で助かります。

カイト殿ぐらいの年頃だと、なかなか言うことを聞いて貰えませんから。

「ええ、ちゃんと休むのですよ。姫様に癒して貰うのも忘れずにですよ？」

カイト殿は、気持ちが原動力となっているところがありますからね。しっかりと心の管理を姫様にはして頂かないといけません。

まあ、これに関しては、私がわざわざ口に出す必要も無いんですが。

「わ、わかりました……それじゃあ、また明日」

「はい。また明日」

照れくさそうに挨拶して出ていくカイト殿を見送り、私はもう一人の弟子に目を向けた……。

「今日はどうでした？　少しは彼に追いつけそうですか？」

私が目を向けた先には……私の孫、ホルストが今日の最後に行《おこな》ったカイト殿との打ち合いに敗れ、立てずに寝転んでいます。

決闘から時が経ったと言ってもほんの数ヶ月、普通ならそんなに差が出てくることはありません。

それが、地力なら勝っていたホルストがここまで圧倒的な差で負けるなんてことは尚更ないでしょう。

しかしながら、カイト殿は普通ではない。そう、普通ではないのですよ……。

「いえ……とても。日に日に彼との間に差が開いていくことに焦りを感じます」

「そうですか。でも、焦っても仕方ないことです。勇者とは、そういうモノなのですから。それに、ホルストは強いですよ」

彼が強くなるのは運命なのですから、それに焦りを持っても仕方ありません。

「僕が強い？　そんなことありません。僕は自惚《うぬぼ》れていました。僕は剣聖の名にふさわしくありません」

本当に……この子はどこまでも私にそっくりだ。

だからこそ、これからの先を知っている私だからこそ、道を示してあげなければなりません。

「いえ。十分強いと思いますよ。あんな大勢の前で負けても、もう一度剣を握れたんですから。私なんかよりもよっぽど強いです」

「それは……どういう意味ですか？」

「ああ、そういえばホルストには言っていませんでしたね。いえ……カイト殿が初めてで、今まで誰にも話していませんでした。私の恥と言うべき過去を」

あれは私の恥です。本来なら、墓まで持って行きたい。ですが、目の前の孫のためにも、話しておくべきでしょう……。

「お爺さまの過去ですか？」

「ええ、そうです。いいでしょう。私は……ホルスト、あなたに期待しています。あなたなら、私が出来なかったことをしてくれる。そう信じています。ですから、ホルストの良い反面教師になる為、これから誰にも話してこなかったことを……カイト殿に伝えたことよりも詳しく……教えましょう」

話は約四十年前……私がまだ十五歳の頃に遡《さかのぼ》る。

あの日は何てこともない普通の日だった。早朝のお父様との剣の稽古を終え、当時はまだ王子だった前王フィルス様の護衛をしていた。

「なあ、アーロン。暇だな？」

「そうでしょうか？　私が見る限り、殿下はとてもお忙しそうです」

自室で書類に目を通すフィルス様に、その後ろで立っている私は答えに困りながらそう答えた。

フィルス様は聡明な方で、よく二人きりになると私が答えにくい質問をしてきた。

「そんなことない。こんなのただの作業だ。こんな作業、俺じゃなくても出来る」

「いえ。殿下だからこそ出来るんです」

「はあ……相変わらずお前はつまらん。まあ、剣にしか能が無いお前に面白さを求めても仕方ないか」

そして、フィルス様は少し口が悪い。

「申し訳ございません」

「いや、いい。それよりも、何か面白いことが起きないかな？　こう……そう、国の危機だ。誰か反乱とか、戦争を仕掛けてこないか？　そうすれば、この平和で安定したつまらない日常から抜け出せるだろ？」

またあの日の会話も、私が非常に返答に困る内容だった。

「いえ……平和に越したことは……」

「いい子ぶるなよ。お前の本心も同じことを考えているだろ？　お前は戦いに飢えている。誰も襲ってこないことなどわかっているのに、真面目に護衛しないといけない現状が嫌だろう？　もっと自分の力を試したい、自分の力を周りに知って欲しい。その機会が欲しい。そうだろう？」

「そ、それは……」

フィルス様の言うとおり『いいえ』という答えは嘘であり、本心は自分の力を試したいと常日頃から考えていた。

なんせ、自分は剣聖の息子であり、自分は世界で父親の次に強いと考えているくらい自分の力を信じていたからだ。

私は、その力を世界に知らしめたかった。

しかし、その為なら戦争が起きて欲しいなどとは、国を守る身として口が裂けても絶対に言葉にして発してはならなかった。

そんなことをわかってか、フィルス様は書類から目を離して、私を見ながらニヤリと笑った。

「確かに、国を思えば平和が一番だろう。でも、毎日同じ繰り返しというのもつまらなくないか？　俺なら、昼は書類に印を押し続けて、夜は貴族主催の夕食会でつまらない話をする。お前はその俺の傍で何もせずただ立ち続ける。そんな毎日の繰り返しだ。これまでもこれからも。俺は正直、嫌だね」

「……」

私は黙った。そこまで頭の良くない私がこれ以上話しても、何かしら失言するだけだからだ。

誰かに聞かれていたら、たちまち私は国家の反逆者に仕立て上げられてしまうだろう。

王国貴族は足の引っ張り合いだ。

そんな私を見て、フィルス様は心底つまらなさそうな顔をした。

「はあ……つまらんな。何か面白いことが起こらないかな」

そんな殿下に罰が当たったのか、この一言から王国、いや人族は滅亡の危機を迎えることになる。

バン！

「大変です！」

大きな音を立てて扉が開けられると、一人の騎士が大きな声を発しながら非常に焦った顔で部屋に入ってきた。

「ん？　そんな焦ってどうした？」

「謁見の間に、魔王と名乗る魔族が現れました！」

騎士からの全く予想出来なかった言葉に、私もフィルス様も目を見開いた。

「謁見の間？　魔王？　君は何を言っているんだい？」

「本当なんです！　急いで逃げてください。陛下が逃げることはもう絶望的です。ですから、殿下だけでも急いで逃げてください」

「それ本気で言っているの？　第一、謁見の間って城の中心じゃん。魔族の存在すら怪しいのに、謁見の間に到着するまでに何も騒ぎになっていないって時点で信じられないね。というわけで、謁見の間に向かうぞ」

騎士の言葉など一切信用せず、フィルス様は謁見の間に向かって歩き始めた。

いや、多少は騎士の言葉を信用しているだろう。

騎士が私たちを騙すとしたら、魔土なんてつまらない嘘をつく必要はないから。

たぶん、フィルス様は好奇心で謁見の間に行きたかったのだと思う。

「待ってください。本当なんです。魔王が何の前触れも無く現れたのです」

「だから、俺は君の言っていることを信用しないって。君が国を陥れる反逆者だった場合どうするのさ？　そうじゃない証拠はあるのか？　証拠はその魔王とやらだろ？　なら、それを見てからじゃないと俺はお前を信用しない」

フィルス様は騎士が証明出来ないことなどわかっていながら、そう意地悪を言う。

少し、騎士が可哀想に思えてきた。

「ほ、本気ですか⁉　お願いします。信じてください！　証明は出来ませんが本当なんです」

騎士は、不敬を覚悟でフィルス様にしがみつき、謁見の間に向かうのを止めようとした。

ここまでするとは、忠誠心の高い騎士だな。などと感心していると、フィルス様が嫌そうな顔をして私に目を向けた。

「もう……邪魔だな。アーロン、こいつを剥《は》がして」

「……はい」

これも私の仕事だ。すまないな。

そう心の中で騎士に謝り、フィルス様の命令通りに騎士を剥がした。

騎士の悲しい声を背に、フィルス様と私は謁見の間に向かった。

「そ、そんな……」

そして、謁見の間の裏口、小さな入り口に到着すると、私とフィルス様は異様に静かな中を覗き込んだ。

すると、そこには悲惨な光景が広がっていた。

何かに押さえつけられているかのように動けず椅子に座らさせられている国王陛下と王妃様、謁見の間に中央にいる男……魔族の男がすぐに目に入った。

そして遅れて、魔王の足下《もと》に倒れているお父様を見つけてしまった。

「この程度か？　まあ、いい。宣言通り、一歩も動かずこの国で一番強いらしい男を倒したぞ。これで信じて貰えたかな？　私が魔王だ。お前たちに絶望を与えに来た。これから、私は人間界に攻め入る。数年も経たずに、この地は魔族の物になることだろう……これから、震えて眠るんだな」

魔王はそう言うと、消えてしまった。

「そ、そんな……」

私は、お父様が簡単に倒されてしまったことにショックを受けていた。

世界で最強だと信じていたお父様がこんな簡単に負けるなんて……。

立ち上がらない父親を目の当たりにし、私は膝から崩れ落ちた。

「ククク。アーロン、待ち望んでいた非日常がやってくるぞ」

フィルス様は私と真逆で、凄く嬉しそうにしていた。

元々戦争を望んでいた方だ。

ただ、お父様があんな簡単に負けてしまった相手に、人族が勝てるのだろうか？

もしかして、これは本当に人族が魔族に滅ぼされてしまうのではないか？

私はとてもフィルス様のように魔王の登場に喜べなかった。


そして、そんな不安を抱きながら一年が経った。

この魔王が宣戦布告をしてから一年、本当に時間が経つのが早かった。

とにかくやることが多い。

魔王に対抗する為、王国が中心となって帝国と教国との魔王討伐に向けての連携が始まった。

その為、中心となった王国は二カ国との連絡で非常に忙しかった。

フィルス様もそのお仕事で、非常にお忙しそうにしていた。

ただ、フィルス様はいつも嬉しそうにしていた。

いつもとは違う仕事、戦争という緊張感が凄く楽しいらしい。

私はと言うと、お父様が負けたことは頭の片隅に追いやり、移動の多い殿下の護衛に全神経を注いでいた。

「ついに、この日が来たな」

「ええ……」

魔王が現れてからちょうど一年、国王陛下はある計画を実行した。

私とフィルス様は、それを見届けに王城のとある部屋にやってきていた。

「なんだ？　まだ不満を持っているのか？」

「いえ……不満は持ってはいません。ただ、本当に勇者というものが魔王を倒せるのか不思議だってことです」

そう、この日は勇者が召喚される日だった。

そして、私は勇者など信用していなかった。いや、信じたくなかったと言う方が正しいな。

お父様が勝てない魔王に、誰も勝つことは出来ない。そう信じたかったんだ。

「そんなことを言っても仕方ないだろう？　お前一人で、あの化け物を倒せるか？」

「いや……」

「だろ？　もう、俺たちは神の力、勇者に運命を委ねるしかないんだよ。そう、お前の父親が言っていたじゃないか？」

「……そうですね」

何より私がこの計画の中で嫌だったのは、あの強かったお父様が魔王にリベンジするのを諦め、自分の役目を勇者に押しつけようと考えていることだった。

せめて、もう一度魔王に挑戦して欲しかった。

「お、クレールが祈りを始めたぞ」

フィルス様の言葉に反応して、目線を部屋の中央に向けると、フィルス様の妹である姫様が召喚魔法を発動し始めたようだ。

そしてすぐに部屋の魔方陣が眩しいくらい発光し、それが終わると……一人の男が現れた。

「ん？　ここは？」

「来た！　成功だ」

召喚されたのは、黒目黒髪の私と同じくらいの背丈である男だった。

それから数日が経った早朝、お父様との稽古に勇者が連れてこられた。

「紹介しよう。私の息子のアーロンだ。これからケントくんの稽古相手になる。ほら、挨拶しろ」

「はじめまして……アーロンです」

私はお父様に言われ、適当に名前を名乗った。

勇者と仲良くするつもりなど、微塵もなかったからな。

「もうちょっと何か言うことないのか？　まあ、いい。そんな感じでこれから仲良くしてくれ」

「はい。これからよろしくお願いします」

「……」

勇者の丁寧な挨拶にも、私は無視を突き通した。

「はあ。まあいい。それじゃあ、とりあえずお互いに実力差を知るのに戦ってみろ」

「わかりました」

「実力差ですか……わかりました。よろしくお願いします」

勇者と関わるのは嫌だったが、勇者の実力は知っておきたかったからお父様の提案に応じることにした。

それと、弱かったら心が折れるまで痛めつけてやろうと考えていた。

「それじゃあ、始め」

「セイヤ！」

「……動きに無駄が多い」

勇者の一撃目を受けた私は、勇者が素人なのを確信し、やろうと思っていたことを実行した。

死なない程度に痛めつけようとした。

「やめろ！　アーロン、何をしているんだ！」

まあ、すぐにお父様に止められてしまったんだが。

「お父様……こいつに世界の命運を任せるのは間違っていると思います」

「それを伝える為だけに、ここまでのことをしたのか？」

「はい。こいつに、身の程を教える為です。むしろ優しいと思いませんか？　調子に乗って魔王に挑んで死なずに済むのですから」

今思うと本当に私は傲慢だが、若い頃の私はこんな奴だった。

当然、唖然としながらもお父様は私の言葉に怒った。

「はあ……こんな歳になったお前を叱るのは嫌だが……仕方ない。アーロン、歯を食いしばれ」

「ま……ってください。僕は大丈夫です」

お父様が私のことを殴ろうとするのを、掠れた声で勇者が止めた。

「いや、君が大丈夫とかは関係無いんだ」

「いいえ。そういう意味ではありません……僕がいつかやり返すので大丈夫ですと言っているんです」

そう言って、勇者は私のことを睨んできた。

「ふ、ふん。出来るものならやってみな。私は逃げも隠れもしない」

「その言葉、絶対に忘れるなよ？」

勇者の言葉に返事もせず、私はその場から立ち去った。

悔しいが、私は勇者……ケントの威圧に負けてしまったんだ。

「アーロン。今朝、噂の勇者様と一緒に稽古をしたんだろう？　どうだったんだ？」

早朝の稽古を途中で逃げ出した私は、いつも通りフィルス様の護衛をしていると、さっそくそのことを聞かれてしまった。

「話に聞いていた以上に無能でした。あれで魔王に勝てるとは、とても思えません」

元々、勇者に適正魔法が無属性しか無いことはわかっていた。

それでも、勇者なら強いだろうという王国の期待も、私との稽古で簡単に否定されてしまった。

「そうか……だとすると、他の方法を考えないといけないか？　今、勇者と一緒に魔王を討伐する仲間を各国で選定しているところなんだ。魔王の能力を考えるに、大人数で挑んでも意味が無い。四、五人の少数精鋭で戦いに挑む」

「それで、選定はどこまで進んでいるのですか？」

「そうだな……今のところ勇者を抜いて、各国一人ずつ推薦している。帝国はあの有名な魔導師の孫だ」

「ああ、世界で唯一の」

魔導師とは、世界で一番魔力が多いという称号だ。

百年に一人いるかどうかと言われている。

「そうだ。その孫が魔導師以上の才能を持っているらしい、魔導師の称号も彼女が継ぐだろうと言われているぞ」

「それなら、魔王と戦うのに問題無さそうですね」

「ああ。次に、教国は史上最年少の聖女だ。俺やお前と同じくらいの歳で、既に教国一の聖魔法使いだそうだ」

「教国は聖魔法で有名ですからね……その中で一番となると、世界で一番と言って間違いないでしょうね」

しかも、私や殿下と同じくらいの歳となると、これからもっと腕を上げられる。

これは期待していいだろう。

「そうだな。そして、我が王国はお前だ」

「え？　私……ですか？」

フィルス様の衝撃的な発言に、私は自分の耳を疑ってしまった。

まさか、自分が推薦されているとは思いもしなかったからだ。

「ああ。剣の国で剣聖に次いで王国で二番目の実力を持つお前を王国は選んだ。逆に、お前以外に推薦出来る奴が王国にいるか？」

他の国と年齢を合わせるとなると十代、それで尚且つ世界有数の力を持っている人……それは私だった。

「で、でも……私には……」

私には荷が重い。お父様が勝てなかった相手に、私が勝てるとは思えなかった。

「アーロン、諦めろ。お前は次期剣聖として、魔王を討伐してこい。親父の無念を晴らすんだろ？」

「……」

無念を晴らす。その言葉に、私は何も言えなくなった。

勝てるのかという不安と、お父様が出来なかったことを自分がやりたいという欲が私の中で鬩《せめ》ぎ合っていた。

「旅が始まるのは来年だ。魔王が全く攻めてこないのが不気味なことと、思っていたよりも能力が低かった勇者の様子を見る為、まだ時間がある。その一年で、精一杯強くなることだな。俺の護衛は当分いい。これから当分、お前は強くなることだけを考えていろ。そして魔王を討伐したら、また俺の護衛をしてくれ。暇になった俺にお前の武勇伝を聞かせるのも、帰ってきたお前の仕事に追加だな」

「わ、わかりました……」

「ああ、一年後どこまで強くなったのか楽しみにしているぞ？」

フィルス様に期待して貰っている。

私は強くならないといけない。

この言葉がこれから一年……私の心をずっと縛り続けることになる。


私は次の日から早朝だけでなく、一日中家の訓練場に籠もるようになった。

ケントと一緒に……。

「おい。剣の相手をしてくれ」

ケントは、私が素振りをしていようと走り込みをしていようと、お構いなしにそう言ってくる。

もちろん、私は面倒だから断る。

初日もそうだった。

「……はあ？　昨日、私に倒されたばかりだろう？」

「ああ。だが、それは昨日の話だ。それとも、逃げも隠れもしないという言葉を忘れたのか？」

ケントは私が断ると、決まって私の言葉を持ち出してきた。

これを言われてしまうと、自分が逃げているようで私は断れなくなってしまう。

「ふん。口だけは一丁前のようだな。いいだろう。今日も昨日と同じようにしてやろう」

それから、私は前日と同様、ケントをコテンパンに叩きのめした。

しかし……心の中でモヤモヤが残る戦いとなってしまった。

「チッ。だから、昨日と同じになるって言ったんだ」

「いいや。昨日よりも長く耐えられた。また明日だ」

そう、明らかに昨日よりも倒すのに時間がかかってしまった。

普通、そんな早く素人が私の攻撃を見切れるようにはならない。

ケントの成長速度の片鱗《へんりん》に私は何とも言えない不安を覚えてしまった。

「ふん。次は無属性魔法が使えるようになってから挑んでくるんだな。変に手加減するとやりづらくて仕方ない」

当時の私は、そう言い訳を考え出した。

手加減しているから、思ったよりも時間がかかってしまったんだ。そう考えるようにした。

「そうか、わかった。無属性魔法を覚えればいいんだな？　そしたら、今度は言い訳なしで本気だからな？」

「言っておくが今の戦い、私も無属性魔法は一切使わなかったからな？　お前が無属性魔法を使えるようになっても結果は変わらない」

むしろ、無属性魔法の練度の差で更に強弱がハッキリする。私はそう考えていた。

「そうか。でも、俺はお前に勝つからな」

「チッ。精々頑張るんだな」

くそ！　くそ！　私は絶対に強くならないといけないんだ！　私に負けは許されないんだ！

もっと速く、もっと力を、あいつになんかに追いつかれない。もっと差を広げるんだ。

くそ！

あの後、そう心の中で叫びながら、必死に練習したのを覚えている。

それだけ、ケントのことが恐ろしかった。

そして、あの日から私はケントの成長速度に苦しめられ続けられるのであった。


「約束通り、無属性魔法を使えるようになった。だから、俺と勝負しろ」

そう言われたのは、約束してから三ヶ月が経ったくらいの朝だった。

無属性魔法の習得には早くても半年はかかる。

普通なら、ケントの言葉は信じなかった。しかし、同じ部屋で練習していた私は知っていた。

ケントが既に無属性魔法を習得していることを。

だから、承諾せざるを得なかった。

「……わかった」

結果から言うと、私は勝てた。

「まだ勝てないか」

力尽きて倒れているケントは悔しがっていた。

本気で勝つ気でいたらしい。

「……当たり前だ。無属性魔法の使い方は、私が王国一の自信がある。お父様にも、剣術を合わせると勝てないが無属性魔法だけでは負けない」

そう、無属性魔法だけは自信があった。

だから、そこまで苦労せずに倒すことは出来た。

ただ、純粋な剣術だけの戦いはもう二度とケントとはやりたくない。

そう思うくらい、ケントの技量が上がっていることに焦りを感じていた。

「そうか……とすると、お前に無属性魔法で勝てば王国で一番ってことだな」

「そうだが。私は絶対にお前なんかに負けない」

この言葉は、ケントよりも自分に言い聞かせているような気がした。

私はケントに負けてはいけない。そう、自分で再確認していた。


それから更に三ヶ月、ケントが召喚されてから一年が経った頃。

「アーロン。当分休め」

お父様にそう言い渡された。

「……どうしてか聞いても？」

「お前、自分の顔を鏡で最後に見たのはいつだ？」

「昨日……ですね」

「そうか。自分の目つきが変わっていると思わないのか？」

「そうですか？」

そうとぼけてはいたが、自分でもわかっていた。

眉間にしわが寄り、誰かを睨みつけているような目つきになっていた。

「自分ではわからないものなのか？　まあいい。今のお前には、心に余裕が無い。そんな状態で剣を振っていても強くなれない。少し休め」

「いえ、休みません。私は絶対に強くならないといけない。その為なら、一分一秒たりとも、無駄にしたらいけない。休んでいる暇なんてないんです」

あの日、初めてお父様に反抗した。

「はあ……わかった。アーロン、久しぶりに俺と勝負しないか？」

「お父様とですか？」

思わぬ提案に、私は聞き返してしまった。

お父様はここ最近、剣は握らず、握ってもケントに指導するくらいしかしていなかった。

お父様が本気で剣を握るなど魔王と戦ったとき以来な気がする。

「ああ。たまには違う相手と戦うのも気分転換になっていいだろう？」

「そうですね……わかりました」

私は勝つ気でいた。魔王から逃げたお父様に負ける気はなかった。

しかし……負けてしまった。

惜しかった場面は何度もあったが、決めきれずに結果は負け。

「どうだ。わかっただろ？　今のお前は、確かに技術が高くなっている。でも、気持ちがダメだ。その疲労した心では、どう頑張っても勝てないだろうよ。一週間、お前に練習を禁止する。久しぶりに、殿下の護衛でもしていなさい」

「……お断りします。殿下とは、強くなって一年後にお会いすると約束しました。だから、今の私に殿下と会う資格などありません」

「そうか……わかった。なら、部屋で休んでいろ。いいか？　しっかりと休むんだぞ？」

「……はい」

もちろん、私は言いつけを破った。

私は、家での鍛錬以外の方法を見つけ、それを実行した。

魔物狩りだ。強い魔物を見つけ次第殺し、一週間ほとんど寝ずに戦い続けた。

「そうだ。この命のやり取りをする緊張感……これが私には足りなかったんだ」

何度も命の危機を感じることはあったが、私の中で戦いに対する心構えを見つけることが出来た。


そして、家に帰るとお父様が待ち構えていた。

「何故、私の言いつけを破った？」

「守る意味が無かったからです」

「何だと？」

「この一週間、魔物を狩り続けましたが……とても有意義な時間でした」

「いや。それは、レベルが上がったからだ。お前の本質は何も変わっていない。お前は弱いままだ」

「うるさい！　別に、レベルが上がって自惚れているわけではありませんよ。見つけたんですよ。自分なりの答えを。お父様の言っていた戦う為に必要な気持ちってやつを」

あの時の私は笑っていたと思う。自分の見つけた答えをお父様に教えたい。そんな心境だった。

「あの命を取るか取られるか……あの緊張感が私には無かった。そう、それが私に足りなかったんだ」

「はあ、これはもう一度わからせないといけないみたいだな。これで負けたら、一ヶ月、お前は自室で謹慎だ。監視もつける。絶対に剣も握らせないから覚悟しろ」

「いいですよ。その代わり、私が勝ったら認めて貰いますよ。私なりの答えを」

負ける気などしなかった私は、お父様の提案を文字通り喜んで受けた。

「いいだろう。剣を握れ」

そして、私は予定通り勝ってしまった。

「……くっ」

「約束ですから。認めて貰いますよ」

倒れたお父様に背を向け、私はそう言いながら自分の部屋に向かった。

「ああ、わかった……くそ。本当、情けない父親だな」

「そうですね」

「もう休まなくていいのか？」

「ああ、一週間休んだから大丈夫だ。ほら、相手してやる」

次の日、強くなったことを確かめた私は、すぐにケントに戦いを挑んだ。

「とても休んだようには見えないが……本人が大丈夫と言うならいいだろう。今日こそは勝たせて貰おう」

「は、そんな希望すら叩き潰してやる」

この日の結果も、私の勝ちだった。

しかし、とても満足出来る内容ではなかった。

「なるほど……一週間で随分と強くなったみたいだな。だが、俺もこの一週間遊んでいたわけじゃないぞ」

倒れたケントに向かって余裕ぶってそう言ったが、これは苦し紛れの言葉だった。

自分がこの一週間で強くなったとは思えなかった。

むしろ、私は弱くなったんじゃないか？　そう思わせるくらいケントが強くなっていた。

「くそ……まだか」

「……チッ」

それでも悔しがるケントに、私は舌打ちをした。


そして、約束の一年が経った。

「よう。久しぶりだな」

「お久しぶりです。殿下がお元気そうで何よりです」

私は殿下を出迎えていた。殿下は一年間でそこまでの変化は見られなかった。

「ああ。俺は相変わらず元気だ。お前は……目つきが変わってしまったようだがな」

「最近よく言われます。ただ、体調は特に問題は無いのでご心配なさらず」

「そうか。なら、今日は楽しみにしておくぞ。一年間でどこまで強くなれたのか楽しみだ」

「はい。必ずや殿下の護衛として恥ずかしくない戦いをしてみせます」

こうは言ってはみたが、とても約束通り強くなれた気はしなかった。

誰にも負けない強さを手に入れることは出来なかった。

きっと、私は殿下にがっかりさせてしまうだろう。そんなことを考えていた。


「あ、王子。どうしたんですか？」

フィルス様を訓練場に案内すると、ケントがすぐに反応した。

「なに。お前とアーロンの成長を見に来ただけだ。来月には、魔王討伐に向けた旅が始まるからな」

いいや。これは、私に対しての試験だ。

私を推薦して良いのかを見極める為にフィルス様は見に来たんだ。

「そういうことですか。いいですよ」

何も知らないケントは、いつも通り剣を構えた。

それに対して私は
「……」

無言で剣を抜いた。

「今日はいつも以上にアーロンから緊張感を感じるな。でも、今日こそ勝つのは俺だ」

「……」

私はケントの言葉を無視して、攻撃を開始した。

あの頃、既にいつケントに負けてもおかしくない状況だった。

逆に、よく一年間負けなかったと思うほど、ケントは強くなってしまった。

だから、私は格上を倒す気持ちでケントに挑んだ。


「ふう。やっと勝てた。一年もかかっちまったな」

「……」

倒された私の首には、剣を当てられていた。完敗だ。

「初めて負けた感想はどう?」

「……生きる意味が無くなった」

フィルス様との約束を守れなかった私に、騎士として生きている意味は無いだろう。

「は?　まさかお前……」

「私は強くならないといけない。その一心でこの一年必死に剣を握ってきた。が、私は結局一年で望んでいたほど成長は出来なかった。それに、これ以上強くなれる気もしない。これからお前と旅をしたとしても、私は足を引っ張るだけだ。そんな奴は、王国の誇りである剣聖としてふさわしくない。

私は、剣聖にふさわしくないんだ。今日、よくわかった」

そう言いながら、私はケントの剣をどけて立ち上がった。

そして、まずお父様に体を向けた。

「……お父様。次期剣聖の座を辞退させて貰います。生意気な息子で申し訳ございませんでした」

そして、外に向かって歩き始める。

「殿下。期待に応えられず申し訳ございません」

フィルス様に深々と頭を下げた後、私は外に出た。

「おい待て。自殺するわけじゃないだろうな？」

「いえ、私にはそこまでの覚悟はありません」

あくまで、騎士として生きていけない。それだけだった。

死のうとは思えない。それが私の弱さなのだろうな。などと思いながら私はその場を後にした。

「ならいい。ただ、必要になったらお前を迎えに行くからな！」

フィルス様のそんな声を背中で感じたが、振り返らずそのまま進んだ。

《三年後》

「マスター。適当に何かくれ」

私以外に客が数人しかいない飲み屋のカウンターに座ると、私は店主にそう注文した。

ここは、店主の気まぐれの飯や酒しか出されない。

飯の旨さはそこそこの店でそんなことをしているもんだから、客が少ない。

ただ、客が少ないのは私にとっては都合が良かった。

「ああ、あんたか。了解。今日はオーク肉だ。それと、ビールだ」

そう言うと、店主は噛むのに苦労するオークのステーキと安い味がするビールを私の前に置いた。

それを、私は黙って口に入れた。

「それにしても、あんたがここに住み着いてからもう三年くらい経ったか？」

「……そうだな。もう、三年だ」

「三年前と言えば、勇者様の旅が始まった年か。この街を馬車で通っていったのを覚えている」

「……」

「あの時は、誰も勇者なんてものに期待なんてしてなかったんだけどな？」

「私はケントが魔王を倒せるとわかっていたがな」

「ん？　何か言ったか？」

「いいや」

カランカラン。

「店主。なんか食いもんをくれ」

ん？　聞き慣れない声だ。常連客じゃないな？

そんなことを思っていると、聞き慣れない声の主は私の隣に座った。

「はいよ。今日はオークのステーキだ」

「おお、それは美味そうだ」

「……お前」

隣に座った男の顔を確認した私は、思いがけない相手に声が出てしまった。

「ん？　は？　お前は……アーロン？　嘘だろ⁉　王国はもう感づいていたのか？　くそ。店主ごめん！　金は置いていく」

「私もだ！」

待て！　と言う前に、ケントが店を出ていってしまったのを見て、私は同じように金を置いて急いで追いかけた。

「土地勘がある私の方が有利だったみたいだな。で、どうして私の顔を見て逃げた？　それに、王国が感づいたとはどういうことだ？」

行き止まりに追い込んだ私は、悔しがるケントにそう聞いた。

「ん？　俺が王城から逃げ出してきたことは知らないのか？」

「王城から逃げた？　ああ、知らんな。逃げ出してきたのか？」

魔王を倒して祝福されているのに、どうして逃げたんだ？

「そうだ。帝国にいる恋人のところにお邪魔しようと思って。あ、ヒモになろうとしているわけじゃないぞ？　ちゃんと働く」

帝国の恋人……魔導師か？　なるほど、確かにそれは王国が認めないだろうな。

まあ、私には関係ないことだが。

「そうか。末永く幸せに生きろよ」

ケントに興味を失った私は、オーク肉の残りを食うためにケントに背を向けた。

「は？　見逃すのか？」

「逆に、俺は何が出来る？　私はもう、王国の騎士ではない」

「そういえばそうだったな。言われてみれば、冒険者の格好をしているもんな」

「ああ。じゃあな」

「やあ」

「何故いる？」

店に戻ると、ケントが何食わぬ顔でステーキにかじりついていた。

「そりゃあ、飯を食うためさ。幸い、店主が俺の飯を捨てないで取っておいてくれた」

「はあ……そうか」

私は溜息をつきながら、元いた席に座って食べ残しに手をつけた。

「なあ、関所を通らないで国境を抜けられる方法を知らないか？」

やはりか……。絶対、何か頼ってくると思った。

「知らんな」

「頼むよ。どんな情報でもいいから、教えてくれよ」

「知らん」

「なあ、お願いだよ。競い合った仲だろ？」

「競い合ってなどいない」

私は残りの肉を口に詰め込み、急いで飲み込んで立ち上がった。

「そんなことを言って。必死になって俺に勝たせなかったくせに。俺、三百数十敗一勝だからな？どうなのよ？」

「さっさと食べて、剣を握れ」

「え？　怒らせちゃった？　ごめん。そんなつもりはなかったんだ」

「いいから早くしろ」

「わかったよ……」

私の言葉に、ケントも急いでオーク肉を口に詰め込んで立ち上がった。

「おいおい。店の中ではやめてくれよ？」

「……こっちに来い」

店主の心配そうな顔を見て、私はケントを幅がある路地裏に連れてきた。

「やるぞ。本気でかかってこい」

そう言って、私は本気でケントに剣を振るった。

キン！

「いやいや、かかってこいとか言いながら自分から攻撃する？」

当然のように私の攻撃を受け止めながら、ケントがそんな抗議をしてきた。

「知るか。お前の都合に合わせる必要は無い」

「ああ、相変わらず自己中心的だな。仕方ない。本気を出せばいいんだろう？」

今度は、ケントが攻撃する番になった。

キン！　キン！　カラン……。

「流石だな」

二発で私は剣を離してしまった。

「いや、一発で決めるつもりだったんだけどね。久しぶりだよ。こんなに人と打ち合いをしたのは」

「それは皮肉か？　まあ、いい。私も三年ぶりにお前の強さを思い知ったよ」

魔王討伐の旅に参加しなくて良かった。それが確認出来ただけで十分だ。

「三年か……結局、あの後からずっと王城には帰ってないのか？」

「そうだな。これからも帰らないつもりだ。帰ったとしても、家を捨てた私が城に入れて貰えるとは思えない」

「そうか？　王子に旅の途中でお前と会わなかったか聞かれたぞ？　たぶん、お前のことを探しているんだと思うぞ」

フィルス様が？

「……まさか。それよりも、お前は恋人のところに行きたいんだろう？」

「あ、そうだった！　お願いだ。簡単に王国を出られる方法を教えてくれ」

「はあ、わかったからくっつくな。ついてこい」

「ありがとう！　流石アーロン！」

「だからくっつくな」

私はケントを払いのけながら、抜け道に向かった。


「ここは？」

「関門から一番距離が離れている地点だ。警備の交代時間、ここには人がいなくなる。その隙を見て城壁を飛び越えろ」

「飛び越えるだと？」

「ああ、お前なら出来るだろう？」

なんせ、私にも出来るんだからな。

「出来ると思うが……その、交代時間は？」

「四時間ごとに交代だ。日の傾きからして、次かその次の鐘の音ぐらいで交代を始めるだろう。そこを狙うんだ」

「わかった。鐘の音が合図だな」

「ああ、もうすぐ鳴る。じゃあな」

「ありがとう！　お前のこと、忘れないからな！」

「勝手にしろ」

そう言いながら、私は今度こそケントと別れた。


「さっきから行ったり来たり、忙しいな。ほれ、サービスだ」

酒を飲み直そうと店に戻ると、店主がニヤリと笑いながらビールを出してくれた。

「ああ、悪いな」

「はいよ。それにしても、さっきの男は誰だったんだい？」

「昔の友人だ」

「それはわかるんだが……。お、客だ。今日は繁盛して大変だな」

「いらっしゃい」

カランカラン。

「こいつと同じのをくれ」

また聞き慣れない声が私の隣に座った。いや、これは聞き覚えがあるぞ。

「ん？　また、アーロンの知り合いか？　今日、お前は人気者だな」

「で、でん……」

私が殿下と呼ぼうとすると、フィルス様が私の口を塞いだ。

「久しぶりだな。いい男になりやがって。探したぞ」

「ど、どうして？」

何故こんなところにフィルス様が？

「言っただろ？　必要になったら迎えに行くって。元々、魔王が討伐されたらお前を迎えに行く予定だったんだよ。魔王がいなくなれば、今度は人同士の争いになる。そんな時、私には優秀な護衛が必要だろ？」

「そ、そういうことですか……それならケントが……」

私なんかよりも、よっぽど優秀だ。

「逃げる手伝いをしておいて、何を言っているんだ？」

「え？」

ど、どうしてそれを……？

「どうして俺が知っているのか気になるか？　簡単だ。俺がわざと勇者を王城から逃がしたからだ」

「逃がした？　な、何故？」

王国にとって、勇者がいなくなるのは痛手じゃ無いのか？

「簡単だ。また平和になるのがつまらん。これで、王国と帝国は仲良く出来なくなる。そうすれば、自然とお互いに緊張感が生まれるだろ？　俺は、あの戦争前の緊張感が好きだ」

平和になるのがつまらない……？　何を言っているんだこの人は？

「ハハハ。流石だ。理由が狂ってる」

久しぶりのフィルス様の狂った答えに、声を出して笑ってしまった。

笑うなんて、いつぶりだろうか？

「そうだな。で、帰ってきてくれるのか？」

「ええ、長期休暇は終わりました。また職場に戻らせて貰います」

もう、冒険者生活に心残りは無い。

ケントがいないなら、フィルス様を守るのは私の仕事だ。

帰る以外の選択肢は無いだろう。

「そうか。まあ、断っても無理矢理連れて帰る気でいたんだけどな」

「やっぱり。そんな気がしましたよ」

「おお、そうか。俺と一番長く付き合いがあるだけあるな」

「ええ。誰よりもあなたを理解している自信がありますよ」

「そうか。良き理解者が帰ってきて嬉しいよ。じゃあ、今日は俺の奢《おご》りだ。好きなだけ飲め！」

「ありがとうございます」

それから、魔王を討伐した武勇伝を話すという約束は果たせなかったが、冒険者として経験したことをフィルス様に話し続けた。

フィルス様は安いビールを飲みながら、楽しそうに聞いてくれた。

そして、次の日から私は剣聖としてフィルス様の護衛を再開した。

# あとがき

まず始めに、『継続は魔力なり5』を読んでいただき、誠にありがとうございます。また、WEB版の読者様、TOブックス並びに担当者様、イラストのキッカイキ様、一～四巻を読んでくださった読者の皆様、etc……今回の五巻制作に関わってくださった全ての方々に感謝申し上げます。

さて、今回の内容はどうでしたでしょうか？

今回は今後の展開……ラストまでに繋がる重要な内容を書かせてもらいました。レオやルーが転生してきたわけ、そしてこれまで明かされてこなかったいくつもの謎。新たな伏線など、これまでの一～四巻と比べても濃い内容となっていたのではないでしょうか？感じましたよね？　感じてもらえるとありがたいです。

今回、五巻は今まででー番書き上げるのに時間がかかってしまいました。担当者様には〆切りを守れず、大変ご迷惑をおかけいたしました。申し訳ございません。

完結まで縛られる設定を書くため、とても慎重になってしまったんですよね……。魔王に世界の秘密を教わるシーンなんて、WEB版で投稿するのに一ヶ月以上使ってしまいました。あそこの内容は、クライマックスまで関わってくる内容ですから、とにかく時間がかかりました。などと言っても全ての原因は、この物語……『継続は魔力なり』を書き始めた時にしっかりと細かい部分まで設定を決められなかった僕が悪いんですけどね。ここまで続けられると思っていなかった僕は、こんな先のことまで考えていられませんでした。当時の私は、書籍化なんて無理だし、半年くらい書いて終わりにしようと思っていたのは、ここだけの話です。

あ、でも、実は今回の表紙である二人は掲載開始当初から書きたいと思っていました。今だから言えるのですが、当時批判が多かったおじいちゃんが早く死んでしまったのは、カイトとエレーヌを早く登場させたかったからなんです。あの流れは今思うともう少し上手く出来たな……と反省しています。僕としては、この物語はレオを主軸として、ダミアンとカイトがサブ主人公として話を考えています。ダミアンは最近そこまでスポットライトが当たっていませんが、これからアレンとの関係で目立っていくはずです。カイトは、五巻の主人公と言っても過言ではありませんでしたが、これからも王国サイドを描く時はカイト視点になっていくと思います。お楽しみに。

今回のあとがきは僕の反省会みたいになってしまって申し訳ございません。

着々と『継続は魔力なり』もクライマックスに近づいてきています。

あと何巻になるかはわかりませんが、もう半分は過ぎているはずです。

これからも応援よろしくお願いします。

それじゃあ、また六巻のあとがきでお会いしましょう！

おまけ漫画

コミカライズ第2話

漫画：鶴山ミト

原作：リッキー

キャラクター原案：キッカイキ

continuity is the father of magical power

いくよ レオ！
魅了魔法《フェヲル・コルレッ》♡
第2話
愛の首飾り
かわいい！ それがシェリーの適性魔法なんだね！
もう！ 全然効いてないじゃない！
せっかく魔法特訓してもらったのに…
ずーん
特訓を続けて魔力が増えれば効果も大きくなるよ きっと！
じゃあ もう1回やって！
ええ！？
今して！
ネ－！ ちょ！？ うそでしょ！？

無心だ…
無心になれ〜!

朝から父さんたちは皇帝陛下と共に本格的な調査に出かけていった
向かうのは魔界との境目巨山の麓《ふもと》にある《魔の森》
みんなが無事に帰ってくるのを祈りつつ
僕たちはというと——
念願だった街に買い物に来ています！
ねーねーシェリー！僕行きたいお店があるんだけど…
レオが行きたい店!?
ええ！行きましょ！

ズゴ…
え…!⁉
どよ〜〜ん…
何…ココ
素材屋でございます
どうぞお使い下さい
すごくない⁉僕のためにあるようなお店でしょ⁉

ギャーギャーうるせぇと思ったらガキじゃねーか
ぬっ…
ココは子供の遊び場じゃねーんだ
客じゃねーなら出てってくれ！
素材屋店主
マル＝チュヌト
あ！はい！お客です！
ビシッ！
ああん？
大人をからかうとはいい度胸して…ん？
あ あれは！
領主《フォースター家》の紋章じゃねーか⁉
よ よく見たら子供のクセに高そうな物着てるじゃねーか⁉
付き添いの男も身なりがいい…
おんぼろ店を継いだ俺もこれでやっと…やっと！

酒場のツケが払える！
ペコペコ
いらっしゃいませ坊ちゃん！
何をお求めで？
珍しいものがいっぱいですね！
色々見させてください！
どうぞどうぞ！
なんならあっしがご説明いたしますよ！
何かさっきと態度が…
シェリア様こちらでお茶でもどうぞ
ほらコレ！コレなんてどうです！
すご〜くキレイでしょ？
子供にゃわかりやすく見た目がよくて高いモン買ってもらわにゃ！
きょろきょろ
…まさかあの年で吟味してるのか⁉

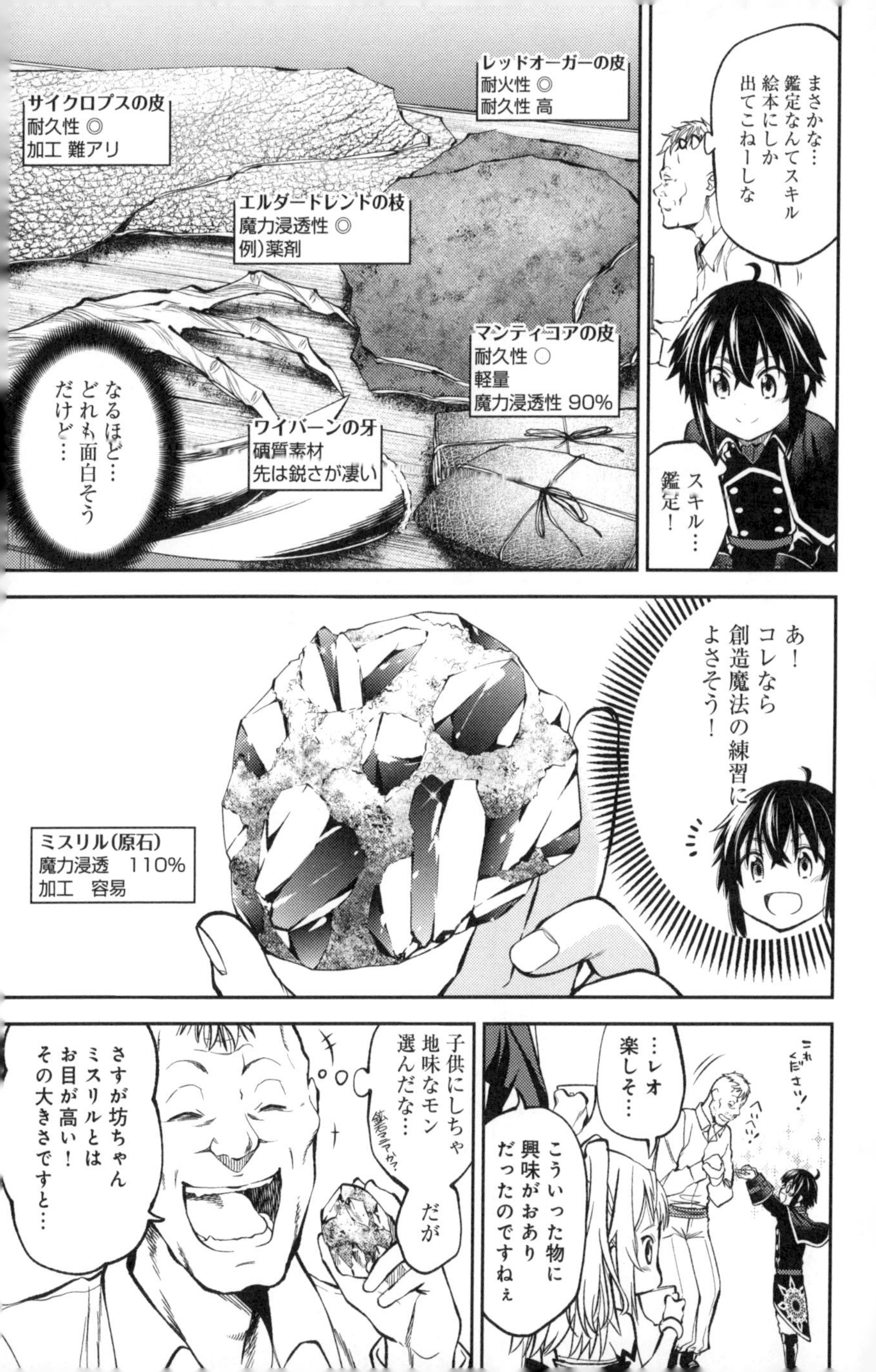
まさかな…鑑定なんてスキル絵本にしか出てこねーしな
スキル…鑑定！
レッドオーガーの皮
耐火性 ◎
耐久性 高
サイクロプスの皮
耐久性 ◎
加工 難アリ
エルダートレンドの枝
魔力浸透性 ◎
例）薬剤
マンティコアの皮
耐久性 ○
軽量
魔力浸透性 90%
ワイバーンの牙
硬質素材
先は鋭さが凄い
なるほど…どれも面白そうだけど…
あ！コレなら創造魔法の練習によさそう！
ミスリル(原石)
魔力浸透　110%
加工　容易
…レオ楽しそ…
こういった物に興味がおありだったのですねぇ
これくださいッ！
子供にしちゃ地味なモン選んだな…
だが
さすが坊ちゃんミスリルとはお目が高い！その大きさですと…

金貨50枚になります！
そんなに!?
希少鉱物だから高額商品なんだよなー!!!
どうしよう…おこづかいの3枚しかない
その額で小遣いだぁ!?これだから貴族ってヤツァー!!
レオ様支払いでしたら私めが
だダメだよセバスチャン！
……
でしたらどうでしょう？
家紋入りのお召し物と交換ということで
え！いいんですか!?
レオ様!?
レオ!?
ぷくく…滑稽 滑稽
カチャカチャッ
スルスルッ
バサッ
ゴト
!?

何ですか この純度の高そうな宝石は!?
へ？
これ ただの魔石ですよ？
ただの だと!? この輝き… いったいどんだけの魔力が込められてんだ!?
こいつぁ宝石なんかよりも値打ちモンだ！
魔法具職人に高く売れるぞ！
あれ ホンネ？
左様でございます
坊ちゃん！
はい！
この魔石買い取らせてくれ！
金貨100枚で！
100枚かぁ…
そんなにもらったら悪いよなぁ…
む！渋るか…
だったら！

金貨200枚!!
増えちゃった!?
いやぁ
久しぶりに
いい商売だった!
また
いつでもうちに
売りに来てくださいよ!
魔石って
売れるのね!?
いいんですか!?
坊ちゃんなら
大歓迎!
まったく素晴らしい
魔力量をお持ちだ!
フォースター領も
安泰《あんたい》ってもんだ!
ねぇ旦那!
ずっと
しゃべってる…
それにひきかえ
世の中には
無能魔法持ちなんてのが
いるらしいじゃ
ないですか
へぇ〜
魔法が使える
世界なのに…
可哀想だな
ちょうど
この前聞いた
話なんですがね

創造魔法なんてのがあるらしくて
なんでも魔力消費だけがでかくて簡単な物も作れない無能魔法らしいんですよ
え？・
創造魔法って無能魔法だったの⁉
ありゃあ毒にも薬にもならん魔法ですよ
何でそんなのがあるのかあっしにゃ理解できませ
ビクゥッ
ひっ！

世話になったな 主人
失礼する
バタ――ン!
?
無能なんて
失礼よ!
…うん
だいたいあの店主
初めから
胡散臭《うさんくさ》かったのよ!
…うん
…レオ
無能魔法持ちを
僕は
可哀想なんて
思ってしまった…
なのに
邸のみんなは…

レオンス様
申し訳
ございません！
ザザ
セバスチャン!?
このような形で
お耳に入ってしまうとは…
悔やんでも
悔やみきれません！
僕は
気にしてないよ！
だって創造魔法には
材料がいるんだよ
それ知らなかったら
誰だって無能って
思うもん
それよりね
皆は僕の適性魔法が
無能って知ってても
変わらない間柄で
僕を育ててくれた
んでしょ？
帰ったらみんなに
お礼言わなきゃ
レオンス様…！
私悪いこと
思いついちゃった！

ねぇレオ
魔石って
まだある？
!?
私たちに
創造魔法を
使って見せて！
？
セバスチャンは
見たこと 誰にも
しゃべっちゃ
ダメよ！
どんなに
自慢したく
なっても！ ね！
？
わくわく
いきます！
!?
こ これは!?

なんと美麗な！
熟練の職人でも
ここまで繊細に
作れましょうか!?
シェリア様の
仰る通りですね
こんなに
心が踊ったのは
いつぶりでしょう！
セバスチャン！
このことは
ヒミツよ！
セバスチャンも
お友達なんだから！
ありがとう！
レオ
どうかな？

シェリー かわいいよ♡
かわいいよ シェリー♡
えっ!? ちょちょっと レオ!?
ちっこくて～ 細くって～
やわくって～
何かレオが 変な人みたく なってる～!!
どうされたの ですか レオンス様!?
僕シェリーを お嫁さんにしたいな～
わぁぁあぁぁぁ
およめさん!?
レ レオンス様!?
場を弁《わきま》え なさいませ!

はっ!
……
ご ごめん シェリー
レオ! どういうこと!?
きっと… それのせいだ
これ!?
シェリーの魅了魔法を暴走させちゃったんだと思う…
偏愛の首飾り
装着者の潜在魔力を
増幅 決壊させる
効果範囲:局所的
※使用者のLv.が低いと暴発する
レオって やっぱり すごいのね!
あははは…

フォースター領
酒場
へっへっへっ
今日は
飲むぜ!
ドンッ
つけがある
くせに
えらく
景気がいい
じゃないか
おうよ!
なんてったって
領主様のご子息から
値打ちモン
手に入れちまったからな!
ほう?!
しばらくは
遊んでられるぜ!
いや
金払えよ!
ガタッ
そこのモノ…
あん?

そのガキ
髪は何色だ？
臙脂《えんじ》の忍び手拭いに
漆黒の首輪…
こいつら…
まさか!?

同刻
ベクター帝国
ベクター城
ダミアン隊長
お帰り〜♪
ダミアン・フォースター
帝国魔法特殊部隊　隊長
帝都周辺にも複数の不審者を確認
忍び屋が動いてる模様
それと
ーー
ーー
報告ご苦労様！
陛下がお留守の時こそ僕たちがしっかりしないとね！
ーー何を考えてる

狙いは何だ
アレン
フォースター領
父さんたちが無事 魔の森から帰ってきた
お帰りなさい！
どうだった!? どんな所だった!?
わくわく
「いやーカジノは楽しかったぞ！な！」だって
だっはっはっはっ
…何かはぐらかされた気分

翌日
どうぞ シェリー！
愛の首飾り
魔力成長を大幅促進
愛してる人がいると
恋以外の状態異常にならない
作り直して くれたの!?
今度は 大丈夫だから！
心配だったら 無理して つけないでね
ううん！ ずっと つけてる！
ぜったい はずさない！
あ でもホラ アクセサリーって 気分で変えたり するから
ううん！ コレがいいの！
レオが作って くれたんだもん

宝物にするね
シェリー…！

すっかり
仲良しだな
ああ

あるらしくて
なんでも魔力消費だけが簡単な物も作れ無能魔法らし
ねぇ父さん
僕もっと世界のこと知りたいんだ！
だから
領邸《ここ》を出ようと思うんだ！

レスティラウト
VS
吠える!
続き、今度は
勝負!
詳しくは「本好きの下剋上」公式HPへ!
http://www.tobooks.jp/booklove

貴族院で奉納式！
本好きの下剋上
司書になるためには
手段を選んでいられません
第五部　女神の化身Ⅱ
香月美夜
miya kazuki
イラスト：椎名　優
you shiina
2020年
6月10日
発売!
"宝盗り"に
嫁取り
ディッターで
あいかわらず、
騒々しい

コミカライズ
新章へ
公式コミックアンソロジー
第1～4巻
好評発売中！
第三部
「領地に本を広げよう！」
漫画：波野涼
第1～2巻
好評発売中！
第3巻
6/15発売！

本好きの下剋上
原作：香月美夜
イラスト原案：椎名 優
漫画：鈴華
第二部
「本のためなら巫女になる！」
第1～3巻
好評発売中！
第1～7巻
好評発売中！
第一部
「本がないなら作ればいい！」
COMIC
コロナ
CORONA
TOcomics
TOブックスが贈る
WEBコミック
ニコニコ静画、pixivコミック
にて好評連載中！
ニコニコ静画 seiga.nicovideo.jp/manga/official/tocomics
pixivコミック comic.pixiv.net/magazines/198

# 継続は魔力なり５
# ～無能魔法が便利魔法に進化を遂げました～

2020年5月1日　第1刷発行

著　者　リッキー

編集協力　株式会社MARCOT

発行者　本田武市

発行所　TOブックス
〒150-0045
東京都渋谷区神泉町18-8　松濤ハイツ2F
TEL 03-6452-5766（編集）
0120-933-772（営業フリーダイヤル）
FAX 050-3156-0508
ホームページ　http://www.tobooks.jp
メール　info@tobooks.jp

印刷・製本　中央精版印刷株式会社



ISBN978-4-86472-949-9